SAINT FRÉDO

DU MÊME AUTEUR

Aux Éditions Le Pré aux Clercs

Les Grands Criminels
La Méthode à Mimile
(En collaboration avec Luc Étienne, dessins de Trez)
Faits divers et Châtiments

Aux Éditions de la Table Ronde

L'Hôpital
La Cerise (Prix Sainte-Beuve 1963)
Cinoche
Bleubite
Les Combattants du petit bonheur (Prix Renaudot 1977)
Le Corbillard de Jules
Le Banquet des léopards
La Métamorphose des cloportes
Le Café du pauvre
Théâtre : *Les Sales Mômes*

A la librairie Flammarion

Les Enfants de chœur

Collection « Livre de Poche »

Le Café du pauvre
La Métamorphose des cloportes
La Cerise
L'Hôpital
Cinoche
La Fermeture
Bleubite
Le Corbillard de Jules
Les Grands Criminels
L'Éducation d'Alphonse

Collection « Folio »

Les Enfants de chœur

Aux Éditions Robert Laffont

La Fermeture

Aux Éditions Grasset

L'Éducation d'Alphonse

Aux Éditions Albin Michel

L'Age d'or des maisons closes
(En collaboration avec Romi)

Aux Éditions Presses de la Cité
Hors collection

Sur le bout de la langue
(Illustrations de Dubout)

ALPHONSE BOUDARD

SAINT FRÉDO

ROMAN

FLAMMARION

ISBN 2-08-066365-8
Imprimé en France

A mon modèle qui du haut du ciel prie pour le salut de mon âme.

La pièce la plus riche du monde est Tartuffe *car le personnage principal est partout dans la salle.*

Alfred Sauvy

1

Frédo c'était son diminutif, son sobriquet Frédo la Tringle pour les intimes, les vrais de vrais, ceux qui l'avaient connu dans les circonstances difficiles à l'ombre des jeunes flics pas en fleur du tout.

A la fin on ne disait plus que Frédo tout court, c'était suffisant, mais à la mairie du XVIIIe, son acte de naissance, pas de doute c'est Friteau... prénommé Alfred Eugène...

Je vous présenterai lorsqu'il faudra ses papa-maman, géniteurs on dit dans les livres sérieux. Celui-ci l'est mais avec, je l'espère, quelques espaces réservés de marrance. Les temps sont lugubres, je trouve, autant s'amuser encore quelques minutes, m'sieur le bourreau.

Il nous parvient du XIXe siècle, Frédo. Il roule sur les pavés de l'argot. Son royaume. Il chaloupe, louvoie, décarre fissa dès qu'il y a du pet. Il écope de plus ou moins longs séjours en basse-fosse. Au pas des prévôts, en sabots pas dondaine, vu l'époque, les mœurs, règlements en vigueur.

Il a galtousé les pires pitances, respiré au jour le jour les nauséabondes odeurs du châtiment et du crime... les nuits sans lune, sans rien d'autre que la petite pogne secourable aux enfermés à triple tour.

Je l'avais connu là, en résidence quasi secondaire, j'y purgeais quelques erreurs d'aiguillages, il faut bien que jeunesse se passe et puis trépasse. C'était dans les années 48-49 de l'après-guerre... je remonte, faut que je me replace à la porte de ma cellule... 430... quatrième étage. On avait vue sur le sentier des Hautes Folies où parfois, furtives, les gentilles putes venaient faire des coucous d'amour à leurs petits harengs malgracieux.

Une grosse clef tourne dans la lourde serrure extérieure, la porte s'ouvre sur le maton, sa belle casquette étoilée. « La soupe ! »

« Qu'elle entre », avait dit Sacha Guitry naguère. On sortait, nous, avec nos gamelles en fer étamé, transis, manteaux, goutte au pif et les engelures... toutes amabilités hivernales, sans feu ni bien sûr sans loi puisque nous nous étions mis hors.

Frédo apparaissait derrière le chariot. Ça me fait drôle de me le remémorer dans son physique d'alors.

A sa mort, il avait doublé de corpulence, minimum. Le bide, les bajoues, la trogne couperosée... son crâne dégarni... l'œil injecté. En ces années de disette il avait alors toute sa tignasse et en dessous la tronche hâve, blafarde... une étrange teinte qui serait difficile à rendre en peinture... fresnâtre, on pourrait dire.

Plaf ! La louche, il a le coup Frédo pour nous servir. « Lentilles farcies ! » Il balance le vanne et rapidos, en lousdoc, il vous glisse un petit paquet. Un trafic... des cigarettes, elles valent le prix du Pérou en cabane. Déjà dehors au marché noir les américaines grimpent l'indice... on les rattrape difficilement. Il est en cheville, à ce moment-là, Frédo, je me souviens, avec La Trousse, un jeune plein d'avenir dans les truandages en tout genre. Son surnom lui vient qu'il vend à la campagne des trousseaux de mariage. Il démarche, paraît-il... N'empêche que les autorités lui reprochent de soutenir quelques gazelles dans nos rues chaudes...

Arrêt sur image, ça pourrait très bien être La Trousse mon personnage à biographer. Frédo, à cet instant précis où il sert la soupe, je le cible pas. Il est parmi beaucoup d'autres voyageurs de notre navire immobile. Cent lieues d'imaginer qu'il va jouer un rôle dans ma farce de vie, qu'on va se retrouver souvent, qu'il va finir non pas dans mes bras, mais pas si loin. Quelqu'un passe, on le zyeute furtif, on n'y prête guère attention et il va se repointer, se faire du volume, vous bouffer une surface de vie...

On a donc des rapports de cordialité sans plus. De temps en temps un petit service, une commission à un pote emplacardé à l'autre bout du bâtiment... un mot... quelques pipes... une boule de pain.

Il aime, Frédo, se rendre indispensable. Ça le stimule, lui donne une raison d'être, il se faufile, se mêle. Il veut tout voir, tout esgourder. Ça va être ainsi sa carrière tout le long. Là je ne sais pas grand-chose de cézigue. Qu'il se soit farci la vingt et une... la maison de correction jusqu'à vingt et un ans, ici ça n'a rien de surprenant. Dans le cheptel, ils n'ont pas fait leurs humanités à Janson-de-Sailly, l'École alsacienne... la rue d'Ulm. Ils sortent d'Aniane, Belle-Ile-en-Mer, Montesson... les Bat'd'Af ensuite. L'itinéraire traditionnel. Tout est écrit presque avec l'acte de naissance à la mairie du XVIIIe. En tout cas pour Friteau Alfred Eugène, c'était à l'affiche. Programmé pour finir sous les auspices de la tentiaire.

Si les choses, vous allez voir, se sont embringuées autrement, ça tient des hasards, des circonstances miraculeuses... de nos retrouvailles et puis aussi de Frédo lui-même, son caractère, ses aptitudes... ses tours de vice, son coup d'œil, coup de patte pour saisir l'oiseau du mauvais destin... l'estourbir... tordre le cou au mauvais schpile.

De ce temps, ce que je pouvais retenir à son sujet... une aptitude prompte à toutes les démerdes qui se présentent, une façon de s'aboucher avec celui qu'il faut... le bon gaffe, l'aumônier, les caïds, ceux qui comptent dans notre galaxie. A la grande époque épuratrice, il était classé au quartier des condamnés à mort. Toujours comme gameleur... le chariot de soupe aigre et la louche. Il avait observé les choses, attentif. Bien retenu. Quarante ans plus tard il vous restituait la scène comme si vous partagiez la cellule du général Oberg, de l'Obersturmführer Knochen... tous les pontes, officiers, nazis qui s'étaient mis à parler argot à Paris tant ils avaient de mauvaises fréquentations.

— De Brinon il bouffait plus... il était tout maigre, moitié mort avant qu'on le fusille.

C'était l'ambassadeur de France, M. de Brinon... Fresnes alors était fréquentée, fallait voir, par l'haut gratin.

— M'sieur de Brinon, la soupe est dégueulasse, mais elle est chaude...

Il nous rapportait ses dialogues historiques. Il en avait des collections. A me remémorer en 1965 quand je l'ai revu, je m'aperçois que je l'avais fixé dans ma souvenance, en tenue de droguet. Le costard de l'administration. Droguet, c'est le nom du tissu de laine à bas prix, rêche, bien épais, véritable poil à gratter lorsqu'on portait le froc sans calcif parce qu'on n'en avait pas. Les cuisses et testicules alors en éruption... la peau à vif... les escarres... ! C'étaient les fringues réglementaires pour les condamnés en centrale et tous ceux, les classés, qui besognaient aux multiples tâches de l'établissement. Les matons, juste ils surveillent, ils escortent, ils suivent, ils se salissent rare leurs fines paluches. Ça fait partie des avantages du métier. La plupart c'étaient à l'époque des agricoles en rupture de betteraves. Salaire minable mais sûreté de l'emploi. Ils entraient en taule pour se la couler douce, la casquette sur l'œil. Bon ou mauvais selon le tempérament du gus. Il suffit juste de savoir tourner une clef dans un verrou. Clic ! Clac ! « La soupe !!! »

Frédo, lui, les lourdes, entre autres activités, il en avait ouvert quelques-unes. Le plus souvent de nuit avec le matériel adéquat du spécialiste. La pince, mes seigneurs! les cales... des jeux de passe-partout. Il oubliait jamais ses gants. Il se prétendait fortiche dans ce turbin... que pratiquement aucune lourde lui résistait. Pas eu la possibilité de me rendre compte — jamais ne fûmes équipiers en de pareilles malfaisances.

Notre aventure commune pour ainsi dire, ça se situe dans l'univers de la réinsertion. Ceux qui m'ont lu même d'un œil distrait, ceux qui m'ont aperçu dans les télévises, esgourdé aux radios périphériques ou nationales savent que je me suis extirpé de la fiente châtimenteuse par les belles-lettres. On m'a reconnu, même les plus chochottes du sérail, un petit talent de bonimenteur du porte-plume. Duraille de se faire accepter dans ces engeances. Ils sortent tous des mêmes écoles, mêmes quartiers. S'ils conchient dans leurs œuvres papa-maman, au fond ils restent dans leur caste. Ils ont du jus de banque dans les veines. Ils ont les signes de reconnaissance inimitables. Un moment, ils vous reçoivent, ils feignent... beau faire, singer, se tortiller, ils ont un sens, ils vous repèrent et vous bordurent dès que vous avez fini de les divertir.

Enfin avec ma *Cerise* on m'avait ouvert des colonnes. J'étais découvert, avait-on écrit. De nature, je me méfie, j'avais pas pris ma vessie pour une lanterne. Je borgnotais l'avenir sans me faire d'excessives illuses. Au coup par coup, en somme comme dans mon passé de tire-laine, à ce moment-là encore récent. N'imaginais même pas alors que ça pourrait durer quelques lustres. Je parviens au voisinage des septante, ça me semble tenir du prodige. Déjà tout autour ça s'allonge, les potes, les camarades, les amis... raides et en décomposition. On se retrouve, les derniers dans les obsèques... on parle arthrose, rhumatismes... douleurs intercostales, et ce cher cholestérol, à trois grammes quarante.

Dans la presse il m'a retapissé, Frédo. Pourtant je me

cachais sous des lunettes noires, j'avais au train des ayants droit à des dommages et intérêts et principal, des frais de justice à la traîne. Je n'étais pas encore tout à fait sorti des berges calamiteuses. Je me rebectais doucement les poumons. Fallait que j'assume des précarités multiples.

Lui, il avait le bon œil ce Frédo, il lisait les rubriques qu'il fallait dans la presse. *Paris-Normandie, Ouest-France.* On m'y avait consacré des petites colonnes dans le magazine du dimanche. Ce qui les excite, les chroniqueurs et queuses, c'est pas tant vos acrobaties verbales, vos rythmes de phrases, vos pointes... la musique du texte... Ça, n'est-ce pas, ils s'en essuient le pourtour anal... au papier bible c'est bien plus doux... Non, ils recherchent le sensas, les croustilleries... vos malversations diverses, falsifications de papiers, attaques nocturnes, braquages sanglants... vos assassinats suivis ou précédés de viol... si vous avez sodomisé père et mère ! Ils en rajoutent, on leur explique une petite arnaque et ils vous portraiturent Stavisky minimum... l'art du journalisme... grossir le sujet... scoop... l'hyperbole ! Ça vous agace au début, il faut un peu de réflexion pour se rendre à l'évidence que toutes ces facéties, singeries de plume, vous tissent votre légende. Sans trop s'y prêter on devient mythe. Ils affabulent, bluffent, montent la sauce en neige. Le public, les chères lectrices ont besoin de toujours plus... toujours plus fort comme au braquemart. « Encore ! encore ! Mon bel amour ! Mon étalon ! La raideur de mes extases ! »

Frédo, il a pas eu besoin de se torturer longtemps les méninges... faire des déductions savantes. Affiché, il se rappelait tout... qu'il m'avait servi la soupe et puis toutes nos petites combines... qu'il me surnommait le Grand ou l'Amiral. Il trouvait que je drivais mes affaires comme à la bataille navale. Enfin des blagues, on se divertit dans nos cloaques façon écoliers à la communale... on se fait des farces, on se lance des quolibets. C'est partout du kif dans les communautés d'hommes. A l'Académie française, ils doivent s'amuser aussi d'un pet de travers... un défaut de prononciation... une grimace.

Je reçois des bafouilles après *La Cerise*. Des enthousiastes, des rigolos et des sévères qui m'invitent à remettre le monde à l'endroit, des justiciers, des gonzesses... quelques viocardes au regret bien sûr des orgasmes à répétition, des baronnes... Ça me ferait encore un bel ouvrage de publier cette littérature... du copieux, juteux, cochon, mêlé étude sur le système pénitentiaire. Ponctuel, j'ai répondu aux uns aux autres des mois durant. Appliqué « Chère Madame la Comtesse... je vous remercie de vous intéresser ainsi à mes humbles œuvrettes. » Il faut savoir terminer une grève, disait Thorez le camarade fils du peuple... savoir clore aussi les correspondances, on s'y userait le tempérament pure perte et profit. A présent je réponds rarissime. Le plus souvent ce qu'ils vous veulent, les épistoliers, que vous vous penchiez avec respect sur un livre qu'ils ont écrit, l'histoire de leur existence. Unique, certes, comme toutes les existences ! Leurs pérégrinations sexuelles ! Surtout les dames, ça passe par le cœur bien sûr, mais ça redescend... Ça les chatouille ou les gratouille... l'essentiel dans la petite culotte...

Pas le cas de Frédo. Il m'écrit qu'il m'a redressé dès les premières pages de mon livre. Un détail, un code, une façon de dire les choses. On avait fréquenté la même université. Fresnes-lès-Rungis... promotion Jo Attia, quelque chose de ce genre. Une babillarde enthousiaste... que jamais il avait lu un bouquin pareil sur la taule. Il me flatte majeur la vanité, ce con, m'oblige à lui répondre. Il est près de Rouen d'après l'adresse. En Seine qu'on appelait encore inférieure. Ville de tricards. Il veut me revoir. Il a appris, vaille que pousse, à s'exprimer au porte-plume, à la longueur des nuits et des jours encagés. Les plus illettrés s'y mettent un jour. Ils écrivent à Vincent Auriol, à Monsieur le Général de Gaulle, président de la République française. Ils demandent une grâce, la révision de leur procès. Ils sont innocents et ils ont en même temps, ce qui peut sembler paradoxal, des circonstances atténuantes.

Frédo, lui, il avait tout de même décroché son certif dans une maison de correction. Certificat d'études primaires, le sésame ouvre-toi des petits boulots naguère. Ça lui avait valu un répit de coup-de-schlague. C'était le seul moyen de rééducation avant guerre. Celle de 1939 et celle de 14-18, je suppose aussi.

On s'échange deux trois bafouilles puis il se démerde pour faire une virée à Paris. Je vais l'attendre gare Saint-Lazare. Qu'est-ce qui me prend au juste d'aller retrouver ce lascar? Mises à part ses gamelles aux Rungis, nos quelques filouteries carcérales, ça me fait pas de quoi aller perdre mon temps.

Au mitard, bien sûr, il m'a rendu quelques services, des petits messages dans la boule de pain... des gauloises et des allumettes. Toutes choses précieuses quand on est au noir du trou, les burnes en gelée sur le bat-flanc. Un homme qui vous assiste dans ces circonstances, on a pas le droit de l'oublier.

Il m'apparaît Friteau Alfred, sur le quai de la gare, pas si changé quant au physique. Dégageant du train, il est en costard. Pas du Saint Laurent... de la coupe grand tailleur... un complet de confection, une cravate, un petit chapeau mou au sommet du crâne. L'évidence... Je ne l'avais jamais vu sapé autre qu'en singe droguet ! Celui de ces années-là, veste sans revers... qui ferme presque jusqu'au col... les petits boutons. Sa seule coquetterie... un béret qu'il portait voyou sur le devant à mi-front. C'était la mode en centrouse ces bérets qu'on s'efforçait de rendre un peu gapette... Ça rappelait les bals, Mimile de la Butte, Jo les Brandillons, Riton le Flambeur… les belles gambilleuses qu'on prend à pleines mains dans les fesses.

Frédo ça fait donc un bail que je l'avais pas revu. Toujours son sourire avenant. Pavoisant de la frime. Tout de suite il me gratifie de l'accolade des hommes.

— T'as pas changé, Grand !

Il a l'air radieux de me retrouver. Départager si sa joie lui vient toute pure ou s'il est conditionné par ma nouvelle réputation ?… N'importe, l'essentiel c'est qu'on se congratule, qu'on s'éjouisse l'un l'autre. S'il faut chercher les quatorze coups de midi, on se gaspille le fil des jours sans en tirer une rigolade.

Ces années, entre l'époque où il gamelait à Fresnes et nos retrouvailles gare Saint-Lazare, il a galéré dur Frédo. Quatorze années au chtar d'une seule traite. Il vient de réussir à s'arracher de la relégation depuis à peine dix-huit mois.

Encore il faut que j'explique, surtout à mes nouveaux lecteurs, ceux qui sont nés après de Gaulle. Les récidivistes, autrefois, à leur quatrième condamnation de plus de trois mois de prison et un jour, se retrouvaient bouclés à perpète… Ça venait cette gâterie pénale de l'époque du bagne de Guyane. La République troisième du nom se débarrassait pur et simple de ses parasites en les envoyant croupir dans les marécages au bord du Maroni. Les gros gibiers doublaient leur peine sur place et la piétaille du vol, de l'arnaque et du maquereautage, on l'expédiait là-bas. On y crevait de faim, de fièvre, de rixes. On n'en revenait jamais. Guillotine sèche et mains de justiciers propres.

Tout ça a changé, certes, on est passé en trois décennies du Moyen Age à l'âge des psy. Dans les téloches, on vous explique les pourquoi de la récidive. Ça a des rapports avec le sexe… l'envie de baiser sa maman quand on est petit. Des explications scientifiques…

Frédo lors de sa dernière affaire s'était fait saper de

dix piges. Aux assises on ne fait pas appel. Trop rien à dire, seulement sa condamnation avait entraîné la relègue. Depuis que le système colonial en matière pénitentiaire était aboli, la machinerie continuait à fonctionner selon le texte du code pénal et les relégués on les gardait dans quelques prisons spéciales à Loos, à Moissac et puis à Saint-Martin-de-Ré d'où l'on embarquait naguère les bagnards pour la Guyane. C'est de là qu'on l'avait élargi, mon cher pote, une mesure spéciale de grâce. Une liberté conditionnelle sous la houlette d'un fonctionnaire, un agent de probation.

Il m'explique tout ça rapidos dans ma tire, ma DS 19, ma première folie. Ça m'est revenu qu'il est de la gueule Frédo. Alors je l'emmène becter à une bonne auberge. A Fresnes, il cherchait toutes les occases pour morfaler un bout de sifflard, une petite part de calendos. Les riches dans les meilleures cellules, les maques assistés par leurs dames, les escrocs d'haut vol payaient ses services, ses trafics en nature alimentaire... chocolat, biscuits, margarine Astra... et les crèmes de la Vache qui rit.

On est maintenant devant une table au Canard Sauvage où Auguste le Lanternier, mon vieil ami, grand faussaire devant l'Éternel et la Justice, vient se restaurer, s'humecter aux divers pictons du terroir. Le patron, m'sieur Kerdoubec, c'est un ancien des bobinards, un homme qui a tenu avec sa dame une maison des mieux fréquentées à Quimper... rue Pen-Ar-Staug. « Au Salon » ça s'appelait, nul ne pouvait se méprendre sur ce qu'on y trouvait. Depuis il remâche son chagrin Yann Kerdoubec dans l'alcool, ça conserve entre autres les vieux crocodiles du proxénétisme.

Frédo, depuis sa décarrade de Saint-Martin, il survit pas dans les opulences d'après ce qu'il me raconte. Il prend plus souvent la tangente devant les superflus... les vitrines tentatrices, les étals trop luxueux.

— Je vais au charbon.

Ça coûte à un homme de sa trempe pareil aveu, mais que faire dans sa situation ? Le moindre faux mouvement, il replonge aussi net. Mesure administrative. Alors, il transporte en camion du matériel de menuiserie... des planches de toutes les longueurs. Il est employé dans une scierie. Dès les aurores il fait les livraisons à Rouen et ses environs. Ça le change pas lerche de la centrale. Dans nos établissements de pénitence les horaires c'est le poulailler. Avant le jour, on déhotte de nos paillasses. Ça marche au coup de sifflet. Enfin marchait, à présent je suppose on vous réveille moins strident.

Le petit déj à Fontevrault, à Melun, à Saint-Martin-de-Ré, c'était la boule de pain presque toujours rassis et un jus noirâtre... le jus là-dedans ! Il arrête pas d'évoquer, Frédo, tous ces mauvais souvenirs de bouche.

— Des années à bouffer de la merde, ça se rattrape pas facilement.

Déjà il attaque les hors-d'œuvre, le museau de porc à la vinaigrette, le salami, l'andouillette. Allegretto... la gavotte des mandibules. Il sait apprécier les bonnes choses. Il commente de la babine. Ça n'empêche qu'il me détaille son retour dans le droit chemin.

— D'abord y a eu un curé à Saint-Martin. Je t'en parlerai plus tard. En ce moment je suis avec Baudelaire...

J'allais croire qu'il s'était mis à la lecture intensive des *Fleurs du Mal.* Rien à voir. Baudelaire, c'est son agent de probation. Gérard Baudelaire, ne pas confondre avec Charles. Ce Baudelaire-là, il est fonctionnaire au ministère de la Justice. A la postpénale. Il s'occupe d'un tas de petits malfrats sortant des galères pour les remettre autant que faire se peut dans les bonnes manières sociales. En définitive il faut leur faire comprendre à ces paumés, mal nés, éclos en cloaque, qu'il s'agit d'y revenir et de se contenter des restes... de la portion congrue. Sortir de là, c'est à plus ou moins brève échéance retourner au trou, aux chaînes, aux grilles, au bon plaisir de la matonnerie.

Frédo il a mis du temps à se fourrer ça dans la cafetière. Il commence à gamberger... dans le cadre adéquat, pas qu'il ait l'intention de s'éterniser au volant de son camion de planches. Il me dit quelques phrases sans ambiguïté à ce propos.

Mais Kerdoubec s'approche pour nous suggérer le plat du jour, son haricot de mouton.

— On en pète encore le lendemain, il ajoute pour nous allécher le fond du froc.

Il se fend la terrine Frédo de ces fines plaisanteries. Pour un lascar qui vient de tirer douze piges de placard, il reste gaillard, l'œil aux aguets de la fesse qui passe. Justement il en vient à ce sujet à sa compagne, la môme avec laquelle il partage son plumard.

— Heureusement que j'ai trouvé Mireille.

Une gonzesse pas mal bousculée. Une infirmière dont il a fait connaissance à Rouen, la ville qui lui était assignée. Il a commencé par écarter à coups de poing dans la gueule un mec qui s'accrochait trop et dont elle avait class, un collant pue-la-sueur, plutôt porté sur la bibine. Opération de sauvetage en quelque sorte. Mireille lui en est reconnaissante éperdue, elle est devenue chienne à ses pieds.

— D'autant que je la bourre comme un prince et je suis certain que le prince à Monaco ne bourre pas si bien et si souvent sa princesse.

Une remarque... entre vingt-quatre et trente-huit ans, l'âge où l'on produit le maximum de sève, Frédo était pour ainsi dire au monastère. Ça lui fait de la réserve d'amour. Elle en est pas revenue Mireille leur première nuit où il a bandé sans désemparer jusqu'à l'aurore. D'après son tatouage sur la queue : une portée de musique... la flûte enchantée, elle a tout de suite entravé d'où sortait cet admirable étalon. Il a pu alors se confier, lui raconter son enfance massacrée dans les taules de correction et toute sa belle jeunesse au placard.

— Juste, j'ai eu deux piges entre 46 et 48 et puis encore un an entre 50 et 51...

Pas du tout le loisir de s'éclater dans les chagattes. Le printemps de sa vie dans la grisaille des palucheries. A présent, à quarante piges, faut qu'il se magne pour rattraper le temps perdu. Avec Mireille, il se donne en joyeuses parties de jambes en l'air.

— Ça me prend, je la tringle n'importe où... sur la table de la cuisine, dans les chiottes, une cabine téléphonique... contre un mur la nuit dans la rue... en levrette comme des clébards. Je la rends heureuse !

Elle ne s'en lasse pas de cette troustafana infernale. Ça, c'est pour l'amour, le reste c'est pas l'eau fraîche mais les fins de mois se tirent à crédit. Ils passent devant les belles vitrines où brillent les plus beaux caprices de notre monde qui devient au fil des années la société de consommation.

— Je suis trop surveillé, je peux pas l'envoyer aux asperges, Mireille. Pour moi, tu penses bien, elle irait se vendre n'importe où. Seulement à Rouen c'est Clochemerle, tout le monde se connaît, tout le monde sait tout. Baudelaire aurait vite fait d'être au parfum.

Et la conditionnelle sauterait, sans compter un petit supplément pour proxénétisme. Il prend plaisir à me la dépeindre sa pouliche d'amour. Pulpeuse de partout, les roberts et un prosinard à ne plus pouvoir s'en décoller les paluches. Et surtout poilue, il adore Frédo, le tablier de sapeur.

— Je me régale.

L'autre qui se pointe, le Kerdoubec, à ce moment, il se figure qu'on parle petit plat. Du tablier de sapeur, il en fait tous les mardis comme plat du jour. Comme on se marre, il comprend sa méprise et là alors il est aussi intarissable. A Quimper, dans son boxon, il avait toujours un spécimen de pensionnaire velue pour les amateurs.

— Des poils jusque sur les nichons et puis le pantalon de gaucho.

Il s'éveille d'évoquer ces choses. Ça le réjouit, il se marre de toute sa personne cuite dans l'alcool.

— On a même eu une femme à barbe, pendant la guerre.

Il interpelle à la caisse sa compagne, son double question poids.

— Pas vrai, Zézette ?

Elle grommelle, Zézette, elle s'en fout visible, des évocations pileuses de son bonhomme. Alors il se penche, il nous murmure, nous bave presque dans l'assiette :

— Elle était jalmince, Zézette. La femme à barbe je l'ai tringlée plutôt dix fois qu'une.

On s'en cogne, à vrai dire, de ses prouesses avec la femme à barbe de Quimper. Mais ça, ça fait partie de nos cordialités d'usage ce genre de propos. On écoute, on se marre, on s'intéresse un instant. Il se tire, il traîne la savate. Dans un établissement de classe, ça la fout saumâtre, le patron qui a l'air de plus pouvoir arquer.

Toutefois Frédo, il ne déshonore pas la table, l'haricot de mouton il s'en gave que c'est un plaisir. Le gorgeon aidant il rembine dans les confidences. On n'était pas si potes au placard, je me réfléchis, il se manifeste à présent comme un très vieil ami. Sans doute ma petite notoriété pousse à la roue. Il trouve aussi que je suis pour l'instant le seul à avoir si bien, si exact scribouillé sur la prison. Ce qui nous a réunis en définitive.

Je reste ouvert avec toutes sortes de personnages. Je les écoute. Des choses qu'on se figure pas s'amorcent... des aventures, péripéties formidables. Avec Frédo ça va se confirmer. J'ai comme un sixième sens, je respire les beaux mecs comme disent les flics lorsqu'ils repèrent leurs clients.

Il me rappelle les événements de son enfance dont je me souvenais plus. Son papa qui le reconnaît puis l'abandonne. Ledit papa qui va naviguer dans des eaux de plus en plus boueuses jusqu'à la Gestape de la rue de Paradis à Marseille. Alpagué et flingué d'autor.

Beau avoir été salement largué par ce paternel dégueulasse, lorsque lui, Alfred Friteau, va se retrouver devant les assises, ça va lui être presque imputé... le proc suggérera tel père, tel fils. Si vous avez le malheur de venir au monde sous une étoile cacateuse, tout vous revient ensuite en bouse et en mauvaise odeur.

— Et ta mère ? je l'interroge.

Ça lui laisse du sec dans la gorge, sa mère. Il l'a juste connue jusqu'à l'âge de cinq ans. Une brave femme qui faisait des ménages, des lessives pour l'élever et qui est morte, comme dans les romans, dans les romances à quatre sous... de tuberculose.

— Comme toi.

Moi je suis là, je lui fais la remarque. Un miraculé des antibiotiques et de la thoraco.

— C'est le frangin de ma mère, mon oncle Albin, qui m'a recueilli. Lui, c'était pas le mauvais cheval mais la tantine Ginette, elle a jamais pu me respirer.

Conclusion : l'orphelinat pour ce petit Alfred trop turbulent. Un séjour de quatre ou cinq ans à Montesson, l'école Théophile-Roussel, un établissement de l'Assistance publique, qui conduit parfois à l'autre AP, l'Administration pénitentiaire. Ce qui fut le cas, je passe les détails. Montesson, c'était déjà un petit bagne. Les surveillants quasi sadiques. Une discipline qui tournait à la folie. Alors, à douze ans, il s'est fait la levure Frédo ! On l'a bien sûr récupéré rapidos. Il avait vécu de rapines en campagne, sur les chemins perdus de Picardie. Il chouravait à droite à gauche dans les fermes... des victuailles...

— Une fois repris, j'étais marqué.

On se doute, ça se passait tout ça avant le déluge, avant la guéguerre de 1939. On ne badinait pas alors avec la morale, le bien d'autrui, la propriété paysanne. Il s'était fait bastonner, mon petit copain, lorsque les gendarmes l'ont pris !

Devenu mauvaise tête de l'orphelinat... la récidive ! ... à nouveau il a fait le mur. Circonstance aggravante, avec la caisse de la cantine. Loin d'être le pactole, mais ça lui avait permis de prendre le train, de débarquer à Paris gare du Nord... de se perdre dans les rues de la plus belle ville du monde, qui n'est vraiment belle que pour ceux qu'ont de quoi se la payer, comme toutes les belles filles... la règle d'or.

Frédo, à la démerde, il avait déjà des dispositions. Tenu le pavé deux mois, un record pour un môme de treize piges.

— Je piquais des vélos. J'avais trouvé un fourgue sur la zone à Saint-Ouen.

Le vélo était alors le moyen de locomotion le plus courant. Tant va le vélo volé au receleur qu'un jour le vélo glisse dans une ruelle où vous poursuivent deux trois quidams.

Une bonne dérouille pour commencer. Et le commissariat, les flics à pèlerine puis les chats fourrés du tribunal pour enfants. La sanction nette : six mois de prison et le jeune Alfred Friteau sera confié ensuite jusqu'à sa majorité à l'éducation surveillée. C'est-à-dire le circuit des maisons de correction. Le niveau au-dessus (ou au-dessous, ça dépend comment on l'entend) de l'orphelinat de Montesson.

— Obligatoire que je ressorte de là avec ma licence de voyou.

On en est au roquefort lorsqu'il aborde le sujet. J'en ai entendu beaucoup des histoires semblables. Dans toutes les cellules, les cours de promenade au ballon. Les narrateurs en rajoutent toujours un peu. On affabule dans l'horreur comme dans la beauté. La vérité est souvent moins noire ou moins blanche... grise, médiocre.

Là, faut reconnaître, par recoupements de tous les témoignages, les récits des uns, des autres... ça atteignait le fond du chaudron de la détresse, de la misère morale et physiologique ces lieux de correction et de redressement ainsi qu'on les intitulait dans la paperasserie administrative.

Pour tout arranger, les adultes se sont mis en guerre... drôle d'abord... la route du fer! Foireuse ensuite.. la débâcle... le Maréchal qui nous fit le don de sa personne. Toutes ces années vert-de-gris, les Teutons jusque dans les bras de nos compagnes. Ce fut le froid et la disette... la queue devant les boulangeries. Alors dans les prisons, les maisons d'éducation surveillée, c'était presque Buchenwald, Dachau. On n'en a pas parlé bien sûr. Ceux qui crevaient n'étaient pas dignes de respect... des malfrats qu'on ne pouvait plus envoyer en Guyane...

Presque tous les matins dans les centrales, on mettait en caisse quelques matricules. Morts de quoi?... tubardise... malnutrition... pneumonie, n'importe! Chez les J[3], les mineurs, ça faisait encore plus de ravage.

— J'ai tellement eu faim... je pensais qu'à ça... à la bouffe! La nuit je rêvais de pain blanc, de steaks... de jambon... tu te rends compte, d'une cuisse de poulet.

Du coup il se reprend du roquefort. Il se tartine du beurre sur une tranche de bricheton. Rien que de penser à ces années de carême, il se force à engouffrer le maximum de nourriture dans la panse. Ça se conçoit, mais ça présente un danger plus ou moins lointain. Trop ou trop peu, au finish on en crève.

A ce sujet, l'histoire de Frédo est exemplaire. Une véritable fable. Pas simple son voyage de noces avec le malheur. Avec toutes les anecdotes, les incidents... Certes, ça ferait un sacré mélodrame. Je vous ai donné un aperçu… le papa truand de la Carlingue… la maman poitrinaire… l'orphelinat… la colonie pénitentiaire… et la suite que vous allez voir… cette cascade de catastrophes sur le dos d'un pauvre gamin. S'il n'y était pas resté en route, notamment pendant l'Occupation, c'est qu'il avait une nature robuste, et que, très rapidos, il s'était fabriqué des sortes de défenses immunitaires contre toutes les calamités et contre le désespoir. Ça explique la capacité de résistance de certains, surtout les truands, les professionnels de la vie marginale. Ils encaissent, ils ont une endurance à toute épreuve. Dans les camps de concentration pendant la dernière guerre où quelques-uns d'entre eux avaient abouti, ils ont survécu alors que les honnêtes gens crevaient.

Ça le fascinait aussi le Frédo que je m'en sois sorti avec le porte-plume. Il y voyait d'abord, à sa façon de gamberger, un coup de vice. Dans notre jargon, un vicieux c'est pas ce que le commun des mortels suppose… un masochiste… un voyeur, un scatologue… Rien à voir, le vicelard dans la pègre, pour situer les choses en gros, c'est celui qui louvoie, saisit l'occase des bonnes arnaques avec un minimum de risques… celui qui sait mener les bonnes embrouilles, qui manœuvre pour *s'en sortir…* s'arracher de la scoumoune. Ce qui veut dire surtout *ne plus replonger.* Ça paraît peut-être facile à ceux qui ne savent pas, ça le paraît moins à ceux qui *du dehors* se penchent sur la question, les rénovateurs, éducateurs, psy de tous poils. Mais ceux-là, au moins, s'efforcent de résoudre les problèmes. Finalement leurs solutions n'ont rien de très attrayant pour le vicelard. Ça se résume par aller au charbon, ou y retourner pour les travailleurs dévoyés. On dit aussi, ce qui est significatif, aller au chagrin.

Frédo, il avait pris son jour de congé pour venir me voir jusqu'à Paris. Après la tortore, il voulait qu'on grimpe dans les hauteurs de la capitale, sur la Butte où il gardait quelques relations. Juste quelques signes d'amitié à distribuer par-ci par-là. Il se méfiait sévère des premières petites compromissions, le petit accroc de rien qui vous entraîne toutes les mailles du filet. Il ne pouvait s'empêcher, c'était sa respiration la voyoucratie, il était tel un bouseux devenu agent de la RATP qui retourne aux vacances revoir ses vaches normandes... en traire une, comme ça, pour se rendre compte qu'il a pas perdu la pogne... humer le purin familial.

Je vous passe notre circuit touristique malfrat. Il commençait aussi à partir en brioche. Pas trop à regretter si ce n'est une espèce de romantisme lié à ma jeunesse. Oh, on n'y croit plus du tout, mais comme le cureton qui a jeté sa soutane aux orties du péché chantonne parfois des cantiques en prenant sa douche, il vous revient des airs canailles quand on a traîné ses lattes dans ce monde-là.

Il avait pas eu le temps de tout me raconter, Frédo, fallait qu'il réintègre l'HLM où il habitait près de Rouen, le lendemain dès les aurores il devait être à son volant. Il était venu tâter le terrain, voir si de mon côté il ne repérait pas une ouverture, une possibilité de gravir un petit échelon de sa réhabilitation. On avait abordé le problème. Fallait que je gamberge, que je cherche une idée, un petit moyen de lui filer un coup de paluche. Je l'ai reconduit à la gare. On allait se revoir sûr certain. Il m'invitait à Rouen, faire connaissance avec sa Mireille qui ajoutait à toutes ses qualités amoureuses un don spécial de tambouilleuse. Avec leurs revenus à peine supérieurs au SMIG, elle parvenait à lui confectionner des petits plats... qu'on en becte pas de meilleurs à la Tour d'Argent !

Un de ces traits de caractère, une véritable vertu chez Frédo... qu'il ne dégrainait jamais les avantages acquis... Sa Mireille, il la ciblait dans les prix de Diane, l'experte cordon-bleu, la reine de la turlutte savante... etc. Toutefois, il savait bien l'adage... qu'on peut tout attendre d'une gonzesse qui bande, d'une amoureuse régalée, qu'elle est capable de tuer pour son Jules, mais gaffe... sitôt sortie de la chansonnette, trahie ou délaissée, tout ça se métamorphe en haine. Bien des hommes se sont retrouvés au fond des oubliettes pour avoir négligé cette notion élémentaire.

Il était encore bien brun à ce moment-là, encore presque toute sa chevelure, encore mince, encore jeunot et moi aussi. Après la quarantaine, ça peut tourner vite, on se couperose et grisonne. Puisque mon histoire va se dérouler sur plus de vingt ans, sans que je me rende compte, on va changer. On regarde les années qui s'effondrent, c'est bien connu, sur la gueule des autres. Sur soi on se méfie moins des vacheries de l'âge. On a tort.

2

Quand j'aurai les trois quarts du corps dans la tombe, je dirai ce que je pense des femmes. Puis je rabattrai vivement sur moi la pierre de la tombe.

Tolstoï

J'entrais alors dans le chapitre cinoche de mes pérégrinations. Jusqu'alors j'avais juste fourgué mes *Cloportes* à Michel Audiard. Le film se tournait sans que j'aie à intervenir. Souvent le cas, l'auteur du roman, du scénario, il dérange sur les plateaux du septième art, on préfère qu'il soit le plus loin possible. Un ouvrage posthume c'est encore le mieux. On le triture, rafistole, contourne, remodèle au goût du jour. S'en chagriner n'est que perte de salive, pets en glissade sur la fameuse toile cirée de la cuisine. J'ai fait le circuit de la question, m'y suis usé les espérances. Pour arriver à faire entendre sa propre musique, ça demande d'autres qualités que de l'imagination et de l'expérience. Faut avoir sans doute des arrières assurés. Un clan quelconque qui vous soutienne, une religion, un parti, l'idéologie dans l'air du temps... un financier nuit pas non plus... et puis la mode, savoir s'y conformer. C'est le plus tyrannique, le plus important, la mode. Ça se démode et ça se remode. N'y pas prendre garde, on se retrouve vite dans les bordures où l'on reste à pédaler dans la choucroute, la semoule de couscous ou bien carrément dans la fiente.

Il m'est parvenu une demande pour collaborer à un film. En général ce qui vous arrive de favorable dans ce métier, vous ne l'avez pas recherché. Quelqu'un pense à vous... savoir pourquoi ! Là, ça venait d'un circuit en marge, une équipe de psychologues, de psychiatres spécialistes des questions criminelles qui expérimentaient leurs travaux sur un groupe de détenus à la prison de la Santé. Ça s'intitulait leurs travaux... *Tentative de psychothérapie collective en milieu carcéral.* Déjà ils avaient installé leur groupe sur place... deux médecins, une assistante sociale, un éducateur de la tentiaire, je ne sais quel autre spécialiste... le tout sous la houlette du professeur agrégé André Pilarède. Un homme qui avait connu, je crois me souvenir, Freud en personne... le grand Sigmund. Lui-même une sommité qu'on interviewait dans *France Observateur, L'Express,* tous les journaux à la pointe de la nouveauté. Ses assistants, qui épluchaient toutes les publications concernant les questions criminelles, étaient tombés sur *La Cerise.* Pas en pâmoison, ce n'est pas leur genre... n'empêche, vif intéressés les futurs savants ! Ils avaient donc signalé mon bel ouvrage au professeur. Dans une revue spécialisée j'avais eu droit, excusez du peu, à une étude... sur précisément l'obsession alimentaire qui ressortait de mes récits. *L'Alimentation facteur d'actualisation du temps pénal,* ça s'appelait. Toute mon œuvre explicitée avec des schémas, des graphiques, pourcentages et statistiques.

Par cette porte extrêmement étroite je vais donc pénétrer dans le cinoche... comme scénariste d'un court métrage scientifique. L'équipe du professeur Pilarède doit réaliser un film pour mieux illustrer le sérieux de leurs travaux. C'est pour ça qu'il me contacte, ce professeur, me convoque pour ainsi dire.

— Vous avez un vécu de l'intérieur indispensable pour nous éclairer.

C'est un homme de la cinquantaine, un peu chauve, un peu bigle, un peu souriant, un peu affable... un peu tout ce qu'on veut. Il fait des gestes lents... de prélat.

Ne sais trop ce qu'il attend de moi. Il va me faire lire d'ardus bouquins... les siens, bien sûr, et puis ceux de Constance Monival son assistante. Je vais connaître bientôt toute l'équipe, les vaillants explorateurs de l'univers carcéral.

Pour réaliser le film, ils ont l'autorisation du ministère. Ils pourront tourner sur les lieux, à même la Santuche... des surveillants seront à leur disposition pour les guider, les aider. Le hic... pas question de faire parler les détenus... ni même de les filmer. Interdiction formelle des autorités compétentes. Les intéressés eux-mêmes, ceux que l'équipe traite depuis plusieurs mois en psychothérapie collective... des volontaires... ils ne sont qu'une douzaine pour l'instant. Constance Monival m'explique... elle est parvenue dans le bureau du professeur sans frapper, cigarette au bec. Une jument question taille, fessier, denture... Sapée mec... nib de fioriture... maquillage, frisettes, bijoux... elle est en chandail et froc qui lui serre les miches. Affable à peine. En coup de vent, elle me balance quelques louanges à propos de mon style, du courage qu'il m'a fallu pour m'extirper de la mare aux réprouvés. Etc. Cette scène se situe chez le professeur Pilarède, à son cabinet boulevard de Port-Royal. Il est pas dans un cagibi le professeur. Ça doit tout de même bien fonctionner son sacerdoce médical ou alors il avait déjà des biens de famille, comme c'est souvent le cas. Son papa sûrement vendait pas des frites à la Foire du Trône. On marche sur une épaisse moquette grise, aux murs des barbouilles abstraites genre Mondrian, Kandinsky... une sorte de mobile de Calder sur un socle dans un coin.

Ça l'excédait que les fonctionnaires de la Place Vendôme ne lui permettent pas de faire s'exprimer les détenus devant la caméra. Aux États-Unis, au Mexique, en Australie... je ne sais où encore, c'était devenu courant, les condamnés de droit commun passaient couramment à la télévise. En France nous étions tout à fait en retard dans ce domaine, comme dans bien d'autres, hélas, fastidieux à énumérer !

Constance Monival voulait écrire un article dans *Combat* pour dénoncer cette forme de censure sournoise. Elle avait la plume facile, directe, acérée, du moins l'affirmait-elle. J'allais me rendre compte, elle allait me faire lire.

— On se tutoie. Tu m'appelles Constance.

J'ai jamais eu le tutoyage facile. Je préfère garder les distances. Trop d'affection, comme ça d'emblée, ça m'étouffe. Cette fraternité un peu obligatoire n'efface pourtant pas les rancœurs, jalminceries de tous ordres. On s'aime trop les uns les autres. Ça cache parfois les crochets venimeux, les bibises tout bout de champ. Enfin je me conforme... vas-y pour Constance à tu et à toi.

Le professeur et Constance m'éclairent sur leur psychothérapie collective. J'écoute, sage, je prends pas de notes, je devrais, ça me poserait davantage, ça ferait plus intellectuel. J'en perds pourtant pas une et en même temps j'arrive à me poser des questions essentielles, quant à leurs rapports. Savoir si cet éminent professeur criminologue grimpe cette jument — où et comment ? Elle a des côtés goudou qui vous repoussent les idées batifoleuses. Certes, en période de disette-braguette, à la décarrade d'un pénitencier, d'un couvent quelconque, on se l'embourberait sans fléchir du chibre. En croupe, on doit voyager assez confortable. Peut-être que le professeur elle se l'offre au martinet, qu'il lui lèche les escarpins. Mais elle n'a pas d'escarpins, la vache... je remarque, elle est chaussée de pompes sans sexe. Les godasses, peut-être mieux en définitive que leurs longues séances de psychanalyse... vous éclairent sur les tendances d'une gonzesse et par la même occase de tous ceux qui tourniquent autour, se retenant la bite en froc.

Mais je m'éloigne, biaise dans les pensées licencieuses, revenons, si vous le voulez bien, à mon histoire de cinoche. Par la suite j'allais conférer, symposiumer, séminariser avec les élèves, les disciples du professeur. Une planète un peu étrange où ça jaspine intensif... décortique la moindre mouche, le plus minuscule indice du comportement des bipèdes humains. C'est tout un vocabulaire, une approche nouvelle des êtres. On va jamais direct au but, le pourquoi tout simple du comment. On entreprend des recherches dans le moi profond, l'ego, les petits cacas de notre enfance. Pourquoi qu'on se respirait le doigt après s'être exploré le fion.

On s'y ennuie ferme dans leurs cercles, mis à part les trouducuteries inévitables dès qu'on regroupe mâles et femelles en âge de jouer au tenon et à la mortaise. Pour l'instant, je n'étais admis qu'à titre provisoire, il s'agissait que je collabore pour une durée déterminée, celle de la préparation du film et de son tournage éventuellement. Puisqu'ils ne pouvaient avoir de véritables prisonniers pour incarner leurs propres rôles, ils avaient — surtout Constance — pensé à mézigue... que je pourrais écrire les scènes correspondantes aux situations qu'ils m'indiqueraient. Ils avaient un échantillonnage de taulards le plus propre à donner une idée approximative de la clientèle carcérale. Dans mon livre, sans que ce soit prémédité, j'avais mis en scène tout un cheptel de voleurs, maquereaux, violeurs de fillettes, assassins de rentières, régleurs de comptes sauce hémoglobine, escrocs en tout genre. Eux ils les avaient mis en fiche, une nomenclature minutieuse.

J'étais pas, vu l'époque, en mesure de chochoter sur une proposition de travail. D'accord, je pouvais leur écrire leurs scènes... Oui, oui, sur leurs indications précises. Il s'agissait de science, que j'aille pas me permettre des fantaisies verbales, des erreurs psychologiques. Le professeur laissait Constance me donner toutes les directives. Il écoutait, acquiesçait derrière son bureau, derrière ses lunettes, sous le portrait du cher Sigmund avec sa barbiche. La remarque... Constance, elle était bien trop à l'aise chez le grand patron. Elle s'était posé une fesse sur le bord du bureau. Et elle fumait des gitanes papier maïs. Aucune gêne. Certes, ils pavoisaient dans l'égalitarisme de bon aloi ces médicastres du subconscient, n'empêche je devais avoir respiré la bonne vape lorsque je gambergeais dans le secteur des gâteries intimes réciproques. Une seule réunion, une seule approche, mon zob à couper que le professeur s'offrait ou s'était offert des privautés avec Constance.

J'aurais bien aimé gaffer ses guibolles. Ça vous donne une idée importante sur une personne du sexe, comme disaient nos grands-parents. Ça fait rêver, les jolies jambes, je trouve autant et même plus que les couchers de soleil. Ces libidineux apartés ne m'empêchent pas de suivre ce projet on ne peut plus sérieux. Je laisse mes besoins inavoués au vestiaire quand il le faut. Leur film de psychothérapie, je m'en mesurais déjà les difficultés, mais elles ne me paraissaient nullement insurmontables. Suffisait que je les jauge bien tous... ces deux savants-là et ceux qui allaient suivre. Connaître les mots à ne pas prononcer, les attitudes à adopter. Déjà Constance, je me la faisais en employant les vocables qu'elle attendait, ceux qu'elle se figurait qu'un zèbre comme moi devait employer. Zèbre, par exemple, c'était pas un mot qu'elle utilisait. Ça saute trop, un zèbre, ça galope et ça ne s'arrête pas pour divaguer sur les divans du docteur Freud.

N'allez pas croire, chers lecteurs, que je me défile en vous présentant le professeur Pilarède et son assistante, que je romance à lure-lure, que je vous oublie Frédo comme ça au détour d'un chapitre. Je procède par séquences. On va y revenir à Frédo et dare-dare... De Rouen, il m'avait écrit combien il avait été joisse de me retrouver aussi gaillard, aussi guéri de ma tuberculose, aussi prospère avec ma DS 19, mon manteau en cuir noir et mon air en lousdoc de me foutre du monde. En ça j'avais pas du tout changé, il précisait en PS.

Il m'enviait un peu, c'était naturel. Il piétinait aux portes d'un sort meilleur. Rêvait-il de gloigloire ?... sans doute. La sagesse serait de jamais se berlurer de ce côté-là. C'est la maîtresse la plus traîtresse et la plus imbécile aussi... la plus illusoire... un fantôme... et pourquoi pas se faire des pognes aux honneurs posthumes !

Pour un lecteur cultivé et attentif qui connaît un peu les coups et matraques de l'existence, le grand, le seul vrai de vrai... celui qui a tout dit, quant à notre engeance voyoute, c'est François Villon. « Il n'est trésor que de vivre à son aise... » Ballade de bonne doctrine à ceux de mauvaise vie... C'est le jules de la grosse Margot qui vous parle à travers les siècles. « En ce bordeau où tenons nostre estat. »

Il m'est venu que je pourrais peut-être proposer à mes explorateurs patentés de l'inconscient d'interroger un homme au palmarès pénitentiaire impressionnant. Dix ans de maison de correction plus quinze pigettes de placard. Relégué à présent en pleine cure de réinsertion.

J'avais déjà avancé dans mes travaux avec l'équipe des criminologues. Un petit contrat, avec un chèque pour m'encourager. Rien à voir avec les tarifs du cinoche normal. Pour cet instant je m'en faisais deux trois fins de mois, plus quelques bricoles pour mes lardons en âge alors des petits jeux et des caramels.

Je m'en suis ouvert à dame Constance. Elle avait les yeux gris, Constance. Gris fer ou quelque chose d'approchant. Maîtresse gonzesse, elle se collait les mecs comme des timbres sur son album sexuel. Sans doute avec des notes, des graphiques... sa manie ! Comme j'échappais sûrement à sa libido, pour employer son langage, j'étais plus à l'aise pour discuter. Je devenais un interlocuteur quelconque. De mon côté aussi, je n'avais aucune arrière-pensée cochonne. Je vous ai dit, ses tatanes plates, son bénard cache-guibolles, ses façons de vous fumer dans la narine ses gitanes maïs. Et puis sa jactance ! Ça, le comble ! Elle lésinait pas sur les mots... dans le cru du sujet question sexe. Ça a fait tache d'huile depuis. Les femmes dans les films, les télévisions aujourd'hui vous décrivent leur clitoris, leur vulve... comment qu'elles prennent le pénis de leur partenaire dans le vagin. Et leurs orgasmes, leurs masturbations avec le rouleau à pâtisserie. Certes, ça vous évite les tortillages interminables... de jouer de la mandoline au balcon, les fleurs livrées à « celle qui hante mes nuits et mes jours »... les madrigaux, tous les parfums d'Arabie...

Elle se méfiait encore, Constance, à mon endroit, elle n'osait pas me questionner sur mes refoulements, mon Œdipe, mes inhibitions... besoins inavoués. Elle gardait ces gourmandises pour ses patients de la Santé. C'était de l'innovation au placard, ces réunions où se retrouvaient en cercle quelques malfrats, pour s'autoconfesser, se raconter leurs complexes et leurs fantasmes...

Nous n'en étions pas encore à la grande ouverture de la détention sur le monde extérieur. Ça devait être M. Foyer, le ministre de la Justice. Il restait conservateur, méfiant à l'égard des innovations avant-gardistes. Que ses établissements restent bien fermes, gardés scrupuleux, c'était sans doute tout ce que lui demandait le général de Gaulle. Déjà bien beau que le professeur Pilarède puisse expérimenter ses travaux avec quelques détenus cobayes, pas question que j'aille traîner mes grolles dans les couloirs de la Santé. Paradoxal, on m'interdisait formel d'entrer en taule, après m'y avoir gardé le plus longtemps possible jusqu'en 1961. Constance ricanait : « Quelle absurdité ! »

Leur psychothérapie de groupe n'avait pas manqué de volontaires. Sans trop savoir de quoi il retourne, ça paraît à premier énoncé un truc qui peut déboucher sur une échappatoire, un élément de circonstances atténuantes. Pas si truffes, les médicos en tenaient compte dans leurs études, dans leurs statistiques. Où ils devaient le plus se méfier c'était avec les professionnels de l'embrouille et dc la fauche, les escrocs prêts à tous les escamotages, les pipeurs de dés, les carambouilleurs. Les proxénètes hésitaient, peu doués pour la confession, ils ne voyaient pas bien ce qu'ils pouvaient gagner à toutes ces singeries. En définitive, les seuls clients qui devaient répondre aux vœux de cette nouvelle science, c'étaient les éléments hors truandage, les assassins passionnels et toute l'engeance de la pointe... les exclus de tous les pénitenciers du monde : bourreaux d'enfants, satyres, pédophiles, violeurs de grand-mères. La plupart de ces criminels ne voient d'issue à leur condition que par la psychiatrie. D'emblée, tout ça posait un problème au professeur Pilarède... comment faire cohabiter dans un même cercle des patients aussi disparates ? La gente voyoute se refusant d'être confondue avec les dévoyés sexuels.

Ce que j'ai argumenté à la doctoresse Constance Monival. Elle ne pouvait qu'en convenir mais son idéal c'était que tous ces gens se retrouvent à tout prix en train de former un même cercle en vue de traiter leur névrose carcérale. Les inviter à se restructurer... se rebecter le moi profond... Enfin quelque chose de ce genre, je vais pas m'approfondir là-dessus. Pour les médecins de cette école, la plupart des détenus n'avaient qu'une responsabilité partielle de leurs actes. On pouvait donc les soigner au lieu de les plonger pour un certain nombre d'années dans l'univers déshumanisant de la prison.

Y a-t-il de vrais coupables ? Question dont on pourra débattre longtemps. A un certain niveau, qu'on arrivera sans doute jamais à atteindre, n'importe quel assassin a des circonstances atténuantes. La psychiatrie aide à les découvrir.

Dans le cas de Frédo, nul besoin de psy pour les découvrir, ses circonstances atténuantes. En mettant à plat son pedigree, on constatait que la société bourgeoise ne lui avait pas fait de fleur. Né dans une catégorie maudite, tout ce qui lui était arrivé était inscrit dans quelque grand livre.

— Faut savoir battre les hypocrites ou alors crever.

Ce qu'il m'avait dit en conclusion à la fin de notre première rencontre le mois précédent.

Battre les hypocrites ça voulait dire qu'il lui fallait pour s'en sortir être prêt à toutes les pantomimes. Sans doute qu'il allait faire tilt avec le professeur, la doctoresse et les autres que je renonce à vous énumérer. En gros des bigleux palabreurs... sourires sympas... cheftaines en rupture de louveteaux qui veulent se frotter aux vrais loups pour mieux frissonner.

Je vous force peut-être le tableau. Rien n'est simple, il y a chez ces gens une véritable passion généreuse, dévorante... une soif constante de refaire le monde qui est respectable. Difficile de s'y retrouver, ça se camoufle sous les prétextes scientifiques, c'est méli-mélo sexe et âme... religion déviée... soucis de perfection. A l'époque en plus y avait du marxisme dans ce mélange. Le papa Staline était déjà borduré, mis à la sauce autocritique, mais on espérait tout de même en Mao. Aujourd'hui même le barbudos Castro ne fait plus recette... N'empêche, tout réapparaît sous d'autres formes. Les psy du même modèle que les miens ont fait des petits. Sans doute ont-ils une utilité... *quelque part,* comme disent les personnes à la mode.

En tout cas pour Frédo ç'a été le point de départ de sa réhabilitation. Non qu'il se soit enquillé dans une véritable analyse, seulement il a attrapé la balle au bond, il a foncé jusqu'à l'essai qu'il a lui-même transformé.

L'équipe du professeur Pilarède se réunissait dans un dispensaire, une dépendance de l'hôpital Cochin. Mes lecteurs et mes pas trop encore vioques lectrices de *L'Hôpital,* je leur ai fait découvrir autant que faire se peut ces lieux de villégiature à la belle époque de la tubardise.

Constance, je l'ai convaincue sans mal d'adjoindre à notre entreprise mon camarade Alfred Friteau. Ses vingt-cinq piges de cabane, pour elle, c'était un élément tout à fait positif. Sa volonté aussi d'échapper au cycle infernal de la récidive. J'ai à nouveau plaidé sa cause devant tout l'aréopage. La seule question délicate, qu'il fallait bien qu'on le rémunère ce nouveau membre de la confrérie. Là-dessus, c'était moins enthousiaste. On voit toujours les limites des meilleures intentions du monde dès qu'il est question d'argent. Le professeur, il se perdait dans des abîmes de gamberge quand on lui parlait de carbure. Fallait qu'il aille à la relance, je ne sais où. Il touchait des subsides du ministère de la Justice. Y avait quelque part une caisse. Le circuit des pépètes est toujours étrange... avec des sigles... des associations... des budgets... A remarquer cependant que les premiers servis sont les organisateurs, les présidents, les secrétaires généraux. Par la suite, j'ai appris que notre film était sponsorisé par un grand laboratoire de produits pharmaceutiques. Y a jamais de mystère en définitive.

Pour enlever le morceau je leur ai proposé d'abord

qu'on fasse venir Frédo, qu'on l'invite à un déjeuner d'études quelque chose de ce genre... une dépense qui s'amortit aux notes de frais. D'un coup d'aile de ma DS, je me suis propulsé à Rouen pour affranchir mon pote, lui expliquer long en large les tenants et aboutissants de l'affaire.

Il m'avait un peu bluffé sur ses conditions de vie. C'était dans sa nature et je pense aujourd'hui qu'il avait raison. Vaut mieux pour se faire valoir en rajouter. Moi, je tombe plutôt dans l'excès inverse, je m'écrase, j'ai peut-être conscience de la relativité des choses et du peu que chacun représente dans les espaces infinis qui nous écrasent, comme disait Blaise.

Il vivotait à l'étroit, dans un deux-pièces d'HLM de la banlieue rouennaise. Rien de folichon question environnement... La verdure ne demande qu'à pousser avec les pots de pisse qui se déversent sur la région mais le béton veille ! Les herbes ne passent qu'entre ses jointures, les fissures du ciment. On aperçoit des géraniums aux balcons, des cages à zoiseaux, des petites plantes grimpantes... C'est pas les roses de Bagatelle. Nos villes s'embourgeoisent et repoussent les loquedus dans les bordures où la rouille envahit tout. On les éloigne le plus possible des circuits touristiques. C'est devenu depuis cette époque des cités arabes, quasi africaines... tout à fait lugubres sous le ciel de plomb. Et elles s'agrandissent, elles vont finir par se rejoindre. Entre Paris et Rouen rien d'impossible. Vers Bruxelles aussi. L'avenir c'est la banlieue pour tous. Les métropoles de la joie, résultantes des cogitations de nos architectes utopistes.

Mireille aussi, Frédo me l'avait décrite Vénus scuptu-rale, chef-d'œuvre de chair. Fallait nuancer le tableau. Elle était plutôt bigoudis comme style, un peu déjà ménagère, plus empâtée qu'arrondie. Question de ses surfaces velues je pouvais pas y aller voir, mais ça me paraissait plausible... son joli tablier de sapeur. Elle pavoisait brune... tignasse, sourcils... les yeux noirs. Ce qui se respirait tout de même... qu'elle postillonnait pas sur le morcif. Sa façon de se mouvoir la croupe, de mettre en valeur ses pare-chocs... son sourire aussi, prometteur des enchantements de braguette.

Là n'étaient pas mes intentions, j'étais parvenu en avance à son rendez-vous. J'avais trouvé sans trop de mal dans la cité des Sapins la rue Eugénie-Cotton[1]... bâtiment 16, escalier A. Frédo n'était pas encore rentré de son travail.

— Il a eu une livraison à faire jusqu'à Yvetot. Y a des travaux sur la route, ça a dû le retarder.

En attendant, j'ai siroté un petit verre de banyuls en compagnie de Mireille. On a fait plus ample connaissance en grignotant des amuse-gueules apéritifs. Elle, ne prenait son service que tard dans la soirée. Elle était de nuit par roulement à la clinique Vaillant-Couturier, heureusement à deux pas de la cité. Leur salle de séjour-cuisine c'était décoré fête foraine... les dorures... les petits tableautins couchers de soleil sur les îles... le rougeoiement derrière les cocotiers qui se profilent. Pour en arriver question art au goût du professeur Pilarède, fallait une ou deux générations de mûrissement. Ça se décante le bouseux par l'opération de la sainte-critique. Avant de parvenir à l'abstrait, au pop art, à l'école de Nice, faut se gaver de bonnes lectures, se déplacer dans les vernissages. Mireille, à l'évidence, elle en avait jamais eu le loisir. Aide-soignante, elle était. Frédo l'avait bombardée infirmière parce que c'était plus reluisant et puis que ça facilitait la conversation.

— Il a du mal, vous savez. Son patron connaît sa situation alors il en profite un peu.

Pas qu'y soit tout à fait dégueulasse ce patron, il a

1. Eugénie Cotton : Femme de sciences. Membre du Parti communiste français après la Libération. Prix Staline de la paix.

déjà accepté d'embaucher un repris de justice comme chauffeur-livreur, ça lui présente des risques. Un employé de ce genre peut lui détourner un camion... qui sait... l'utiliser pour braquer une banque, embarquer une vraie jeune fille et lui faire subir d'odieuses violences dans les bosquets du bord de la route.

Avec leurs deux paies bout à bout, ça leur permettait de vivre là, à l'abri dans leur niche de béton... un poste de télévision au milieu du living afin d'entrevoir de temps à autre le monde des nantis. S'ils se contentent de ça, les boulots, ils doivent s'estimer dans une sorte de bonheur. Frédo, pour sûr qu'il allait pas s'en satisfaire vitam. Près de deux ans que Mireille le tenait au chenil, elle y mettait toute sa gentillesse, ses gourmandises d'alcôve... elle lui mijotait des saucisses au chou, des coqs au vin, des tripoux... des entremets. Il savourait certes mais, parfois, il repoussait son assiette, ça lui prenait les maudissures, ça lui remontait en renvois puants les vacheries de sa chienne d'existence.

— J'ai toujours peur qu'à son boulot quelqu'un lui dise une mauvaise parole. Vous savez comment il est, il se contrôle pas toujours assez. Un mauvais coup est vite parti.

Sans doute, il a gardé des réflexes de voyou. Un certain sens de l'insulte qui disparaît de plus en plus de nos mœurs. Avec les psy, je pense qu'il faudra qu'il s'écrase, qu'il étouffe un peu ses réactions de violence.

Il arrive, il est en tenue de pue-la-sue... la salopette, le maillot de corps débardeur qui sera à la mode chez les snobs quelques années plus tard... Lorsqu'il tombe sa veste on peut découvrir, admirer ses plus beaux tatouages, au plein des biscotos.

— Si j'avais su, il dit à ce sujet, je me serais jamais fait bouziller. Je peux plus passer inaperçu...

Il en a jusque sur la zigounette, je vous ai dit, des arabesques, des inscriptions. Ça a beaucoup plu à Mireille... Elle a marché au romantisme pégriot... Mon homme... Il avait de grands yeux très clairs où parfois passaient des éclairs ! Une fois installé en HLM ça se fane aussi les tatouages. Rien de pire pour la poésie, même du ruisseau, que la soupe et l'étreinte quasi hygiénique.

Il entrave vite la coupure, Frédo. Mes professeurs, il en a déjà entrevu de semblables. A la fin, à Saint-Martin-de-Ré, il y avait des missionnaires de la même confrérie qui se pointaient. Leur action était plutôt positive. Ils soutenaient les détenus... servaient de tampon avec toute la matonnerie. Peu à peu l'administration devait compter avec eux.

— De toute façon, j'en ai rien à foutre de leurs conneries ! Si tu penses que je peux en tirer un peu de carbure, ça sera déjà ça.

Pour le carbure ça sera pas bésef, mais ça pouvait être beaucoup mieux que ça. Ce que je subodorais, Frédo est venu et, là, j'ai pu admirer son savoir-faire. Sitôt devant l'équipe du professeur, il a mis son moteur en route, il a passé les vitesses et on peut dire qu'il les a tous baladés juste comme ils le désiraient. Une soirée entière, il les a tenus en haleine à la débagoule. Toute sa vie y est passée. Les jours de Fresnes en 1942 quand il entendait de sa cellule les communistes chanter *L'Internationale* tandis que les Allemands les emmenaient pour les fusiller.

— Dur à avouer mais à ce moment-là j'étais surtout obsédé par la bouffe. Plus rien d'autre ne comptait. J'ai mangé de la colle, monsieur le professeur, du papier ! On m'a conduit moitié mort de faim à l'hôpital central.

Il ajoutait que s'il était là, encore vivant, devant nous tous c'est qu'il avait rencontré un toubib vraiment humain qui l'avait pris sous sa protection. D'une petite touche astucieuse, il laisse à chacun de nos vaillants chercheurs l'occasion de se retrouver un peu sous les traits... la blouse blanche de son bon docteur.

Je m'étais pas gouré sur son compte, il était supermariole, le Frédo. En une séance, il m'avait éclipsé. Pour le professeur, Constance et les autres, il devenait indispensable. Il leur avait fait une barbe à papa extraordinaire. Il se permettait même de les faire rire. Tac ! il y allait de quelques pointes d'ail humoristique dans son gigot cuit juste saignant.

Il me restait plus, moi, qu'à transpirer de la pointe Bic... leur écrire leur scénario. En cela je restais d'une grande utilité. Point n'était-ce de la nougatine. Je débutais dans le métier par la porte tout à fait étroite. Un film quasiment de psychiatrie. Avec des drôles de directives. Les uns les autres me donnaient des indications sur les personnages, leurs motivations, leurs comportements dans leur extraordinaire volapük que je traduisais au petit bonheur.

Avec Frédo ils prirent un arrangement, ils allaient lui casquer une somme forfaitaire pour sa collaboration. Mais cela impliquait qu'il prenne un congé chez son patron, le débiteur de planches.

Il a mis Gérard Baudelaire dans le coup. Ce dernier tout heureux de venir se frotter aux savants criminologues, rencontrer le professeur Pilarède dont il avait lu toutes les études sur le traitement psychiatrique en milieu carcéral... tous ses rapports dans les congrès de criminologie. Un admirateur éperdu qui se pointe connaissant toutes les œuvres d'un écrivain, surtout un auteur scientifique... rien de tel pour lui mettre la vanité en érection. S'ensuivent les meilleures relations.

Ce Baudelaire-là, il payait pas terrible de mine. Un petit bonhomme au poil rare sur la tête... aux épaules étroites... ni beau ni laid. Un de ces êtres qui passent sur terre sans qu'on les remarque. A peine leur concierge, leur épouse. Le jour où on les met dans le sous-sol aux osselets... leur nom déjà s'efface à peine la cérémonie achevée... la première idée qui me vient en rencontrant Gérard Baudelaire, agent de probation. Certes on ne le voyait pas du tout, il était le plus anodin possible mais à le fréquenter un peu on finissait par découvrir un de ces drôles de types qui s'efforcent toujours de se trouver dans les endroits où ils peuvent rendre service, se mettre en quatre pour le premier venu, le dernier traîne-lattes... tous les mistouillards possibles. Débuter à la préfecture de police, ça n'implique pas spécialement une vocation de philanthrope, pourtant m'sieur Baudelaire c'est comme ça qu'il avait commencé. Oh, dans les bureaux sans doute, je me l'imaginais pas trop sur le terrain, à la surbine... la surveillance des malfrats et des putes... l'interrogatoire musclé de Loulou le Bancal, ex-agent de la Gestapo devenu rôtisseur de vieilles dames... Marcel le Balafré, tueur à la tronçonneuse. Ils existent... ils sévissent, alors il faut bien les faire parler, n'est-ce pas ? Dormez, bonnes gens !

Depuis quelques années le ministère de la Justice, avec la réforme pénitentiaire, avais mis en place le système de la probation. Il s'agissait de suivre socialement les libérés conditionnels, les jeunes en sursis... leur trouver du boulot, un hébergement et puis les aider le plus possible à rester dans le droit chemin. Baudelaire, qui était surnommé Fleur du Mal, ça allait de soi, s'occupait de je ne sais combien de petits mecs sortis de taule et quelques adultes dont Frédo. Il se reposait jamais, on aurait dit. Au milieu de la nuit on l'appelait, il intervenait pour ses protégés, ceux qui déviaient, se faisaient alpaguer en train de pratiquer la foire d'empogne, quand ce n'étaient pas les agressions nocturnes de pédérastes en chasse.

Avec Frédo il avait touché un client d'exception. Pas le style à lui créer des emmerdes pour des enfantillages. Ils avaient maintenant des liens presque d'amitié.

Cette histoire du film avec les criminologues posait un réel problème avec son patron. Même en prenant un congé sans solde, Frédo lui perturbait son business. Gérard Baudelaire lui a trouvé un remplaçant provisoire parmi ses détenus libérés. Et Frédo a proposé de surcroît que cette absence lui soit retenue sur ses vacances. Là, il a définitivement conquis le professeur et ses disciples. Constance s'est répandue en proclamant qu'elle venait de rencontrer un type tout à fait exceptionnel... un exemple formidable de la réinsertion.

Seule Mireille ne pavoisait pas. Elle avait projeté qu'ils aillent en amoureux cet été se rôtir la couenne sur la côte adriatique près de Rimini. Ils allaient acquérir une 2 CV à croume, c'était l'occase de l'étrenner.

— Je sais ce que je fais, a rétorqué Frédo à ses jérémiades. On ira plus tard en Italie, on ira même plus loin, fais-moi confiance.

Tranchant net. Mireille est restée dans sa cité des Sapins, tandis que son homme, son bel amant tatoué, se parachutait sur Paris. Tout près du dispensaire, dans un petit hôtel, pour mieux être à pied d'œuvre. Malgré tout leur savoir, nos psy avaient besoin, grand besoin d'un homme de terrain comme lui, d'expérience... Beau disserter, étudier les névroses de l'enfermement, les inhibitions du détenu... tendances à la morbidité du délinquant... etc., les vingt-cinq piges de placard de Frédo s'avéraient irremplaçables.

Constance Monival allait assurer la mise en scène du film. Elle avait appris le métier quelques années auparavant avec un oncle qui dirigeait une petite maison de production spécialisée dans les films médicaux.

On était en mai, le joli mois... tournage prévu début juillet. Ça faisait pas lerche comme délai pour la préparation. Je me suis recroquevillé à L'Haÿ dans mes roses pour chef-d'œuvrer sans attendre l'improbable inspiration. Les choses ont évolué rapidos. Pas gouré sur Frédo, à peine dans le cercle, il se fortifiait une position dans le lit de Francine, l'assistante sociale de l'équipe. J'ai omis de vous la présenter, jusqu'ici je ne voyais pas la nécessité de vous la sortir de l'anonymat.

Elle ne m'avait pas paru digne même d'un hâtif croquis. Une petite femme menue, l'air timide, ce qui faisait l'essentiel de son charme. Aux réunions on n'entendait pas souvent le son de sa voix... fine la voix, en harmonie avec le reste, les traits du visage, l'œil bleu candide. Question châssis elle forçait pas la note sur les avantages les plus palpables. En tout cas Frédo ne s'était pas gratté longtemps, dès la première semaine il l'avait sabrée à la hussarde. Carrément sur le bureau du professeur, après une réunion. Il était revenu sur ses pas, ayant repéré que la môme était restée pour accomplir je ne sais quel travail de paperasserie. Le prétexte... qu'il avait oublié son bada, son feutre à petits bords genre presque tyrolien qu'il portait un peu en avant sur le front.

Spécial, il m'a gratifié d'un coup de bigophone pour m'affranchir de son action d'éclat. Il voulait que je profite de la scène, je l'avais bien mérité tout de même puisque c'était grâce à moi qu'il naviguait sur le navire de la psychothérapie collective.

Cette Francine, elle pesait pas lourd devant Frédo. Après les prémices, les bagatelles ordinaires... qu'il pensait à elle, qu'il en avait le gourdin sévère !... il se l'est enlacée, soulevée, l'a assise lui-même cuisses écartées sur le coin du bureau.

— Oh, comme vous avez un gros pénis, elle m'a dit.

Ça faisait partie de son intime fierté, au Frédo, sa défonceuse de malfaiteur, mais jamais encore une nana l'avait complimenté de la sorte.

— Et la turlutte, elle appelle ça une fellation, t'es au courant ?

Ce que je lui ai rétorqué. Au pifomètre, j'avais pas expérimenté Francine, qu'il se rassure. J'espérais seulement que ça n'aille pas trop loin leurs échanges de sécrétions intimes... Quand ça se métamorphose amour-toujours, on sait jamais jusqu'où ça peut aller trop loin. On ne compte plus les assassinats pour un coup de bite. D'après ce que j'observais sur les us et coutumes de la tribu, ils se voulaient tous très cools, n'est-ce pas, que les rapports sexuels des uns les autres, les uns dans les unes, les autres dans les uns, restent du domaine des choses les plus simples, les plus ordinaires. J'avoue que je n'y crois pas lerche, ces histoires de nouveaux rapports simplifiés. Surtout dans ce domaine, ça dévie facile dans la bonne vieille roucoulade... Chassez l'artificiel il revient en automobile. Duraille de gommer l'amour chevaleresque et le romantisme.

Je pensais aussi à Mireille là-bas dans son trou de béton de la cité des Sapins. Sans doute qu'elle était d'une jalmincerie aiguë. Un homme tatoué à chibre infernal, ça provoque des sentiments qui ne reposent pas uniquement sur de la belle musique, des soupirs sous le pont, tout ça s'ajoute. Fallait aussi reconnaître qu'elle avait contribué sérieux à l'arracher de son ornière son bel Alfred. Elle lui avait vraiment tout donné... non seulement sa jolie chatte, son âme et son corps mais en plus toutes ses économies pour qu'il se resape à neuf et puisse repartir du bon pied. Il m'affirmait toujours qu'en d'autres circonstances, moins vulnérables sur le plan pénal, il l'aurait mise aux asperges la jolie Mireille. Fringuée comme il convient pour ce genre de sport, il lui aurait loué un bout de trottoir à la Madeleine où il avait encore quelques relations dans la tierce maquereautine... Il avait connu à Fontevrault Antoine Pedrozzi, un radjah qui régnait alors sans partage sur toutes les dames du secteur.

Une gonzesse aussi sérieuse, accrochée à ce point, elle risquait de prendre très mal en travers de sa cramouille les exploits extraconjugaux de son jules. On peut tout redouter d'une femme amoureuse... en tout cas qu'elle vienne foutre la barabille dans notre entreprise. Ce que je lui mis en dépliant sous le nez au Frédo... qu'il avait intérêt à ne pas trop égoïner cette souris pour la rendre folle amoureuse. Les mecs souvent ne peuvent pas s'empêcher, surtout les graines de hareng, de régaler les mômes en superspécialistes. Leur fierté, qu'elles se cramponnent ensuite à leur braguette comme des clébardes. Sans mesurer les conséquences.

Tout le monde s'en est bien rendu compte qu'il avait calcé Francine. Cette conne n'arrêtait pas de le sucer des yeux dès la première réunion de travail où justement j'étais venu leur lire mes premières séquences. La mise à plat... Il était prévu qu'on débatte, que chacun apporte sa contribution. Constance avait mis un gros magnétophone en route pour que rien ne se perde des précieuses critiques et suggestions de tout un chacun. Tout ça ne pouvait que s'échouer dans la pédanterie. Ce qui vous explique bien souvent la lourdeur, l'incohérence, la déglingue des œuvres collectives... Chacun vient y porter son grain, sa science, son petit point de vue. Il n'est d'œuvre d'importance qu'elle n'émane d'un auteur. Le reste est baliverne.

Je me suis aperçu de tout ça par la suite, au cours de mes petites mésaventures cinématographiques. On se lance avec des idées qui vous semblent géniales, des innovations, inventions même... on y croit, mais rapidos, on vous détruit, piétine, on vous cacate sur le chef-d'œuvre. Ou on se repère tous les glaviots, toutes les conneries possibles inimaginables. Jamais on arrive au bout des mauvaises surprises et peu à peu on s'en fout. Le terrible... on se blinde peu à peu, on fait semblant et ça suffit. On est ballotté... le hasard fait le reste.

Dans le cas de ce métrage médical, à l'avance je savais que je ne pouvais être qu'une pièce rapportée, un auxiliaire sans importance. Je les ai laissés digresser, me dépiauter la moindre réplique. On me demandait de souligner le besoin inavoué de tel personnage, ses automatismes, ses complexes... refoulements. Je me suis mis un peu à leur vocabulaire. Consciencieux, je prenais des notes... les hypothèses structurantes...

l'approche psychanalytique du personnage A et les soubassements de la punition chez le personnage B.

Ils avaient trouvé ingénieux, scientifique en quelque sorte, de désigner les protagonistes du film avec des initiales. Rendre tout ça en images devient coton. Un fiévreux comme Clouzot s'y serait lui-même cassé le talent.

Je vous abrège... toutes ces séances, ces préparatifs et même le tournage du film, qui n'est que secondaire pour ce récit. On a fini par y arriver. Pour la figuration on a même, Frédo et moi, rabattu quelques petits copains... des jeunots de la postpénale. La grande Constance, ça s'affichait pas qu'elle pourrait devenir un jour une vraie créatrice ès pellicules. Elle a embauché quelques ringards pour les rôles principaux. Vrai que pour s'offrir Belmondo ou Pierre Brasseur, c'était pas dans nos budgets.

Au final, ce film a tout de même été se baguenauder dans les congrès de psychiatres, de criminologues... dans les festivals de province. Il est devenu le sujet de nombreux articles dans les revues spécialisées et même d'une thèse en Sorbonne. La réputation d'André Pilarède y était pour beaucoup. Il suffisait qu'il se pointe sur une estrade et tout ce qu'il disait devenait prétexte aux plus profondes réflexions.

Les problèmes pénitentiaires en étaient-ils résolus pour autant, ça me semblait pas évident. En définitive Gérard Baudelaire avec sa patience, ses petits moyens du bord et son bon sens faisaient mieux progresser la réinsertion des taulards.

Mais revenons à Frédo, cette incursion chez les criminologues, ç'a été pour lui un sacré point de départ. Après Francine il a fini par s'offrir carrément Constance. Ou l'inverse. Ça contrecarrait tout ce que je me fabriquais dans la tronche à son sujet. Avec Frédo, ça pouvait pas s'imaginer qu'il se fasse zébrer les miches au martinet.

Pour m'annoncer cette grande nouvelle, j'ai eu encore droit au coup de fil dès les aurores... heureux que je suis un matinal !

— Constance m'a fait une turlutte.

— Tu veux dire une fellation, lui ai-je rétorqué à la blague.

Non, il a insisté... Une turlutte c'est une turlutte, il voulait pas entrer dans le cycle infernal de la jactance à la mode. Il avait son quant-à-soi, sa dignité.

Je vous bonis cet épisode plutôt coquin pour vous divertir un brin, mes amis lecteurs... je trouve les livres beaucoup trop austères dans l'ensemble. Ça sert à quoi de se mettre l'âme au court-bouillon... se gratter la conscience jusqu'à la faire saigner, la pauvre !

— Tu lui as rendu la politesse ?...

Je voulais qu'il me croustille des détails. S'il l'avait bien broutée, notre doctoresse jument. Où tout cela s'était-il passé ? Là-dessus il était pas avare de détails, le Frédo. Sa plus vive surprise, c'était que, pour la première fois de sa vie, une femme avait pris l'initiative dans ce domaine. Ça bouleversait toute son éthique, ses façons de voir. Au plus profond, il en était un peu choqué.

— Comme salope, elle rendrait des points à toutes les putes du Sébasto !

Peu probable qu'elle essaie d'entraîner Frédo dans des rapports compliqués sadomasochistes. J'ai cru comprendre qu'elle était tout simplement un peu jalmince de Francine. Ça lui paraissait lui revenir à elle, comme une sorte de droit de cuissage, de s'offrir le bagnard rénové. Et dès le lendemain, elle a fait en sorte que ça se sache dans l'équipe. Elle s'est confiée à celui qu'elle jugeait le plus bavard... un petit boutonneux apprenti savant. Fallait que Francine soit au courant, ça faisait partie de sa perversion.

— Tu vas plus savoir où donner de la bite !...

Sarcastique ma remarque, admirative et peut-être envieuse, allez savoir ! Constance lui avait proposé de le raccompagner dans sa 2 CV à son hôtel. C'était la veille au soir. Au moment de le quitter, elle lui avait mis carrément sa paluche sur les joyaux de la couronne. Pour l'époque, il y a maintenant près de trente piges, c'était de l'audace... encore de l'audace. Les nanas depuis se sont libérées en force. Dans les prémices de la tringlette pas mal d'entre elles n'attendent plus que les messieurs leur passent la fameuse main tombée au valseur. Ça révolutionne la libido. Certains — les psy entre autres, les sociologues — vont jusqu'à dire que ce renversement des rôles est en partie responsable de la prolifération actuelle des homosexuels. Chez la plupart des animaux c'est le mâle qui harponne la femelle. Elle se courbe, il triomphe en l'enfilant... toute sa crinière, sa crête pavoisent ! Il n'empêche que c'est la demoiselle qui a lancé le premier signe. Quelque chose de très imperceptible. La minauderie, le marivaudage à l'état primitif. Donner toujours à l'étalon le sentiment qu'il mène la danse. La virilité ça se flatte au propre, n'est-ce pas, comme au figuré.

Enfin c'est des pensées d'autrefois, de birbe déjà. Constance était vraiment à l'avant-garde du féminisme. Tout de suite elle lui a sorti son sifflard au Frédo. Elle s'est quand même fendu d'une amabilité admirative avant de le gober gentiment.

— Elle avait jamais sucé la Flûte enchantée. Je crois que c'est son truc, elle aime la bouffarde. Pour le reste, elle est moins performante.

La séance s'était poursuivie dans sa piaule. Des choses qu'on ne voit que dans les films X. Ç'aurait été pourtant intéressant d'en inclure une séquence à notre film sur *La Psychothérapie collective.* J'ai cru bon de le mettre en garde contre ses excès de chopote. Je commençais à cerner exact ses intentions... qu'il voulait se trouver un petit job, une fonction rémunérée dans un organisme de la postpénale, avec l'appui du professeur Pilarède. S'il répandait trop sa sève en de multiples enjambages, ça pouvait lui nuire. Fallait qu'il se forge une image de respectabilité. Certes dans la sphère des psy, les activités du sexe étaient banalisées à l'extrême mais lorsqu'il aurait affaire à des magistrats, valait mieux qu'il mette un peu la biroute douce.

Nul besoin d'insister, il respirait aussi bien que moi les emmerdes possibles venant de ses frasques troudu-culières. Simplement ça lui était difficile de résister. Après tout c'était Constance qui l'avait en quelque sorte violenté. Et puis, avec ses vingt-cinq piges au trou, il s'estimait lésé quant aux plaisirs légitimes de l'existence.

On bavardait de ça quelques jours plus tard. Ça se situait avant le premier tour de manivelle du film. Il avait obtenu encore un mois de congé sans solde. Grâce à m'sieur Baudelaire qui se mettait en six pour lui faciliter la promotion. La mayonnaise prenait, je veux dire en ce qui concernait l'avenir de Frédo, sa véritable réinsertion. Il s'agissait maintenant de trouver l'ouverture pour qu'il puisse revenir à Paris, s'y dégauchir des moyens d'existence. Le professeur Pilarède avait déclaré à son entourage qu'Alfred Friteau serait un excellent moniteur dans un centre de rééducation.

— Ça les changerait de leurs béni-oui-oui habituels.

Exact, tout ce qui gravitait à l'époque autour de ces affaires de prisonniers libérés, c'était encore dans les remugles eucharistiques... Le professeur, en réalité, ne se plaçait jamais sur le plan de la morale. Réhabilitation, rénovation du taulard, ça n'avait pas de sens pour lui. Il poursuivait un autre but... lequel ? Jamais je ne suis arrivé à le définir... le discerner exact.

Les gens comme Gérard Baudelaire, les purs philanthropes, eux, ils ne voyaient que la remise en place des ex-condamnés de droit commun dans le concert social. Tâche ardue, qui se révélait plus ingrate et plus difficile qu'on ne pourrait le croire, mais enfin ça pouvait se mesurer, constater les résultats, statistiquer les réussites. Chez nos thérapeutes criminologues, les résultats n'ont aucune signification... Ils ne parlaient pas le même langage.

C'est ce qui crée tous les conflits... le langage. On s'entend peut-être au lit mais jamais sur les mots. Constance parlait de toujours tout remettre en question. Une véritable tapisserie de Pénélope, en somme. Je ne voyais pas bien non plus ce qui différenciait à leurs yeux un assassin de petit garçon d'un poète surréaliste. On était dans les zones dangereuses de l'esprit.

Pour en revenir aux conquêtes de Frédo, avec Constance, ça n'avait pas eu le lendemain. Elle s'était payé un mec comme un mec se paie une fille. Peut-être ajoutait-elle à cela un côté expérimentation scientifique. Après le coït, la zigounette du monsieur renfournée en son froc, ce dernier dûment évacué de la chambre, je l'imaginais sans mal se précipitant sur son fichier... fébrile, noter les moindres détails de l'opération... minutage, mensuration, etc., en ce style qui me laissera toujours un peu décontenancé.

La petite Francine, il a eu plus de mal à clore les ébats. Elle se faisait, contre sa nature, un point d'honneur à imiter le comportement de la doctoresse Monival. Elle avait pleurniché un peu, l'amour est là, il rôde malgré les nouvelles mœurs... D'après Frédo, elle avait souffert la pauvrette. Mais sans doute, vanité masculine aidant, en rajoutait-il.

Dans le film il était interviewé. Je dois reconnaître que c'était le seul moment où il se passait quelque chose sur l'écran. Avec sa gueule voyoute, sans trop pavoiser, il avait ce qu'on appelle en jargon de métier de la présence...

Le film projeté à une conférence ou à un symposium de magistrats, cette courte séquence a tout déclenché. Il répondait simplement avec des formules frappées au coin du bon sens. En deux tours de phrase il évoquait son enfance fracassée dans les colonies pénitentiaires pour mineurs. Sa sortie de taule, les portes qui se ferment... Les jours où sur un banc, avenue de Saint-Ouen, il déjeunait d'un quignon de pain et d'un œuf dur. Ça détonnait d'avec les blablas des psy, leurs personnages E... F... ou M... leurs graphiques. On se demandait un peu ce qu'il venait foutre dans ce documentaire. Il ne cadrait pas avec l'ensemble plutôt abstrait.

Le fin du fin... que rien ne remplace un homme avec son expérience vécue... sa puissance d'évocation capable de la raconter sans fioritures.

3

Tout est philologie.

Renan

Passe du temps, des mois... une saison ou deux, je ne sais. J'étais pris dans d'autres engrenages... le cinoche et ses mirages. Son fric qui me permettait tout de même de mettre mon pied droit sur l'accélérateur d'une belle automobile, d'emmener ma smala, mes progénitures se tremper dans les eaux estivales. Déjà j'ai un peu romancé tout ça; j'ai isolé quelques aventures et leurs héros. Je peux encore, en décortiquant tel ou tel passage, en braquant mon projecteur porte-plume sur celui-ci ou celle-là vous conter de belles histoires pour vous endormir, mes enfants. A la profonde réflexion ils en valent tous la peine. Mes choix se portent sur les olibrius, les caractériels, les traîne-lattes, gibiers de guillotine, saigneurs de rentières, mais les autres aussi, les apparemment normaux méritent tout autant les bons soins du romancier. Il me faudrait plusieurs vies pour vous bonir tout ça, Dieu ne nous en laisse pas le temps. Il vous attend avec sa raclette à la surprenante d'un accident de la route, ou alors il vous mijote un petit cancer, une crise cardiaque... naguère il vous accommodait à la syphilis, aux bacilles de Koch... à présent il se revanche au sida. Il a toutes les ressources possibles et ceux qui passent tous les obstacles, il te les rattrape bavacheux, sourdingues, pisse-en-froc. C'est le casino, il finit toujours par ramasser la mise.

Frédo se dépatouillait sans moi. Il avait repris quelque temps le volant de sa camionnette de livraison. Juste il me passait des coups de grelot ou il m'écrivait pour me tenir au courant des démarches qu'il entreprenait. On aurait dit qu'il pressentait que je deviendrais un jour son biographe, son mémoraliste, son Las Cases.

Entre Rouen et la cité des Sapins, il y avait un centre de rééducation pour jeunes délinquants et finalement il y avait atterri comme moniteur. A titre expérimental au début, sous la responsabilité de Gérard Baudelaire, lui-même chapeauté par je ne sais quel président de cour d'appel. Il avait pu alors abandonner les cottes bleues de sa condition prolétarienne. Il était maintenant quasi-fonctionnaire. La rémunération était maigre... Avec ce qu'il gagnait il risquait pas de se faire des indigestions de caviar, de se poivrer de dom pérignon. Comme chauffeur-livreur, avec les pourliches, il arrivait même à se faire des meilleures mensualités. Il faisait donc des sacrifices pour le bien de tous.

— Mais là, je vais peut-être pouvoir me faire sauter la relègue et mettre en route mon dossier de réhabilitation.

Ce qu'il m'écrivait. Le paradoxal de sa situasse, c'est qu'il était encore lui-même sous contrôle judiciaire alors qu'il œuvrait pour les réinsertions des petits délinquants qui sortaient de cabane. Il s'occupait de leur trouver du boulot et ensuite une chambre. En attendant ils logeaient au foyer pendant trois mois.

Ça se passait tout ça dans les locaux d'une école désaffectée. J'ai fait une petite virée jusque-là, j'y ai trouvé Frédo radieux... Le mot exact... irradiant de son nouveau métier, tout à fait convaincu de sa mission. Il me tenait sans rire des propos moralisateurs. J'allais m'apercevoir de plus en plus qu'il avait des dispositions étonnantes pour se dédoubler, se détripler selon les circonstances. Il avait des sincérités successives. Parfois des plus contradictoires mais il défendait toujours son morceau sans ciller, sans restriction. Il se gonflait de son nouveau rôle. C'était fait, il avait tourné la page, maintenant il était devenu un bon serviteur du ministère de la Justice.

— On me fait confiance, il faut que je mérite cette confiance.

Il m'envoie ça dans les gencives tandis que nous déjeunons à la cantine du centre, il est vrai en compagnie de Gérard Baudelaire et d'une grosse dame inspectrice de l'Administration pénitentiaire. Inutile de s'appesantir sur le contenu de nos assiettes, c'est sans doute ce que bectent chez Renault les travailleurs syndiqués ou non... œufs mimosa et la tranche de rosbif bien cuite accompagnée de ce qu'on baptise dans les restaurants d'entreprise gratin dauphinois. N'importe, je suis pas en vadrouille gastronomique. Je ne le suis jamais à vrai dire. Je bêche pas les bonnes tables, les tortores d'artistes culinaires, mais je suis assez oublieux, ingrat dans ce domaine. Je ne me perds pas dans les parcours d'étoiles Michelin.

Déjà il faisait florès, Frédo, dans son centre. Les jeunots reconnaissaient un des leurs, ça lui facilitait la tâche. Il leur jactait comme il fallait... avec les mots d'argomuche au bon endroit. Ça risquait pas qu'ils viennent lui jouer du pipeau, lui bonir n'importe quelle salade, biaiser, le mener en pirogue vers les rapides.

Il était cordial, bon zig, tout à fait chaleureux. Mais il avait le sens de la mesure. Les mômes le sentaient et ils gardaient les distances qu'il fallait. Sans aucune formation il était pédagogue-né. Sans doute, les coups de pompe dans le cul de l'existence, la mouscaille, l'enfance à la table qui recule, ça vous tanne le cuir...

pourtant certains ne comprennent jamais rien, et d'autres entravent toutes les coupures. Il était de ceux-là, parmi les plus doués.

Maintenant il me damait le pion, mon petit pote. Il prenait l'initiative dans les jactances. Je restais sur mon quant-à-moi. On jouait pas le même sport, ça vous évite les froissements, les susceptibilités frivoles. Je pouvais me mettre sur les gradins et admirer le travail de l'artiste.

Combien de temps s'était écoulé depuis nos retrouvailles sur le quai de la gare Saint-Lazare ? Un an à peine et il avait fait du chemin. On a déjà presque oublié le film, l'équipe des criminologues... Frédo avec Francine et la doctoresse Constance. Il avait regagné le foyer conjugal. Il re-régalait Mireille sans bite faiblir.

— J'en file un petit coup dès que je la sens languissante.

Son remède contre les nostalgies délétères... vingt centimètres et la circonférence qu'il me montrait avec l'index et le pouce. Sur ce délicat chapitre il était toujours prolixe, il se complaisait dans les anecdotes salaces. Il avait tout un répertoire de gestes, de grimaces, bruitages avec la bouche, des cloc ! splaf ! crac ! brrut ! Je ne saurais vous rendre ces choses sans trahir la vérité. Passait une petite sur la route, jeunette, aguicheuse, la jupe au ras des bonbons. Il y allait de son commentaire. « J'y en mettrais bien une giglée à cette salope ! » Il la sifflait, la hélait, lui proposait un gros sucre d'orge. Enfin il se livrait à ces facéties avec moi... s'il était en compagnie de Gérard Baudelaire ou d'autres moniteurs du centre, il se retenait, il gardait ses boutades dans sa culotte jusqu'à ce qu'une meilleure occase se présente.

Ce soir-là, il avait organisé spécial un dîner à la cité des Sapins pour me présenter à ses nouvelles relations rouennaises : le directeur de son centre avec son épouse, journaliste dans la presse locale, un président de tribunal de grande instance et madame… plus, bien sûr, Gérard Baudelaire accompagné de sa femme. Un film de Jean Gabin que j'avais dialogué venait de sortir avec un certain succès. Ça vous file un sacré coup de prestige d'être au service artistique d'une grande vedette… Ils connaissent pas trop, les gens, ils se doutent pas, les arcanes, coulisses du métier… combien votre situation est précaire, votre réputation à la merci de n'importe quoi, de n'importe qui. Vous pouvez d'ailleurs vous escrimer, leur expliquer le mieux les choses, cerner un peu la vérité, ils n'en veulent pas. Ils vous écoutent poliment, ils acquiescent, compatissent au besoin et ensuite ils évacuent ce qui dérange leur mythologie, leurs idées reçues, ce qu'ils ont ancré dans leur crâne depuis toujours. Le plus sage c'est de ne jamais rien bousculer, de laisser dire… Pas besoin de mentir, d'agrémenter le tableau, les autres s'en chargent…

Frédo, en tout cas, il me tressait des lauriers-roses. A sa façon il racontait ma vie et surtout que j'étais devenu un scénariste de cinéma de premier plan. Il manœuvrait d'instinct assez juste. La journaliste m'a fait un sacré papelard dans son hebdo du dimanche. Première page la semaine suivante avec ma photographie en compagnie de Frédo…

« *L'ancien taulard devenu scénariste de Jean Gabin retrouve son ancien compagnon de cellule à présent moniteur dans un centre de réinsertion pour jeunes délinquants…* »

Je ne sais pas si ça servait excessif ma carrière dans le septième art, mais pour Frédo ça le posait sur le plan régional. Le directeur du centre ne pouvait que se louer de son travail. On avait jamais autant parlé de son centre. Au ministère, bien sûr, ils furent d'abord en défiance, les magistrats, tous les chats fourrés qui gravitent autour de la colonne Vendôme. Au préalable ils se sont empressés de se faire communiquer le dossier

Alfred Friteau... sa fiche chez les poulagas, son casier judiciaire à rallonge. Ça va m'amener à vous donner un aperçu de son parcours du combattant malfrat... Puisque je vous fais sa biographie, je ne peux pas vous escamoter ce chapitre, ça serait un comble, malhonnête ! Si on voulait s'en donner la peine il ferait l'objet à lui seul d'un sérieux roman, un sujet pour un spécialiste comme Auguste Le Breton. De toute façon je vais vous en donner un aperçu au fur et à mesure de mon récit. Pour l'instant finissons ce dîner mémorable. Cité des Sapins, rue Eugénie-Cotton... Mireille avait mis un gigot au four... les flageolets adéquats. Ça nous a permis de plaisanter à ce propos. Les flagdas dans les soirées pas trop guindées, on peut se permettre de redouter les conséquences de leur ingestion... le feu d'artifice, la vibration joyeuse des slips. Avec Frédo dans ce domaine on se renvoyait un peu la balle, on évoquait des souvenirs de pétomanie d'outre-taule. Surtout la tortore qu'on se gavait... Avec les flagdas, on était plus souvent à la gamelle de lentilles ou de pois cassés qu'à l'assiette de légumes verts frais cueillis dans le jardin du surveillant-chef.

Ça paraît déplacé, tout à fait vulgaire, ces conversations de corps de garde. Dès les premières allusions, j'ai remarqué dans les dîners, les réceptions, les gens se regardent les uns les autres, se consultent pour savoir quelle contenance prendre. Si l'un d'eux se met à rire, surtout si c'est un personnage important, un ministre ou un archevêque, la partie est gagnée... Le déboutonnage alors va bon train. Les plus réservés au départ ensuite on ne peut plus les retenir, ils pétaradent des quatre fers.

Y a que les gonzesses qui chichitent. Elles prétendent avoir en horreur la vulgarité alors qu'il ne s'agit que de grossièreté. La vulgarité, mesdames, c'est autre chose... par exemple de répéter ce qu'on entend partout, et d'imiter le goût du jour. Ces nuances étaient arrivées dans la conversation sans doute à cause de la journaliste, blonde aux formes agréables, aux yeux pervenche et prometteurs. Elle n'était pas bégueule, certes, mais la musique de l'entre-fesses elle confondait pas avec Brahms. Elle nous argumentait ça avec un sourire qu'elle ne pince même pas comme feraient beaucoup de ses consœurs dans une semblable situation.

Sans doute avait-il forcé sur le jinjin, mais Frédo au lieu d'éluder, il s'est mis à en rajouter, à nous fleurir le propos d'une anecdote qui vaut tout de même la peine d'être rapportée. Étant tout jeunot à sa sortie d'une maison de redressement, il s'était mis à la colle avec une dame plus âgée que lui, une veuve qui pétait pendant l'acte.

— Oui, oui, il insistait, il s'excusait d'être si précis... Dès que je la pénétrais... floup ! elle lâchait une perlouse.

Ça me revenait... il nous avait raconté ça Frédo, autrefois à Fresnes. Il soulignait son récit de bruits et de gestes.

— Ça surprend... Tu viens de lui murmurer des mots d'amour, qu'elle est belle, que tu l'aimeras toujours. Ce qu'on dit tous dans ces cas-là quand on est bien élevé et puis... frout !

La tablée... il y a beau y avoir là des personnalités sérieuses, des rénovateurs, bienfaiteurs de l'humanité... un magistrat du siège et son épouse, une dame qui jusque-là s'était volontairement évaporée du débat, ils se mettent tous à se bidonner sans retenue. Du coup ça le rebombe, le Frédo, il persévère dans sa narration odorante.

— J'étais jeune pourtant, vigoureux et j'avais du retard d'affection puisque je sortais de taule, mais ça me la coupait. Elle pouvait pas se retenir, dès que je voulais recommencer... vroutt ! ça repartait. Elle en pleurait, la pauvre Josiane.

Et à cause de cette pétomanie sexuelle, leur amour était resté en panne. Frédo avait plaqué Josiane, veuve de charme.

— En un sens si elle n'avait pas loufé comme ça, ma vie aurait peut-être été changée.

Il était redevenu grave, disant cela... un peu de mélancolie s'était glissée dans son regard. Il évoquait cette période juste après la guerre où tout était encore possible... s'atteler à un labeur, rentrer le soir dans un petit appartement où l'attendraient Josiane et peut-être un ou deux enfants qu'il aurait eus d'elle. Tout ça foutu, peut-être à cause de cette quasi-infirmité. La conversation avait tourné, bifurqué de la verte gaudriole à des propos altruistes... miséricordieux... chacun de plaindre cette pauvre fille. On avait quitté Rabelais et petit à petit on arrivait chez ce bon docteur Freud, celui qui n'avait même pas besoin de pardonner puisqu'il expliquait tout.

Frédo m'a avoué par la suite qu'il en avait rajouté au sujet de Josiane — qu'il arrivait à la trombiner tout de même. Après quelques louises bien sonores, bien odorantes... elle se calmait, elle allait tout de même au spasme normalement. Sauf qu'à la fin, à l'orgasme, vrutt, ça repartait.

— Jeune, on s'en fout... c'est pas ça qui peut nous empêcher d'envoyer la semoule.

Je lui ai fait la réflexion que ç'aurait pu être une savoureuse, une avantageuse spécialité pour une fille employée dans un bordel. Y aurait eu sûrement des viceloques amateurs. Il y avait pas pensé à ça, Frédo, à l'époque. Il regrettait. On était là, à se dire des petits trucs, ce qu'on aurait dû... ce qu'on pourrait peut-être... etc. C'était quelque temps plus tard, une autre visite que je lui avais rendue. On était... n'importe ! en voiture ou dans un restau. Il était bien implanté dans ses fonctions d'éducateur, il y tenait son rôle sans mollir.

Toujours son petit chapeau sur son crâne qui commençait à se dégarnir.

— Un bordel, c'est ça que j'aurais aimé tenir.

Je partageais sa nostalgie. Un petit bobinard en province... un pavillon à l'écart de la ville. Je vois le tableau dans la verdure. De l'évoquer avec Frédo on en avait les babines humides. On aurait reçu les grossiums de la région, les notaires, les marchands de bestiaux, le percepteur, l'archiprêtre, les députés et présidents des partis politiques de droite ou de gauche. Nos pensionnaires, on les aurait toutes essayées, noté leurs petits exercices en chambre.

Aujourd'hui c'était trop tard... on fermait de plus en plus même les clandés. Toute une activité de première importance dans la vie sociale, traquée par les sbires de la République. Mais après tout, ce n'était pas plus mal, le point où nous en étions arrivés, on n'avait plus les flics au train. Surtout Frédo... jusque-là, ils le guettaient à tous les carrefours, les coins de rue... ils débarquaient aux aurores dans les garnis où il cherchait un peu de repos. Ils venaient l'interrompre dans le coït et ça c'était bien plus désagréable que les perlouses de Josiane.

— Police ! Habille-toi !... Dépêche ! On t'expliquera ça au commissariat.

Je connaissais aussi la musique, ils me l'avaient jouée avec castagnettes et orchestre, mais c'était du velours, de la nougatine, à comparer avec le destin de Frédo. Après sa sortie de Belle-Ile, rendu à la liberté, pour survivre ça lui avait posé des problèmes que le docteur Freud ne pouvait pas résoudre. On vous jette sur le macadam avec en poche trois francs vingt-cinq. Ça a beau être en 1946 et au printemps, ça vous fait pas l'avenir à la caille rôtie... Autour c'étaient pas encore les prospérités charcutières de la société de consommation. Il s'en fallait certes de quelques saisons d'ascétisme national... n'empêche, à vingt et un ans réduit cloche, couchant à l'Armée du Salut, pour peu que le jeune homme ait un peu de sang qui lui circule dans les veines, des nerfs, de la sève... un minimum d'imagination et de courage, il s'arrache. Il est forcé de tenter sa chance autrement.

Les portes du circuit ordinaire... l'aimable monde du travail lui sont fermées. Il se présente. Pas de références, pas de domicile fixe. On lui écrira mais où ? Deux ou trois fois il s'est fait embaucher sur de durs labeurs, des chantiers de reconstruction, des entreprises qui ne demandent que des biscotos comme formation professionnelle. Même là, on le bordure. Casier judiciaire ! Sésame, ferme-toi. On redoute qu'il emporte quelques briques. Des vraies en argile... Comment pourrait-il s'esbigner avec la caisse ? Il est trop seul, il n'est rien... moins que le dernier des pue-la-sueur.

Fatal, bonnes gens, qu'il aille traîner ses godasses fatiguées à Montmartre, vers Pigalle où la lumière brille de tous les reflets du vice et de l'arnaque. Pas besoin d'y glander des nuits et des nuits, tout de suite on fait de mauvaises rencontres. C'est si bon les mauvaises rencontres lorsqu'on a même plus idée de pouvoir en faire une bonne. A Montesson, Aniane, Belle-Ile, il s'est fait des petits camarades, Alfred Friteau, matricule 276. On sympathise en ces endroits à la bonne gueule, on se solidarise au service rendu, à la misère endurée en commun. On se retrouve, on n'est pas des montagnes de sciences, ni d'excellente moralité, alors on fricote, on complote, on prémédite et avant que tout ça se termine en correctionnelle ou en cour d'assises, ça permet un peu de respirer, de se payer quelques bonnes gamelles, quelques bouteilles de champagne, des draps propres et une chambre digne du repos d'un honnête homme et puis de glisser entre ses draps une petite nana pétomane ou non.

— On bricolait sur tout ce qui se présentait...

Le marché noir sévissait encore malgré le départ des

Teutons flingueurs. De quoi, sinon s'enrichir, se remettre en froc dans du tissu qui ne vous écorche pas les baloches, déambuler les pieds dans des tatanes triple semelle, se permettre un taxi, la virée des petits bars où l'on se sent un peu quelqu'un. De cette époque certains l'appelaient la Poloche... une expression qu'il employait. « Je sens venir la poloche. » Ça voulait dire un pépin, un ennui. Il était toujours en éveil, comme tous les arcandiers de bonne race.

— J'ai eu des gonzesses à ce moment-là. Ça m'aurait pas été duraille de faire le julot... j'étais encore trop sentimental. Je m'attachais, Alphonse... j'avais besoin d'affection.

Il lui restait de vraiment tendre que le souvenir de sa mère disparue si jeune. Après il n'avait pris quc des coups de pompe dans le cul, des baffes dans la gueule, des bastonnades de matons ivres... Traité, à ne pas imaginer, du matin à la soupe du soir... de bon à rien, de voleur, de salopiau, vermine, tronche plate, petite ordure, abruti, graine d'assassin, gibier de potence! Tout ça pour que dalle, pour un mot de travers, une bêtise de gosse, un rire étouffé au réfectoire, un bruit mal sonnant à la chapelle.

— Longtemps j'ai eu le réflexe de lever l'avant-bras et la main droite devant mon visage pour parer un coup quand on me parlait fort, qu'on avait l'air de m'engueuler.

Les filles qu'il picorait entre Pigalle et Blanche, ça n'aurait pu le mener, pour peu qu'il en ait eu la vocation, qu'à se constituer un petit cheptel de tapineuses. Ça les attire, on dirait, ces mômes, le trottoir... elles y sont vouées comme Frédo était voué, lui, à la chourave, les activités pirates et la taule au bout, en récompense de mauvais et déloyaux services.

On désigne en gros cet univers de malfrats et de tapineuses sous le nom de Milieu. Assez vague à vrai dire, le Milieu, mais tout de même en ce temps-là assez réel aussi. Nul besoin de parler de ses règles, lois d'honneur, la parole des hommes. On ne respectait pas mieux ce code-là que l'autre, celui du Corse aux cheveux plats. La seule chose qui soude ce petit monde... la crainte... On la ferme ou on meurt. Tout ce qui ne relève pas de cette loi d'airain se tire à vau le courant des délations. Les flics le savent et le plus souvent ils organisent eux-mêmes les choses, ça leur permet de pêcher dans le vivier des eaux troubles au bon moment les petits ou gros poissons dont ils ont besoin pour rentabiliser leurs besognes répressives. L'ordre public ne se maintient pas uniquement avec de bonnes intentions.

Toujours est-il que les petits tapins qu'il fréquentait — bibliquement ou non —, il s'illusionnait encore... privilège de l'âge tendre... à leur endroit. Elles rencardent presque toutes la maison poulaga... directement ou par l'intermédiaire de leurs protecteurs... ces beaux maquereaux aux nageoires en forme d'ailes de voiture sport... aux mâchoires puissantes pour en croquer de tous les bords.

Ça lui avait valu, à Frédo, quelques sévères cagades. Tous ces venimeux cloportes s'y entendent pour provoquer les embrouilles, les entretenir, jeter de l'huile sur le moindre feu. Souvent sans motif bien évident... peut-être simplement pour le plaisir. On remarque ce phénomène un peu partout, pas que chez les asociaux, les malfaisants patentés. Lorsque les choses vont bien... qu'on est sinon dans le bonheur, du moins dans le calme, avec des entreprises qui roulent gentiment, certains ou certaines peuvent pas s'empêcher de glisser le grain de sable pour enrayer la machine, provoquer les accidents, les catastrophes majeures. On doit compter avec cette tare dans nos prévisions les plus optimistes. On dit que le hasard a souvent des accointances avec les argousins... possible, mais les perversions de l'esprit lui donnent parfois un coup de main.

Frédo a tenu près de deux ans dans l'univers pigallien. Il faisait partie d'une équipe de chouraveurs tout terrain : roulottiers, monte-en-l'air, metteurs de lourdes en dedans. On fait souvent des classifications de truands, mis à part quelques véritables spécialistes : faussaires ou perceurs de coffre, les autres marchent à ce qui se présente... le jour le jour, la nuit la nuit. Ils se pavanent en général dans les poses avantageuses, qu'ils ne volent que les riches, les banques et les diamantaires, qu'ils dédaignent les petites arnaques, les casses de chambres de bonnes, de loges de concepiges... pipeau que tout ça ! On les retrouve dans les boxes de la XIVe chambre correctionnelle accusés d'avoir dévalisé quelques pédérastes. Tintin l'écumeur des tasses... on apprend dans son dossier que c'était pendant qu'il leur pompait le chibre qu'il leur faisait en même temps les poches. Tout à sa reluisance, la victime ne se rend pas compte qu'on lui subtilise son morlingue. Et si elle s'en aperçoit elle risque pas d'alerter les archets du roy. Mais il arrive qu'ils interviennent, ceux-là, sans qu'on les appelle. Ils font des rondes, ils assurent l'ordre.

Pas sur une affaire d'attaque à la braguette qu'il a chuté Frédo. C'était pas son genre, si ça l'était je vous le dirais, je suis scrupuleux historien... que ce soit pour Landru, Pierrot le Fou ou des personnages moins légendaires. Frédo mériterait d'ailleurs d'entrer dans le panthéon du fait divers. En principe il a jamais tué qui que ce soit... peut-être un hareng parfaitement dégueulasse... un sale indic, syphilitique ex-tortionnaire de la Carlingue. La Carlingue, je vous rappelle, ou je vous apprends, qu'il s'agissait de l'officine française de la Gestapo qui besognait pendant l'Occupe. Se retrouvaient là les pires malfrats... des peaux-rouges sortis spécialement de prison centrale pour aider un peu les Fritz dans leurs multiples besognes policières. A la Libération, beaucoup de ces aimables drilles ont connu le petit matin blême égayé de douze fusils braqués sur leur poitrine tatouée. C'est une autre histoire... mais certains d'entre eux avaient réussi à passer à travers les mailles du filet. Un de ceux-là que Frédo aurait dézingué, d'après les on-dit, et même les confidences d'un commissaire de police à la retraite.

Lui-même jamais ne m'avait affranchi sur cette affaire. En tout cas elle avait fait la une des journaux de l'époque... *Franc-Tireur, France-Soir, L'Aurore.* Des flics à roulettes, des cyclistes, découvrent un macchab dans une impasse rue Fontaine. A la Médico-Légale, on avait tout d'abord établi que ce lascar dans la force de l'âge était mort d'une indigestion de bastos 11,43 et ensuite avec les empreintes de ses jolis doigts on était remonté au sommier pour l'identification... Émile Garoube, dit Milo Gants Blancs... le résultat ! Un pedigree *d'homme* comme on dit dans nos régions malfamées. Au moment où nos amis fritz se sont pointés pour venir fleurir l'Arc de Triomphe en 1940, Milo commençait tout juste à se manger vingt piges de trav's. Lafont, le patron de la Carlingue, est venu personnellement le faire sortir de sa cage à Clairvaux, l'abbaye devenue prison centrale depuis les débuts de nos Républiques. Une fois hors taule, Milo a fait du zèle. A se demander si bon nombre de voyous n'étaient pas d'abord programmés pour devenir flics. Et pas des flics de pacotille, pourchasseurs de canailles en dentelles. On racontait aux veillées des cellotes ses exploits... qu'il fricassait ses clients au chalumeau entre autres gentillesses investigatrices. Il obtenait de bons résultats forcément, les héros ne sont inflexibles et nombreux que dans les œuvres cinématographiques... que dans la légende du XXe siècle. Il le faut, sinon l'histoire serait tout à fait sinistre entre les bourreaux, les sycophantes et les victimes en bouillie sanglante.

Enfin, au sujet de la mort de Milo Gants Blancs, je suppose que les enquêteurs de la Sûreté nationale, les collègues de Borniche, ils ont pas cherché le coupable de cette œuvre de salubrité publique au-delà de midi à quatorze heures. Ça fait partie des choses qui arrivent. C'est le jugement de Dieu, ils y peuvent pas lerche.

Je regrette à présent de ne pas l'avoir branché sur cette affaire, mon petit pote. Y avait prescription, il m'aurait peut-être dit s'il était ou non l'exécuteur de Gants Blancs. Il bavardait certes, il se plaisait à se raconter mais il ne *parlait* pas, si vous savourez la nuance.

Il semble que Gants Blancs avait repassé Frédo dans une affaire de bijoux fourgués qui l'avait conduit au placard. Balancé par le truchement d'une nana qui s'expliquait pour le compte de Gants Blancs sur un morceau de trottoir rue Germain-Pilon. Frédo s'était retrouvé à la ratière... le clic-clac des menottes qui se referment ! L'embrouille modèle pour apprenti magistrat instructeur. Un prévenu qui ne connaît personne... qui admet seulement avoir volé une petite valoche contenant des babioles, qu'il a cherché, c'est bien naturel, à écouler. Comment pouvait-il savoir, Alfred Friteau, que cette mallette tirée gare de l'Est contenait le produit du cambriolage d'un joaillier de la rue de Maubeuge ? Tout ce qu'il a à se foutre sous les touches de sa machine à écrire, le greffier du juge d'instruction. Ça coince la mécanique judiciaire.

— Les poulagas dans ce temps-là, ils jouaient surtout au punching-ball.

Ça risquait pas qu'on aille contester leurs méthodes même dans la presse de gauche. Selon que l'on était d'un bord ou de l'autre, on trouvait légitime de secouer les vaincus. Alors en matière de droit commun les bavures ne faisaient pas beaucoup plus de vagues.

Correctionnelle... la XIIIe chambre... sapé de quatre piges. Et c'est à cette période qu'on s'était connus... je me morfondais dans les attentes d'une comparution et lui, il distribuait la soupe. Pour ne pas partir en centrale, il essayait de se rendre indispensable au service général. Il restait auxiliaire, d'abord gameleur, puis linger, chef linger. Toujours en combine... Il trouvait toujours des trucs... le moyen de faire des avantages aux matons, aux brigadiers de service. Roi du parachutage aussi. Ça veut dire que les gaffes se prennent quelques biffetons pour introduire dans la taule du pastaga, des lettres, de la bouffe (à une époque où les tickets de rationnement étaient encore en usage) jusqu'à de la came, de la cocaïne déjà.

— Je peux citer des matons qui ont fini par se payer une bagnole ou même un pavillon à Juvisy avec le parachutage.

L'agent de l'Administration pénitentiaire est sous-payé, bien entendu. Il est syndiqué, ce qui ne change pas lerche sa condition. Après la guerre certains matons se faisaient nourrir en lousdoc par les détenus grossiums, les caïds, supermaques ou trafiquants du marché noir en échange de parachutages. Les plus minables, les trouillards, se tapaient la galtouse des taulards pour s'économiser la cantine. Carrément des mange-merde! L'ordinaire pour les détenus, c'était à peu près la soupe pour les cochons. Un jus douteux dans lequel flottaient quelques raves, des trognons de choux, des épluchures... Ça servait juste à se réchauffer les canalisations internes. Ça nous gonflait aussi le bide, on restituait ces saloperies en gaz puants, en chiasses diverses... presque telles qu'on les avait ingurgitées.

— Qu'est-ce qu'on a pu becter comme saloperies!!

Ce qui lui revenait invariable à Frédo quand on se retrouvait devant une bonne tortore. Il était friand de petits plats canailles forcément. Les tripes à la mode de Caen, le cassoulet, le coq au vin... tous les ragoûts possibles, les fricassées, potées auvergnates ou autres... il s'en faisait péter la ceinture. A partir de nos retrouvailles d'hommes libres, au fur et à mesure de nos rencontres, des années qui s'enfilent l'air de rien les unes dans les autres, il s'est épaissi, mon pote. Privilège ou inconvénient de l'âge on prend du lard, mais chez lui c'est devenu assez vite inquiétant. En vingt piges il avait presque doublé de volume. Je l'avais connu seco, nerveux, vif de ses mouvements et sur la fin il se traînait. Je vous dirai ça dans la dernière partie de cet ouvrage. Nous n'en sommes encore qu'à l'évocation de son séjour au lazaro en 48... comment, déjà, il savait naviguer parmi les matonneries... Malgré ses efforts il a fini par être transféré à Poissy. C'était une taule de sinistre réputation dans ces années-là. Règle du silence, sabots aux pieds et des anges gardiens affectueux comme des dobermans.

Fort heureux, il s'est arraché en 1951, Frédo, avant la date prévue, par un jeu de grâces, de remises de peine. J'ai consulté, avant de vous commencer cette chronique, la collection de *France-Soir* et j'ai constaté que c'est une dizaine de jours après sa sortie de centrale qu'on a découvert le cadavre d'Émile Garoube, dit Milo Gants Blancs, dans cette cour-impasse rue Fontaine. J'en tire pas de conclusion, je constate juste... je trouve ça plutôt intéressant.

Dans la période qui suit, notre héros ne s'est pas éternisé à l'air libre. Sitôt hors cage, comme il lui fallait bien se sustenter, se crécher, voire s'ébattre dans les jeux de l'amour et du hasard des belles de nuit, il a remis la gomme. A Poissy, on se fait encore plus de relations que dans les orphelinats, on se prépare un plan de carrière. Mal tombé, Frédo, il s'est branché sur une équipe de sauvages, de hors-la-loi sans matière grise. Avec de l'audace, toujours de l'audace, il arrive parfois qu'on arraisonne un transport de fonds... rarement qu'on parvienne à dévaliser la Banque de France, mais plus souvent qu'on valdingue dans la cagade ! Intervention des forces de l'ordre... la scoumoune... des éléments tout à fait imprévisibles qui vous transforment les perspectives estivales sur la Riviera en cauchemar cellulaire.

Vraiment pas eu de bol, le Frédo, deux mois après sa libération de Poissy, retour à la case départ. Ce qui lui permettait de dire qu'il avait tiré quatorze piges sans débander... Ces deux marcotins hors cage valaient pas la peine qu'on en cause. Il s'était dégourdi tout de même le poireau avec quelques jeunes personnes aux formes arrondies et puis sans doute avait-il guéri les bronches de Milo Gants Blancs aux pastilles Valda.

Son retour en cabane s'agrémentait d'une petite séance aux assiettes, ainsi nomme-t-on la cour d'assises entre initiés. Je vous passe l'instruction, le réquisitoire et la plaidoirie d'un bon maître de second ordre désigné d'office, le nommé Friteau n'ayant personne dehors pour casquer les honoraires de Maurice Garçon ou de Moro-Giafferi qui brillaient dans les prétoires de la IVe République.

Dans la presse, ça n'a pas eu le retentissement d'un procès de la bande à Pierrot le Fou... tout de même une bonne place pendant deux jours en troisième page... Un gang bien structuré ayant commis plusieurs hold-up dans la région parisienne. Heureux pour lui, concernant les autres agressions, un braquage dans une usine à La Courneuve et dans un bureau de poste à Fontenay-aux-Roses, Alfred Friteau au moment des faits purgeait sa précédente peine de prison à la centrale de Poissy. Son avocat, ça lui a permis de plaider l'entraînement de ce jeune garçon qui n'a connu depuis son enfance abandonnée que les murs des prisons et le mauvais exemple de ses compagnons de misère. Xetera... Ils font ce qu'ils peuvent nos bavards, ils rabâchent, bien sûr, mais il est tout de même véridique ce thème de plaidoirie. Ça l'a tellement marqué cet univers, Frédo, qu'il n'a jamais pu en décoller. Réhabilité, homme libre, il n'a gravité qu'autour des taulards, matons et magistrats. Vous allez le suivre, après 1965. Pour l'instant de mon porte-plume, il est aux assises avec une brochette de malfrats estampillés Mitan... Lulu le Toulonnais, déjà condamné de nombreuses fois... Jo le Borgne... son œil, il l'a perdu dans une rixe aux Bat' d'Af... Tchi-Tchi, surnommé ainsi parce qu'il chante comme Tino Rossi... Chacun de ces joyeux garnements est titulaire d'une fiche au grand banditisme. Frédo fait donc figure d'apprenti dans l'association de malfaiteurs. C'est le petit dernier... il s'écrase, il parle pas, ou pour dire qu'il a suivi les autres sans savoir qu'ils avaient de si mauvaises intentions. On lui a confié une mitraillette Sten et on lui avait dit qu'il n'y avait pas de balle dans le chargeur.

— De toute façon, je sais pas m'en servir, j'ai pas fait de service militaire.

Ce qu'il avait argumenté pour son malheur. Le proc s'est emparé de l'affirmation pour lui faire remarquer, fielleux, que bien sûr il n'avait pu apprendre le maniement des armes dans le maquis au service de la France puisque pendant la guerre il était déjà en prison. Voilà... Et, en outre, puisqu'il avouait ne pas savoir se servir de cette arme dangereuse, c'était devenu une circonstance aggravante, n'est-ce pas, il pouvait tirer n'importe comment... tuer n'importe qui !

Lorsqu'on est dans le box des accusés, on a beau être ceci cela, avoir appris à l'école ou n'avoir rien foutu, tout se retourne. On n'avait pas de femme, c'est qu'on a de vilaines mœurs. On en a une, ça ne peut être qu'une péripatéticienne, une roulure quelconque. Si on vous trouve intelligent, alors vous n'en êtes que plus responsable, plus coupable. Idiot, on en déduit qu'il est préférable de vous laisser le plus longtemps possible au trou, votre imbécillité associée à vos instincts asociaux représentent un réel danger pour vos concitoyens.

Ainsi des choses de la justice. Elles fonctionnaient encore ces années-là uniquement dans le répressif... protection de l'environnement du rentier, certes, mais surtout des riches possédants.

Frédo, au verdict, il s'est morgané dix pigettes. Il

était le moins sapé de la bande... les autres se sont vu offrir quinze ou vingt ans de vacances aux frais de l'Administration pénitentiaire.

— Seulement avec la relègue, j'étais pas mieux loti qu'eux.

Après avoir accompli ses dix ans, il devait rester dans les maisons de justice et de correction jusqu'à ce que le ministère en décide autrement. Je passe rapide sur son interminable séjour à Fontevrault. Depuis, cette abbaye du XIIe siècle est redevenue sinon un lieu de culte, tout au moins on a désaffecté la prison. Aujourd'hui, je crois, elle est vouée comme presque toute la France au tourisme. Les Japonais, les Gretchens en short, les gravosses du Coca-Cola viennent y faire leurs dévotions photographiques. Mais pendant un siècle et demi Fontevrault sonnait aux oreilles averties comme un haut lieu de chiourme et de chaînes. Ceux qui y séjournèrent et qui vivent encore en ont gardé un souvenir marqué au fer rouge. Frédo, plusieurs années de suite, y fut affecté aux ateliers de chaises. C'était la spécialité, on disait les chaises de Fontevrault comme on dit les bêtises de Cambrai, les porcelaines de Sèvres ou les céramiques de Vallauris. Toutes proportions gardées... les chaises de Fontevrault, on devait pas se les disputer pour meubler les appartements bourgeois !

— La nuit on était dans des cages à poules... Séparés les uns des autres, rapport aux petits ménages, aux mariés de la rondelle... Même un schbeb c'était pas facile de se l'encaldosser.

Certains soir, m'a-t-il raconté, un auxiliaire du service général qui avait trouvé un bas de femme troué, dépareillé dans une boîte à ordures, se l'était passé à une jambe qu'il agitait à travers les barreaux de la cage en s'efforçant d'être lascif afin d'exciter les copains bouclés dans la rangée en face. Il était du nombre Frédo.

— On s'est mis à se faire chacun une petite pogne.

L'autre en face il se démerdait bien. Dans la pénombre, on s'imaginait vraiment que c'était une gonzesse. Quand on a tous eu fini de faire cracher Popaul, charge de revanche, il nous a balancé son bas en boule. C'est moi qui étais juste en face.

Il s'était donc enfilé ce vieux bas sur sa guibolle poilue et il avait réussi un véritable numéro de Crazy Horse.

— Quand c'est pour une bonne cause, on n'a pas à hésiter.

Ainsi de suite. Il avait la souvenance farcie d'anecdotes de ce genre. Une litanie de misère sexuelle ou alimentaire. Je ne reviens pas sur les histoires de bectance au chtar... la tristesse de ces pitances au mieux graillonneuses. Dans tous les bagnes, les camps, les prisons, il faut savoir que la bouffe est cuite par les détenus eux-mêmes... enfin les quelques privilégiés qui se font affecter aux cuisines. Même si les surveillants viennent contrôler la répartition des matières grasses et de la viande dans les chaudrons, sitôt qu'ils ont le dos tourné, c'est la curée, le détournement des meilleurs morceaux pour le trafic, pour les caïds. Parfois les gaffes eux-mêmes participent au pillage. Alors dans les gamelles du sort commun arrive un brouet bien clair où surnagent quelques bouts de barbaque peu ragoûtants.

— Le pire, c'est quand on était au mitard.

Là, c'était le domaine réservé des prévôts... Espèce immonde... des condamnés, la plupart, des assassins de la plus basse catégorie... Des vrais rebuts, brutes de démonstration... des tronches à fausse couche... sélectionnés par la tentiaire pour cogner les punis récalcitrants. Et même les autres d'ailleurs, ceux qui s'écrasent. Au moindre souffle, moindre regard de travers, le prévôt frappait du poing, du sabot, de la tronche ou de la ceinture.

Des êtres vivaient comme ça reclus au fond d'une prison centrale. Dans l'ombre, les odeurs pestilentielles, l'humidité... toujours derrière quelques grilles... la boule à zéro, tronche aux esgourdes en feuille de chou, les petits yeux porcins, la gueule prognathe. Une seule distraction, le passage à tabac... cravacher, enfoncer les côtes, casser les reins, le cul... faire hurler de souffrance leurs compagnons de misère. Ça vous donne des frissons dans la carcasse, dans le fond des os, de penser à ces lascars. Ils arrivaient du fond des âges, bourreaux moyenâgeux, torves, borgnes, tortionnaires éternels. Ils se vendent, se vendront toujours au plus offrant pour s'engraisser d'ignominies. Malheur au beau môme qui va s'échouer dans le fond de leur trou à rat, ils vont le sodomiser à sec. Ils ont des manières sexuelles qui ne s'embarrassent pas de fioritures. Il faut se défendre à en mourir pour se sauver la pastille. Au gnouf, c'était alors le déshonneur du déshonneur de s'être fait défoncer le fion. On devenait une gonzesse, une fiotte. Dans les us et lois du Milieu, c'était l'exclusion, la honte.

Tout ça a changé depuis ces années encore obscures. A tel point d'ailleurs qu'on tombe dans les excès inverses qui ne valent guère mieux. Chouchoutés à la sauce psy les étrangleurs de petites filles, les dépeceurs de vieilles dames participent d'un dérèglement de la boutique. Peut-être dans un avenir assez proche soignera-t-on tout le monde, comme le souhaitait le professeur Pilarède. On peut même imaginer dans le développement de la prévention qu'on soignera les perversités dès le fœtus. En découlera une société parfaite où il fera bon vivre dans l'abondance et le fonctionnel.

Au gnouf, Frédo, il aurait préféré se faire psychanalyser par la doctoresse Constance que d'affronter Tatave, le cyclope prévôt, avec lequel il avait dû se châbler pour se défendre.

— A la fin, j'y ai mordu l'oreille... je lui en ai arraché un morceau. Il a tellement gueulé que les matons sont tout de même intervenus. Ce jour-là le brigadier de service c'était Magabrège, un pas trop toc. On nous a séparés et transportés à l'infirmerie. J'avais l'épaule démise... et la gueule salement rectifiée... ma fiancée m'aurait pas reconnu !

Façon de dire, sa ou ses fiancées étaient toutes dans le placard des nostalgies. Aucune n'avait eu le temps de s'attacher à lui suffisamment pour se faire belle... se tendre les porte-jarretelles le jour de sa sortie du bagne.

Les deux dernières années de bagne, il les a subies à l'île de Ré devenue après la guerre un centre de relégation. Le régime y était relativement supportable, les pensionnaires de Saint-Martin-la-Forteresse n'étant plus à proprement dire des condamnés puisqu'ils avaient fini leur peine. Le système de déportation en Guyane aboli, on ne savait trop quoi faire des relégués. Ils étaient là, sous les embruns de l'Atlantique, à attendre leur libération ou leur mort. La libération ne s'obtenait qu'avec des garanties de réinsertion... un logement, du boulot, choses impossibles à dégauchir sans liens avec l'extérieur.

Frédo, dehors, il n'avait comme relations que des malfrats en cavale, des putes ou des anciens de la vingt et une, autant dire rien. Il atteignait trente-cinq ans, s'il voulait se dégager enfin de la cerise qui lui collait au train depuis son enfance, fallait qu'il accepte de venir à résipiscence... jouer le jeu du repentir... ou faire semblant, ce qui est parfois plus facile. A Saint-Martin il a réussi à se mettre dans les états de grâce de l'abbé Lourcelles, l'aumônier de la citadelle.

— Un brave mec. Il s'occupe maintenant des services de la postpénale au Secours catholique.

Ce que m'a avoué plus tard Frédo... que pour le séduire, cet abbé Lourcelles, il lui avait joué un peu de musique céleste. Le retour à la foi de son enfance par lecture de l'Évangile.

— Le Christ a souffert plus que toi, Alfred, et lui, il était innocent. Il s'est sacrifié pour ton salut.

Pas de mal à vous restituer les paroles de cet ecclésiastique. On connaît le prêche... le schéma si limpide. Les humains déconnaient tellement dans l'orgueil, le stupre, la débauche honteuse, tous les crimes les plus dégueulasses qu'il fallait bien que le Fils de Dieu débarque par l'opération du Saint-Esprit pour nous racheter. Bien sûr, on l'a martyrisé ce pauvre Jésus... *On,* c'est-à-dire nous, nos péchés. Résultat, il s'est retrouvé cloué les bras en croix entre deux malfrats... un bon et un mauvais.

Symbole... Frédo, s'il a entravé la coupure ! Il s'est métamorphosé bon larron. L'abbé, c'était sa mission d'harponner les larrons repentis, de les conduire à Notre-Seigneur. Il me l'avoue, mon pote, un beau matin il a été communier pour enlever, si je puis dire, le morceau.

L'exemple du roi Henri. La liberté vaut bien une messe. L'hostie du bon abbé Lourcelles, ça lui ouvrait pour le futur, l'après la mort, les portes du Paradis, et accessoirement la porte... étroite, certes, de la libération conditionnelle. C'est ainsi qu'il a pris un jour le bateau, puis le train pour Rouen où l'attendait M. Gérard Baudelaire, agent de probation.

— J'en avais tellement marre de la taule et des taulards que je me serais fait juif ou musulman pour m'arracher.

Je me trouvais fort aise de ne pas avoir eu à me farcir les simagrées religieuses pour obtenir un statut d'homme libre. Moi, j'étais passé par les bacilles de Koch, la chirurgie. Pas de la tarte non plus, mais ça m'avait laissé l'esprit sans entraves.

Enfin on était là tous les deux, on se savourait un pastaga à la terrasse des Deux-Magots... Voyez, on se la faisait grasse et littéraire. Il faisait un temps superbe, passaient sous nos regards des fesses alertes, de jolies guibolles, hélas engainées dans un collant. Ça vous modère les ardeurs, le collant, c'est trop protecteur.

Mais ne nous égarons pas encore sous les minijupes qui passent... On s'évoque encore nos durs moments avec Frédo. A croire que la mémoire se goberge mieux du malheur que de la félicité. Si nous n'avions que des choses agréables à s'évoquer, qu'on ait été toujours pétris de vertus chrétiennes, ça nous ferait pas des conversations aussi musclées, faut reconnaître.

Petit préambule pour vous dire, vous annoncer une nouvelle évolution de Frédo dans la société des honnêtes gens. Voilà. L'abbé Lourcelles, dont je viens de vous parler plus haut, il avait un projet pour Alfred Friteau. Une véritable révolution dans les us et coutumes de la postpénale. Il voulait lui confier tout bonnement la direction d'un centre, un foyer pour jeunes délinquants comme celui de Rouen. Ça c'était, comme disent les journalistes, un scoop. Jamais on n'avait encore vu un ex-taulard, ancien bagnard pour être exact, atteindre un pareil poste, devenir quasiment fonctionnaire du ministère de la Justice.

— Comme je ne suis pas encore réhabilité, c'est Mireille qui va me servir de caution.

— Où il est ce foyer ?

— A Saint-Ouen... on peut dire presque à Paris.

Il pavoisait Frédo... lui ex-tricard, encore relégué vis-à-vis de la loi, il rentrait en force presque dans la capitale. Simple problème de délai, de paperasseries. Il allait quitter la cité des Sapins... Mireille, sa clinique Vaillant-Couturier.

— On va être logés sur place. Pour être à même de contrôler les mômes.

Ça ne s'affichait pas dans les roses trémières son turbin. Ses petits clients, comme louveteaux, il valait mieux les tenir à l'œil... ne pas trop les lâcher dans les rues à la nuit tombante. Depuis qu'on ne fourrait plus les jeunes délinquants dans les maisons de correction, ils aboutissaient dans toutes sortes de refuges en attendant qu'on leur trouve un stage d'apprentissage et un domicile. C'était encore l'époque de ceux qu'on appelait les blousons noirs. Pas encore les beurs, les rapeurs... Nous étions dans la période juste avant la révolution de Mai 68. A partir de cette date, on aura plus la même grille pour juger les êtres et les choses. On a proclamé sur les murs de Paris que plus rien ne serait comme avant, en réalité c'est simplement qu'on ne voudra plus rien voir comme avant. Frédo, lui, ne s'embarrassait pas l'esprit avec ce genre de dialectique. Il n'était pas assez instruit pour comprendre tout ça, mais il était un savant de l'existence. Avec ce bagage, il touchait la cible dans les mille ou très près du mille... Ses fléchettes allaient pas se piquer dans les fleurs de rhétorique en dehors du carton.

Tout s'est mis en branle. Il a déménagé. Il est devenu m'sieur le Directeur. Ça va nous faire un chapitre tout à fait instructif.

4

Ne montrez pas trop de choses trop vite.

Conseil d'une mère maquerelle à une nouvelle pensionnaire.

Rien qu'une chose compte aujourd'hui, la télévision. La petite caisse noire (le plus souvent) s'est installée dans nos foyers, nos livings, devant nos lits et elle commande tout. Elle bouffe la lecture, la tortore, les beaux-arts, les coïts, le roi Lear, les promenades à cheval, les parties de billard, la belote du café du coin ! Elle vous coince les crottes au cul, plus personne n'ose aller aux gogues pendant l'émission vedette... ça perturbe les digestions, les épanchements normaux d'urine.

Les bestiaux de la politique, tous nos gugusses qui tiennent ou veulent prendre le pouvoir... ils se teignent en bleu pour apparaître au petit écran. Il paraît que c'est la couleur qui passe le mieux. Même la Vierge Marie à Lourdes n'avait pas pensé à une chose pareille... qu'en bleu elle aurait encore plus ébloui la petite Scoubidou.

Ce n'est qu'un début, elle va devenir tout à fait divine la télévise... Une monstrueuse déesse qui ne pardonnera ni aux impies ni aux athées. Hors de l'église cathodique, point de salut ! On est tous devenus l'air de rien téléspectateurs et automobilistes. Ne vous croyez pas socialiste ou je ne sais quoi libéral, coco, natio, écolo. Tout ça n'a plus de sens, vous n'êtes plus que des créatures de la Déesse Téloche infiniment grande, infiniment belle et bonne. Prions mes frères ! Lorsqu'elle le voudra, Déesse Téloche vous enverra faire la guerre dans les golfes clairs, les monts et les bois... Le doux Jésus de l'abbé Lourcelles, si on en parle encore, c'est que Déesse Téloche lui laisse le droit de vivre. Pour combien de temps ? *That is the question.*

Ça me ramène à notre affaire, l'installation de Frédo au foyer Pierre-Lambert sis rue des Ateliers à Saint-Ouen. L'idée m'est venue que ça serait un joli lancement que d'avoir une équipe de l'ORTF pour inaugurer la mise en place, l'intronisation de mon pote.

Dès que vous évoquiez, déjà à cette époque, sous le proconsulat du Général, une émission de téloche, ça mettait tout le monde en émoi... le plus avachi birbe se remettait en érection... à l'agonie, la nonagénaire se rebarbouillait du rouge à lèvres... le rimmel... la poudre de riz !

J'avais déjà été l'objet de quelques reportages, « Truand sauvé par la littérature ». Ça jetait sérieux dans les mirettes des attentifs du samedi soir. On n'en était pourtant encore qu'au noir et blanc sur juste une seule chaîne. Les caméras, au début, me paralysaient la glotte, je répondais en biais, j'arrivais pas à me lancer dans cette course, cette foire aux vanités. Aucun mérite à cela, je suis comme je suis, est-ce ma faute à moi si je me fous du quart comme du reste... Ça me vient de ma nature. En revanche, ce qui m'amusait... de monter toute une émission autour de Frédo et de son nouveau job. Mais au préalable fallait que j'aille me rendre compte sur place de la situation.

Si l'abbé Lourcelles avait eu l'idée de promouvoir

Frédo comme directeur, ça cachait une conjoncture peu reluisante du foyer de Saint-Ouen. Le précédent patron, débordé par les mômes, les problèmes de gestion, n'arrivait plus à maîtriser son bâtiment qui prenait eau de toutes parts. Tout le monde se servait à la cantine, à la lingerie, à l'économat. Tout s'évaporait. Patrice Révillon, le directeur provisoire du centre, sortait d'une école de magistrats, quelque chose de ce genre. Pas besoin de le caricaturer, il était sa propre caricature... une houpette de cheveux blondasses... en dessous, de grosses lunettes de myope... une grande bouche toujours en esquisse de sourire... le tout sur une carcasse de guingois. Pour lui compliquer la tâche, il s'exprimait d'une voix quasi-gonzesse, flûtée avec des pointes dans les aigus. Les blousons... tête d'aigle... les petites frimes rock à banane, il leur servait de souffre-douleur, de modèle pour le chambrer plutôt que de maître à redresser. Plus personne faisait le ménage dans la crèche, la cuisinière-fille de service s'était esbignée après une tentative de viol. Le Patrice éduqué aux méthodes psy avait commis toutes les erreurs possibles. On le tutoyait, on fouillait dans ses placards, son bureau, on imitait sa signature, on le traitait de pédale dès qu'il formulait la moindre remontrance. Ah, il avait rêvé d'autre chose pendant ses études ! Il pensait que ces mômes n'étaient que des victimes, des brebis égarées. Armé uniquement de théories et de bonnes intentions, il avait échoué dans la pire des ménageries, une ménagerie d'hommes.

Dégueulasse, le bâtiment... portes défoncées, les carreaux aux fenêtres étoilées remplacés par des morceaux de carton... les lits déglingués... tous les meubles... Un ouragan était passé.

— Faut repartir à zéro, avait dit l'abbé.

Seulement les fonds manquaient pour faire fonctionner l'entreprise. Ils venaient du Secours catholique et du ministère de la Justice qui accordait une médiocre subvention. L'abbé Lourcelles tirait tout ce qu'il pouvait mais l'état du centre, inspecté par je ne sais quel fonctionnaire, rendait sa tâche bien difficile... quasi impossible. Place Vendôme, ils envisageaient de lui couper les vivres et d'ordonner la fermeture du foyer.

Trait de génie, l'idée de faire appel à Frédo. Par Gérard Baudelaire, l'abbé suivait toutes les phases de sa réintégration sociale. A Rouen, dans le petit monde de la tentiaire, il avait fait florès. Jamais on n'avait connu pareil moniteur. Avec lui les mômes mouftaient pas, ils en redemandaient et pourtant on le savait strict, qu'il se laissait pas raconter l'histoire du Chaperon-Rouge qu'avait perdu sa galette à cause du grand méchant loup.

Il a démarré, à titre d'essai... d'expérience. On voulait bien faire une exception pourvu que M. Patrice Révillon reste en place pour le doubler... en quelque sorte pour le surveiller et faire des rapports à ses chefs.

A joué tout de suite en faveur de Frédo l'effet de surprise. Déjà, sa réputation était parvenue jusqu'à Paris... Le bouche à oreille, le téléphone algérien. Les jeunots l'ont accueilli moitié goguenards moitié inquiets. Sans rien dire il a installé ses hardes, ses quatre bouts de bois. Rien demandé à personne. Seul le grand Patrice lui a donné un coup de pogne pour transporter ses valoches. A remarquer qu'avec Mireille, ils trimbalaient pas des tapisseries anciennes, des meubles précieux, des tableaux de maître. Le strict nécessaire, il avait pas encore eu le temps d'accumuler les biens de ce monde. Ce qui le rendait encore plus pur aux yeux de l'abbé.

Dès le premier soir Frédo, dans la cage aux fauves, a montré que c'était lui le dompteur. Les jeunes dînaient au réfectoire vers vingt heures. Ce même jour arrivait aussi la nouvelle cuisinière-femme de service, une Antillaise aux formes épanouies : Mme Valencia. Déjà pourtant bien amortie, la mamelle flasque, le fessier traînard, Mme Valencia, pour déclencher les ardeurs spontanées. N'empêche, un petit malfrat à longue chevelure s'est permis au passage de lui balancer la main au valseur. D'après le récit de l'incident rapporté par Mireille... si Frédo n'avait pas aperçu lui-même le geste déplacé du lascar, Mme Valencia n'aurait pas été au renaud. La suite d'ailleurs étaiera cette supposition... à l'occase, cette brave femme n'hésitant pas à soulager les jeunots en mal d'amour. Une main à son cul lui paraissait tout naturel.

Frédo en a profité pour faire un exemple, frapper un grand coup. Il a bondi sur le malotru, agrafé au colback.

— Où tu te crois, toi ?... Tu vas faire des excuses à madame, tout de suite...

Le môme a cherché à se dégager... esquissant une riposte. Plaf ! il s'en est pris une dans la gueule... une magistrale pêche. Et Frédo ne lâchait pas. Une pogne d'acier il avait.

— Faut que t'apprennes la politesse, sale petit con. Alors, tu t'excuses ?

Forcé d'obtempérer... le gamin a bredouillé, baissant la tête :

— Je m'excuse...

— Madame, je veux que tu lui dises madame. C'est peut-être une négresse mais c'est une dame, faut que t'apprennes ça aussi !

Formulation on ne peut plus juste, mais en des termes qu'aujourd'hui on n'oserait plus, crainte de se faire taxer de racisme. Mme Valencia risquait pas de s'en formaliser, elle était pas du genre à se réclamer de sa négritude tout comme le président Senghor.

— C'est rien, missieu le Directeur. Il voulait s'amuser, c'est de son âge.

Elle arrondissait les angles en gommant les r... le tout accompagné de son magnifique sourire à dents blanches. Avant de regagner sa place. Frédo a affronté ses quarante pensionnaires.

— A partir d'aujourd'hui, on va tous se respecter ici. Le premier qui dit une mauvaise parole ou qui se permet un geste déplacé, je lui fais bouffer de la tête de voyou réhabilité. C'est compris ?

Personne, bien sûr, n'a moufté. Sur sa lancée, il s'est fendu d'un petit speech, un exposé des nouvelles donnes. Lui était là pour les aider à se sortir de la mouscaille. Si leur sort n'était pas enviable, ils avaient des chances qu'il aurait bien voulu avoir à leur âge.

— Ni vous ni moi on a du temps à perdre. Ceux qui veulent tenter leur chance en allant braquer le Crédit Commercial, je les retiens pas.

Mais il les avertissait que c'était pas du velours d'aller au baroud avec la société... d'essayer de prendre un raccourci avec la fortune... qu'ils n'étaient pas de force sans doute. Le mieux donc c'était d'entrer dans le rang. Et même ça, ce n'était pas de la nougatine.

— Je suis là pour vous y aider. Maintenant bon appétit, messieurs !

Clac ! Comme Victor Hugo. Ça les a laissés quelques secondes dans un silence respectueux, les jeunots, et puis l'un d'eux a applaudi, bientôt suivi de tous ses copains. Frédo a savouré sa première victoire en toute modestie. L'air de rien, il s'est mis à flipper sa soupe. Patrice Révillon, il en était béat, admiratif. Jamais il les aurait crus si faciles à dominer, ces petits malfrats. Plusieurs jours, il a été totalement ébloui... Tout s'est mis en ordre. Une partie des mômes allait travailler la journée dans des usines, des entreprises de la région et ils rentraient le soir. Le foyer, jusqu'à ce qu'ils se trouvent une piaule, leur assurait pour une participation modique un lit, le dîner et le petit déj. Les autres, ceux qui n'avaient pas encore un emploi, Frédo les a mis au turbin pour faire remonter la cambuse... les réparations, le nettoyage, les peluches, la vaisselle... des corvées de toutes sortes. Mireille a pris en main l'infirmerie et elle a aidé Patrice dans la paperasserie.

En moins de quinze jours, le foyer Pierre-Lambert s'est métamorphosé... Il deviendra sous peu un lieu que magistrats, curetons, gens des services sociaux de toutes sortes, visiteront comme un modèle.

Si, par un hasard, un coup de baguette magique d'auteur, vous pouviez vous y transporter, vous seriez moins émerveillé. Le bâtiment d'abord... de la brique rouge nordiste... Rien de folichon dans un alignement d'immeubles misérables. A l'intérieur, loin d'être le luxe, ça respire une pauvreté propre. Pauvreté tout de même. On brique le carrelage, on cire tout ce qui peut l'être. Le mobilier, c'est plutôt du Formica que du bois d'ébène. Le budget de fonctionnement est des plus réduits. Et faut faire avec, tout du moins au début, par la suite Frédo va aller à la pêche miraculeuse, on va voir.

Moi aussi, je dois convenir, il m'en bouchait une surface. Surtout la vitesse à laquelle il remettait la machine en route. Au point que les échecs de Patrice n'en paraissaient que plus cuisants. S'il n'avait pu diriger ce centre, c'est qu'il était vraiment loquedu malgré ses diplômes.

— Ou peut-être à cause d'eux, me confiait Frédo...

Et de me développer que tous ces jeunes universitaires boutonneux, c'était ce qu'on leur apprenait qui les paralysait. Là où un simple coup de poing dans la gueule, comme on a vu, remettait les choses en place, les théories apprises dans les livres, au contraire... aggravaient la situation. C'est d'ailleurs ce que pensait Salvador Dali, que le coup de pied au cul, c'est l'électrochoc du pauvre.

Mais nous étions au début de l'expérience. Nulle ombre au tableau. L'abbé Lourcelles était aux anges, ce qui est bien naturel pour un prêtre. C'était un homme sec, de physique je veux dire. Pas le genre à se prendre de la bedaine avec un trop-plein de nourritures terrestres... Grand, le visage tiré en longueur... le pif, le menton, un front immense... le regard intense de sainteté. Savoir s'il forçait pas un peu la note ? Avec le sourire adéquat. « Aimez-vous les uns les autres. » Toujours j'avais l'impression en sa présence d'être dans l'Évangile. « Jésus dit à ses disciples. » Le style.

Ça vaut tout de même mieux pour un ecclésiastique que les errements rabelaisiens... les moines pince-fesses, rubiconds, égrillards. Dans mon enfance j'en avais rencontré un dans un patronage de banlieue, un énorme biturin de démonstration qui se noircissait au calva et tringlait, disait-on, les enfants de Marie.

Comme beaucoup de ses confrères, dès cette époque l'abbé Lourcelles avait remisé sa soutane dans le placard des frusques de théâtre. Sans avoir encore adopté le jean et le blouson noir, il était fringué d'un costard anthracite de confection en tissu synthétique. L'hiver un vieux lardeuss avec un petit col de velours râpé. Même sans soutane, sans petite croix au revers du veston, on devinait au premier coup d'œil que c'était un cureton.

J'ai fait sa connaissance un soir où Frédo m'avait convié à partager leur brouet spartiate au centre. On bectait au réfectoire au milieu des pensionnaires. Juste une table réservée pour Frédo, Mireille et Patrice. L'abbé venait une fois par semaine, il était responsable pour le Secours catholique de plusieurs établissements du même genre dans la banlieue nord et nord-est de Paris.

— C'est une mission très absorbante, difficile, pleine d'épreuves inattendues... Mais... lorsque je rencontre une réussite comme celle-ci, c'est alors au fond de mon cœur une joie sans pareille !

Xetera. Il lui manquait qu'une auréole au-dessus de la tronche pour que la scène fût digne de figurer dans les albums en vente à la Procure du Clergé, place Saint-Sulpice.

Un homme comme ça, on ne peut expliquer son

comportement que par la passion. La charité en est une à bien réfléchir. Tous les clichetons qu'on peut ramener sur l'hypocrisie des gens d'Église avec lui ne correspondaient pas. Vraiment, il croyait à ce qu'il disait, à son sacerdoce. On pouvait pas imaginer qu'il se réservait des parenthèses pour aller se faire éponger par une pute ou se faire miser par un moustachu.

Par la suite, les curés de son acabit sont devenus dangereux pour la sainte mère l'Église. Elle n'a pu traverser les siècles qu'en se frottant aux impuretés, dans les pires ambiguïtés politiques. Les beaux-arts et la corruption l'ont conduite jusqu'à nous. Les purs et les saints il lui en fallait, bien sûr. A dose homéopathique. Juste de quoi garnir les vitraux des sanctuaires. Les plus intraitables avec le dogme, on les larguait dans les monastères. Et le reste tournait au gré des libertins et pécheurs de tous poils.

A fréquenter, côtoyer des bienheureux comme l'abbé Lourcelles, c'est reposant, mais ils lassent vite. On tourne en rond sur quelques obsessions à l'eau bénite. Il nous faut pour respirer à l'aise quelques belles perversions... des coups tordus... le sel des mensonges, le poivre de la débauche.

En quittant le foyer ce soir-là, j'ai raccompagné l'abbé jusque dans le VIe où il logeait dans une résidence réservée au clergé. Le long du chemin, il m'a psalmodié les mérites de Frédo. Que c'était une conversion extraordinaire. Une récompense céleste pour un prêtre de voir un pécheur retrouver comme ça le droit chemin. Je pouvais qu'abonder dans son sens. Il m'a questionné sur les circonstances où nous nous connûmes... le cul-de-basse-fosse où nous croupîmes de concert. Sans être spécialiste du dialecte cureton, d'instinct je lui ai servi la décoction qu'il attendait.

— Nous avons eu faim ensemble.

Ensemble ! Il rattrapait le mot comme une gourmandise ! Ensemble... ça voulait bien dire, n'est-ce pas, que nous avions partagé cette souffrance ! Il en était tout retourné, il réfléchissait en baissant les paupières. Je n'osais tout de même pas ajouter que c'était pour le Christ qu'on avait eu des crampes d'estomac. C'eût été sans doute pousser trop loin le bouchon dans la rivière sainte.

— Sous ses airs bourrus de dur, Frédo, avant tout, est bon.

Avant tout, me paraissait excessif. Il était d'un bloc, bien sûr. Mais je le croyais capable de beaucoup de choses... même de bonté ! Pour l'instant, ce dont j'étais certain c'est qu'il rongeait son frein dans le dévouement à la bonne cause. Il turbinait douze heures par jour.

— Ça me laisse même plus le temps de régaler Mémère.

Il m'a avoué. Mireille, son potentiel érotique commençait à se diluer dans les besognes ménagères. Elle se soignait moins la frimousse qu'à Rouen quand elle bossait à la clinique. Sa nouvelle activité lui bouffait la sève. Elle secondait Frédo à en devenir indispensable, ce qui est peut-être le meilleur moyen de s'incruster dans une position matrimoniale. L'abbé, forcément, avait derrière la tonsure l'idée de sanctifier ce couple, les conduire un jour à l'autel. Ce que m'a dit Frédo, je ne sais quand, un jour qu'on se payait une gamelle ailleurs que dans sa cantoche. Peut-être avec Auguste le lanternier de la magie, le kédive de ma chronique *Le Banquet des léopards*. Plusieurs sujets, je vous ai expliqué se superposent, s'imbriquent en même temps. Pour les besoins de la littérature je vous les sépare, les décortique en parallèle. Pour tout savoir il faudrait tout lire, ce que je recommande aux jeunes gens, aux vives jeunes filles libérées, ça me fera des piécettes dans mon escarcelle... ce qui me reste après le passage des Draculas du fisc.

La perspective du mariage, il s'y voyait pas tellement mon petit camarade. Au début, sans doute, il se serait laissé envelopper... mon bel amour, mon cher amour ! Après deux trois pigettes de dodo, il se repliait sur des positions plus prudentes. L'avenir est à ceux qui gambergent avant les contrats. Peut-être que déjà il s'envisageait un avenir plus reluisant... En tout cas, l'air de rien, il manœuvrait. Il savait qu'avec ce foyer de postpénale il jouait quasiment tout. Pendant plusieurs mois, des années peut-être, il fallait qu'il usine à fond, qu'il oublie un peu les divertissements qui s'offrent (ou se louent) aux bipèdes normaux en âge de savourer l'existence. Je pressentais tout ça, il ne m'en disait pas lerche là-dessus, juste il balançait de temps à autre un vanne pour me signifier qu'il n'était pas dupe... Ça me paraissait même suspect ce besoin. Il avait peut-être peur de se prendre à son propre rôle, de passer de *l'autre côté,* de devenir carrément ce qu'il *représentait.*

On démêle pas si facile les motivations profondes des êtres... les différents aspects de leur comportement... les emberlificotages psychologiques avec les intentions vénales. Frédo se pénétrait de son emploi de bienfaiteur de l'humanité. Dans quelle mesure y croyait-il ? Mais le résultat seul compte, son travail parmi les jeunes en dérive était positif... l'essentiel. Un peu de bon sens, une pogne solide pour les tenir, il faisait merveille. Surtout si on comparait avec les déconnades alentour.

N'allez pas croire que je passais mes soirées dans le foyer de Saint-Ouen. Je roulais ailleurs... Frédo, je le laissais mener sa barque. J'étais souvent en Suisse pour une cinocherie de royale navetonnerie. On vit de ça aussi et d'espoir qu'un jour on décrochera la vraie timbale, l'occase d'enfin donner sa mesure. C'est un drôle de mât de cocagne, enduit de glu excrémentielle, mais ceci est une autre paire d'aventures, j'ai déjà œuvré sur ce genre de matière... j'y reviendrai peut-être. J'ai emmagasiné dans ma tronche suffisamment de portraits, d'anecdotes croustilleuses pour en faire encore un livre de souvenirs.

Quelques mois ont suffi à Frédo pour bien s'implanter dans sa structure. Sur la brèche dès les aurores... en bras de chemise, en bretelles, toujours son galure sur le sommet du crâne. Il accompagnait ses ouailles qui se présentaient pour des emplois. Sa technique... tout de suite, il affranchissait le patron... que son pupille sortait du gnouf mais qu'il voulait vraiment se remettre sur la bonne voie qu'il n'aurait jamais dû quitter. Préférable aux cachotteries, l'espérance que son casier judiciaire, on oublierait de le lui demander. Voilà. Franc comme l'or ! Il garantissait son poulain et en tout cas qu'il interviendrait à sa moindre peccadille, sa moindre incartade.

Assez souvent il enlevait le morceau. Certes, c'était pour des boulots bas de gamme... emballeur, magasinier, livreur, homme de peine. Fallait les tenir à bout de bras les gamins, ils renâclaient à rentrer dans le rang. Faire comprendre à un jeune mec qu'il ne sortira plus de cette condition du lumpenprolétariat, qu'il faut qu'il se résigne... c'est pas l'évidence ! Surtout que c'était la plupart des chevaux rebelles de nature... des violents, des va-de-la-gueule. Ayant déjà pris un mauvais virage, ils risquaient facile de retrouver leurs habitudes vicelardes... leurs excès de vitesse et d'aller encore se planter dans un ravin.

Puisqu'on parle de réinsertion, il faut bien reconnaître qu'elle réussit rarement. Parmi les clients du foyer, bien peu iront jusqu'au bout de ce chemin. Les plus astucieux temporiseront jusqu'à l'expiration de leur délai de liberté conditionnelle... après... adieu la valise ! Advienne ce que les sbires du bras séculier pourront. Et encore nous n'en étions pas à l'ère de la drogue. Ça allait juste commencer... Mai 68... l'interdiction d'interdire... l'engrenage... la spirale suicidaire.

Frédo, de toute façon avec les moyens du bord, c'est-à-dire des brics et des brocs et surtout une volonté de fer, il s'est mis à la pointe de la réussite... Très rapidos, au ministère, ils ont été au parfum, les hauts responsables se sont déplacés pour admirer son œuvre et s'entretenir avec ce personnage hors du commun. Incontestable qu'il avait lui au moins réussi sa propre réinsertion. L'abbé a fait les démarches qu'il fallait et un bel après-midi, Alfred Friteau dûment convoqué par la juridiction adéquate s'est entendu réhabiliter dans tous ses droits de citoyen. L'ardoise de toutes ses condamnations et de sa relègue effacée. C'est à cette occasion que j'ai pu faire intervenir la téloche. Carrément aux informations de vingt heures. Jusqu'alors on m'avait promis. Mais les promesses s'évaporaient dans les bureaux, les couloirs... les détours du sérail ORTF. On se trimbale avec une idée pendant des semaines, des mois... les décisionnaires hésitent, renâclent, remettent, oublient et, un beau jour, le projet revient en force, on ne sait trop pourquoi. (On doit s'estimer heureux s'il ne réapparaît pas à peine modifié, sous une autre signature.) Tout à coup, ça s'affole. On n'y avait pas pensé plus tôt ! Insensé ! On file, on fonce, on filme. J'ai amorcé la pompe avec un article dans *Paris-Jour,* quotidien aujourd'hui disparu. « Un ancien bagnard consacre sa vie à la réinsertion des jeunes délinquants. » Sa photo pleine première page. J'annonçais sa réhabilitation par les chats fourrés du parquet de la Seine. L'évocation de son passé... La maman morte de tuberculose. L'enfant jeté aux chiens enragés des maisons de redressement. L'engrenage fatal. Le braquage maudit. Les travaux forcés. La honteuse relégation. Et, bien sûr, la rencontre miraculeuse avec l'abbé Lourcelles. L'état de grâce !

A l'occasion de sa réhabilitation, on avait organisé un vin d'honneur. Et c'est là que l'équipe de téloche devait intervenir. Un numéro magazine, pour terminer le Journal du soir. Cinq six minutes, je crois me souvenir.

Tout le monde était sur le pont, Mireille, Patrice, Valencia, l'abbé. On a interviewé les mômes, tous ravis d'avoir un directeur qui avait connu comme eux l'humidité de la paille pénitentiaire. Quant au héros de la soirée, il s'est taillé la part du cador. Pour la circonstance il avait été s'acheter un costard à carreaux chez Esder et il arborait une cravate bariolée du meilleur effet. Dès qu'on lui a tendu le micro, il y a été d'une déclaration percutante. Juste ce que tout le monde attendait. En quelques mots il a évoqué son passé et il a embrayé sur sa mission rénovatrice.

— J'ai décidé d'aider les jeunes à ne pas suivre la même voie que j'ai suivie jusqu'à l'âge de trente-six ans.

Je me suis cloqué à l'écart, j'admire le travail de l'artiste, je commence à m'y connaître un peu. Il accroche d'emblée. Tout ce qu'il dit efface, comme par enchantement, ce qui pourrait laisser une mauvaise impression avec sa tronche de flibustier. Les stigmates du bagnard le servent en l'occurrence. Il est devenu la dernière incarnation de Jean Valjean. A la fin de son intervention tout le monde a applaudi et l'abbé Lourcelles est venu le serrer dans ses bras. Minute d'intense émotion.

L'apothéose ! Dès le lendemain, ça parvient de partout les interviews, les invitations pour passer à la radio. Je laisse faire, je me retire sur les pointes. Ça file vite, les gloires de l'actualité. Quelques jours, il est l'objet d'articles dans les hebdos... *Ici-Paris, Candide, Détective*... même dans *Point de Vue-Images du Monde* avec les princesses, les marquises... Mme la comtesse de Paris dans la même page, sinon la même rubrique. Il est ciblé... le bagnard rénové... Sauveur des jeunes en détresse. Une fois l'étiquette collée, la première, vous ne l'arracherez plus. Cinquante ans plus tard on vous remet le couvert. Vous êtes toujours le poète paysan de la Garonne, le rescapé du *Titanic*, l'ami des corbeaux, le fils de Satan, le cloporte métamorphosé, le révolté de la lande... ils ont le chic pour vous confectionner un costard sur mesure. Si on grandit, forcit par la suite, n'importe, ils vous font rentrer dedans à toute force... tant pis si ça craque sous les aisselles... que vous ne puissiez plus reboutonner votre braguette... ça ne peut qu'ajouter à votre personnage une originalité extraordinaire.

Fatal qu'ils radinent ceux-là... les condés, les flics pour mieux dire, de la brigade territoriale du secteur. Déjà ils tenaient le foyer dans le collimateur. Une bande de petits pégriots rassemblés, même sous la tutelle du Secours catholique et du ministère de la Justice, ça leur paraissait surtout de la graine de gangsters. Ils estimaient prudent d'avoir cette engeance à l'œil. Les incidents mineurs avec le voisinage relevaient du commissariat de quartier. Eux, ils respiraient un peu plus dans les hauteurs de la fripouillerie. Frédo, lui, il les a tout de suite intéressés. Ils se sont fait communiquer sa fiche de la tour pointue. Sans doute ont-ils jugé préférable d'y aller mollo en retirant leurs grolles cloutées... Frédo commençait à avoir de sérieuses protections. Ils se sont pointés dans la bonne humeur, la cordialité. Ils se déplacent par paire, ça évite paraît-il certaines compromissions. Max et Marcel, les deux M, disait Frédo. J'ai fait leur connaissance plus tard, ils brûlaient de rencontrer l'auteur de *La Cerise.* Ils brûlent de rencontrer tout le monde. C'est leur métier, presque le plus vieux du monde. Déjà dans les savanes du paléolithique, ils surveillaient les manigances des petites putes pithécanthropes.

Frédo, pas besoin de dessin, d'explications superflues, les messieurs de la Grande Maison, il les respire à travers la lourde tandis qu'ils frappent avant d'entrer.

— Salut, Frédo, a lancé jovial le plus balèze des deux, celui à la barbe en collier, Maxou pour les dames.

Sans moufter, Frédo les a introduits dans la pièce qui

lui servait de bureau où s'entassaient les réserves du centre... boîtes de conserve, paquets de sucre, de sel, de macaronis... Pour imposer un peu de respect à ces malotrus, il a été se poser le cul derrière son bureau, dans son fauteuil directorial.

— Asseyez-vous, messieurs.

Max menait la jactance. Il avait des yeux porcins, la voix toujours enrouée. Ultérieurement on a su qu'on le surnommait la Sage-Femme à la brigade... il était le spécialiste des accouchements difficiles. L'autre, Marcel, il donnait dans la caricature de fouine, avec son petit nez pointu, sa façon de frimer, on aurait dit dans plusieurs coins en même temps.

— Paraît que t'as rencontré Jésus-Christ !

D'ouverture, l'attaque goguenarde du gros Max qui se posait sans façon une fesse sur le coin du bureau.

— Vous voudriez tout de même pas que je vous le balance, a rétorqué Frédo pour bien leur montrer qu'il savait lui aussi naviguer dans les ironies poulardines. Le petit Marcel, ça l'a bien fait rire la repartie de mon pote. Un homme qui avait un certain sens de l'humour.

Après quelques assauts comme ça à fleuret moucheté, la conversation a pris un tour plus professionnel. N'est-ce pas, ils étaient venus là pour faire connaissance. Qu'ils soient pas dupes de sa rencontre avec Jésus-Christ relevait sans doute de leur peu de dispositions pour la spiritualité chrétienne... n'empêche qu'ils se faisaient un plaisir de saluer sa reconversion.

— D'après ce qu'on a lu au sommier, tu reviens de loin.

— Et c'en est que plus méritant.

Ils se renvoyaient gentil la balle. C'était la récréation, ils en remettaient.

— On voudrait que tous les anciens taulards soient comme toi.

— Ça serait pas souhaitable pour vous, leur a rétorqué Frédo. Vous seriez obligés d'aller à l'usine.

On badine souvent de la sorte entre lardus et truands, je veux dire on badinait... de nos jours, les échanges sont devenus plus rudimentaires, on a perdu de part et d'autre le sens de la métaphore.

Sans doute voulaient-ils mettre Frédo dans leurs petits plans, qu'il devienne non pas indic, le vilain mot, mais juste un peu informateur. Tout à fait pour le bien de ses ouailles. En collaborant avec les condés ils pouvaient ensemble remettre quelques garçons méritants dans le droit chemin.

— Nous, c'est notre devoir de te prévenir si on apprend de vilaines choses.

A charge de revanche. Frédo s'est pas donné le mauvais rôle de les heurter avec des paroles, de ces formules désobligeantes qu'on profère lorsqu'on est jeune, qu'on s'imagine qu'on va devenir Al Capone. Ce qu'on oublie c'est qu'Al Capone, entre ses symphonies à la mitraillette, il était toujours on ne peut plus poli avec les cops... tous les poulets de Chicago.

Pour leur faire plaisir à ces jolis argousins, en les quittant, les raccompagnant à la porte, il leur a promis que j'allais venir becter avec eux, qu'on se ferait tous ensemble une petite tortore sympa.

Il s'est avancé, le Frédo... à l'époque mes relations avec les lardus étaient encore empreintes d'une certaine rancœur. Pas si éloignées les séances d'interrogatoire, leurs pièges sournois, le commissaire Lopardi en personne à la barre des témoins à charge pour m'expédier aux oubliettes le plus longtemps possible.

J'ai plié mes ressentiments dans un mouchoir tout de même morveux pour les différencier d'avec la rancune qu'on peut nourrir, par exemple, à l'égard d'une nana qui vous a mené en double... Dans ce cas, ça mérite un mouchoir propre et rose... brodé pourquoi pas ? Avant de sombrer dans les vacheries, on s'est tout de même envolupté avec cette dame, ça mérite une joliesse de geste.

Frédo m'a argumenté que de toute façon les flics valait mieux se les mettre dans la fouille. Sur les petites embrouilles ils peuvent toujours vous effacer l'ardoise.

La conclusion de nos palabres, ça s'est déroulé dans un restaurant algérien du secteur. Y avait pas seulement Max et Marcel avec nous, mais ils avaient convié toute la BT, mis à part sans doute les hommes en filoche. Une grande tablée de poulagas pour un couscous monumental. La surprise alors. A mon arrivée, ils m'ont tous fait fête. Entre ce festin et les premiers contacts au foyer, Frédo avait embrayé sec... Parvenu dans les meilleurs termes avec cette joyeuse flicaille. Tu à toi... reçu sans frapper dans le bureau même du commissaire Plankard, le patron de la brigade. Il m'a serré cordial la louche et il m'a glissé en lousdoc :

— On s'est déjà vus.

Il s'épanouissait d'un gracieux sourire sous ses moustaches à la Clark Gable. Je voyais pas exact où ça, mais je respirais la poloche. Il eût été surprenant qu'on se soit rencontrés dans un salon littéraire.

— J'ai débuté à la XXe sous les ordres de Lopardi.

Agréables souvenirs. Lui ne s'était pas occupé de mon affaire, il était détaché ailleurs. Il se rappelait m'avoir vu passer, maintes fois, avec les cadènes aux poignets lorsqu'on m'extrayait de Fresnes sur commission rogatoire. Il me tapotait dans le dos comme s'il avait retrouvé un vieux copain de patronage. Tout limpide, on pratique un peu le même sport, le match fini y a pas de raison de poursuivre nos querelles. Tout dépend bien sûr du contexte initial. Dans mon cas, ils me jugeaient hors course, tout à fait dans un autre monde. Ils se marraient même en lisant dans mes livres les portraits à la fiente que je leur réservais. C'était surtout ça, mes bouquins, qui aplanissait, annihilait les problèmes... Un peu partout d'ailleurs, dès que vous agrippez un morceau de célébrité, on oublie le trou d'où vous sortez. Naguère, on vous glaviotait et aujourd'hui on vous fait de douces pognes. Surtout si votre renommée vous vient des livres. Ça garde un côté magique la littérature. Un écrivain sommeille en tout homme en compagnie de son éternel cochon. Il considère que son vécu, ses petites expériences sentimentalo-sexuelles sont parfaitement dignes d'être le sujet d'un livre qui deviendra un best-seller si possible. En un sens c'est exact, chaque vie est un roman. Le seul hic... qu'il faut trouver l'angle d'attaque, puis se colleter avec les mots pour les placer comme il faut sur la partition, qu'ensuite ils puissent faire danser jeunes et vieux... vieilles et gigolpinces.

Ils sont surtout rigolards ces condés autour de la table... le couscous royal d'Ali l'Algérien, qui doit, lui, avoir des bricoles à se faire effacer pour être aussi empressé à nous servir, nous gâter de ses merguez, ses petites côtelettes, l'harissa. Je vais apprendre outre agapes qu'il s'assoit sur l'addition. Ils tenaient à nous inviter Frédo et moi, mais que ça leur coûte que fifre. Ils s'arrosent joyeux la dalle au marsala. On est seuls dans la gargote. Pour la circonstance, Ali a viré ses compatriotes, lourdé tous les petits Biques du coin. Ceux qui viennent le soir lui apporter des marchandises qui n'aiment pas la lueur du jour. Frédo, par la suite, sera au coup. Tout un minable trafic s'effectue sans que les lardus s'appesantissent. Ça fait partie de leur politique. Ils ont d'autres clients à serrer beaucoup plus sérieux. Ça saigne assez souvent dans les ruelles, les terrains vagues, les dépôts d'ordures du secteur. La petite truandaille s'agite, ils la laissent faire, ils la tiennent par les fourgues. Quand ils ont besoin de résoudre une énigme, ces Maigrets-là se triturent pas la matière grise en tirant sur leur bouffarde. Les rencards leur parviennent au cours de leur tournée. Ils questionnent en lousdoc ceux qu'il faut. Après ça, ils vont harponner le poisson. Bien entendu, ils ont juré les grands dieux des flics qu'ils n'attendent pas ce genre de service de la part de Frédo.

— On sait que toi t'es un « homme ».

N'empêche ils rôdent, ils ont le foyer dans le collimateur. Ces rescapés de la délinquance, ça serait bien le diable si quelques-uns ne se laissent pas tenter par une petite virée à la foire d'empogne. Ce qu'ils gambergent et ils attendent... La bonne police est faite d'attente, de planques, de patience, ça ressemble à la pêche. Si vous troublez l'eau de la rivière, le brochet s'esbigne, l'alevin glisse sous roche... adieu la friture !

Parmi les convives, j'en remarquais quelques-uns au nouveau look, question apparence... de jeunes argousins qui avaient déjà adopté les cheveux longs, le jean, les chemises à fleurs hippies... un certain débraillé qui allait s'accentuer dans les années à venir.

Les conversations avec ces enjoués fonctionnaires ça roule inévitable alentour de leur métier... leurs blagues à usage interne ! Je dois dire que ça me déprime un peu de si bien les comprendre. Y a comme des effluves de commissariat qui montent de nos dialogues. Les plus anciens radotent déjà sur la belle époque des grands ruffians... tous ceux qui illustrent la saga du Milieu... Pierrot le Fou... Abel Danos... Jo Attia... Mimile Buisson.

— Celui-là, je peux vous dire, il aurait balancé sa mère.

Ça s'esclaffe. On aurait pas cru, on tombe des hauteurs. C'est à y perdre son argot que ce caïd légendaire se soit affalé comme une lope. Xetera. Ainsi devisent poulagas et ex-taulards. On se rend compte alors qu'irrémédiables les années se sont écoulées et j'arrive pas bien à m'y faire.

5

Il n'y a pas de justice : il n'y a que le palais de justice.

Tous les dimanches maintenant il assistait à la messe, Frédo. Il prenait sa tire et il allait jusqu'à une chapelle près du jardin du Luxembourg où l'abbé Lourcelles officiait. Il s'approchait de la table sainte les yeux baissés au milieu de jeunes gens, jeunes filles du meilleur monde, d'hardis chrétiens à la pointe de toutes les vertus. Il aurait voulu que Mireille l'accompagne dans ses exercices de piété, mais elle, alors, elle était allergique à tout cela et n'en voyait pas la nécessité.

— J'ai tué personne, moi.

Ce qu'elle lui a rétorqué un jour en ma présence. Imparable comme argument mais Frédo pensait que ça la foutait mal que sa compagne ne pratique pas.

— Vis-à-vis de l'abbé.

Elle était vive dans les reparties, Mireille.

— T'as qu'à lui dire que je suis d'origine juive, a-t-elle répondu.

Juive, il pouvait tout de même pas chercher à la convertir, l'abbé, ça se fait pas. Elle renaudait parfois, Mireille, de cette existence qu'il lui faisait mener. Par moments elle en avait sa claque du foyer, elle aurait bien voulu se dégager des nécessités de la rénovation, aller gambiller par exemple, s'éclater en boîte. C'était déjà la mode, le jerk, les décibels haute tension dans la pénombre où on se trémousse... prémices des embrasements sexuels.

— On dansera plus tard.

Nous sommes à siroter un verre dans ce qui lui sert de salon au premier étage du centre. C'est un soir, la plupart des mômes sont couchés, le lendemain, ils iront se fondre dans les brumes matinales avec les autres esclaves de la grande cité. Bien jolie la réinsertion mais faut pas perspectiver de trop loin, ça vous file un drôle de vertige.

Les femmes, elles ont le sens des réalités. Mireille se rend compte qu'à trop attendre elle aura de l'arthrose quand elle voudra jerker. Elle a déjà pris de la fesse depuis que je l'ai connue à Rouen... de la mamelle aussi. Elle en jérémiade à l'instar de toutes ses copines qui s'approchent de la quarantaine.

Lui aussi Frédo il aime la gambille. Pas le jerk sans doute, il n'a appris que les rudiments de la java, la valse à l'envers... le paso... tout ça ne se pratique plus guère qu'au Balajo à la Bastille chez les diplodocus.

— D'abord, le dancing ça ne sert qu'à se rencontrer, se frotter un peu avant d'aller tringler.

Disant cela, il lui balançait un regard prometteur. Après mon départ, sûr qu'il va la récompenser en nature, se faire pardonner de la retenir cloîtrée. Beau être devenu un chrétien de démonstration, c'est pas interdit d'honorer Bobonne, de lui faire comme il faut une petite descente à la cave. Il y va dans l'allusion sans trop s'occuper de ma présence. Mireille elle finit par se marrer.

— C'est une question de temps, il ajoute... Ils vont finir par nous titulariser. On sera à l'abri. On ira à Venise.

C'est nouveau ça Venise. Jamais il m'avait affranchi

de ce rêve... les gondoles sur le grand canal... Il balance ça un peu lure-lure, histoire d'entretenir leurs sentiments. Depuis ses incartades avec Constance et la petite assistante sociale des criminologues, il a pas eu trop le temps d'œuvrer de chair hors de la chambre conjugale.

— Valencia, si j'avais voulu je me la serais embourbée.

A même la cuisine contre l'évier, en levrette. Il m'avait confié. Certes, ça ne lui aurait pas fait une pièce rare pour sa collection caleçonnière. Connaissant ses ardeurs, ses tendances à promener Popol... l'emmener dans les crèches ou au cirque... tout ce qui pouvait lui changer les idées, je mesurais son héroïsme. Il n'avait pas le temps non plus d'aller braconner les biches. Mais la chasse même clandestine est souvent décevante... illusoire, les bonnes fortunes, comme disaient autrefois les gens distingués, il faut les saisir dans notre entourage. La proximité aidant à se mettre en jambe si on peut dire.

Pour parfaire sa revanche sur la société, il n'avait de cesse que de s'offrir la femme d'un flic et il était presque parvenu à son but avec une contractuelle.

— Elle allait me mettre un PV, j'ai retourné la situation, le biscuit, c'est moi qui lui ai mis dans les baguettes. Et pas plus tard que le lendemain.

Il me détaillait les phases de l'opération. Au foyer même qu'il l'avait accommodée son aubergine. Sans la déloquer. Sur son sofa Galeries-Barbès. Ce qui le faisait goder à mort, qu'il avait l'impression de sodomiser en sa personne toute la préfecture de police.

— Ça risquait pas que Mireille se pointe ?

Je l'interroge, je m'inquiète. Oh, il avait prévu son coup de chibre. Mireille elle était chez sa mère. Très réellement, pas comme dans le théâtre de boulevard... la maman en question vivait belle et gaillarde dans une maison de retraite à Chantilly, au grand air. A présent il retrouvait sa contractuelle dans les vestiaires d'une salle de sport du voisinage.

— Le gardien me laisse les clefs quand il y a personne. Je la baise sur une table de massage.

Ce que je vous raconte se situait plusieurs mois après son installation à Saint-Ouen. Sa période chaste si l'on peut dire était terminée. Après l'aubergine il a commencé à guigner une jeunette... une fidèle de l'abbé Lourcelles.

— Un vrai bijou. Tu vois son cul, tu tombes à genoux !

Ce qu'il faisait puisqu'il s'arrangeait, à la messe, pour se placer sur la rangée derrière elle. Seulement ça lui posait des drôles d'embûches d'aller suborner cette minette. Il avait jamais attaqué une fille de ce genre. Jusqu'ici elle manifestait, bien sûr, une vive curiosité à l'égard de cet ancien bagnard. Pleine d'admiration pour son dévouement, sa charité... la force d'âme qu'il lui avait fallu pour surmonter tous les obstacles qu'il avait dû rencontrer sur sa route. Elle était étudiante en quoi ? Je n'ai pas bien le souvenir... en tout cas elle fréquentait l'Institut catholique. Sans doute allait-elle s'orienter vers une carrière humanitaire... soigner les lépreux en Afrique... nourrir les affamés du Bangladesh... L'idée que je me faisais d'après les dires de Frédo ! Il a fini par l'inviter à visiter le foyer... se faire une opinion sur place de son travail de bienfaisance. Et de là, elle en est venue à proposer ses services, les plus humbles s'il le fallait et tout à fait bénévolement dans la mesure du temps libre que lui laissaient ses études.

Les rets étaient tendus. L'agnelle pénétrait dans l'antre du loup. Un aimable petit lot, c'était Solange de je ne sais plus quoi... Oui, noblaillonne en plus... tout pour exciter la convoitise d'un vieux roturier voyou comme Frédo. Après la police — avec la contractuelle, ça n'avait duré que ce que dure la floraison des aubergines —, là, il visait infiniment plus haut. Y avait déjà pas de comparaison possible entre Solange et la fliquette quant au physique. L'une était fine, éthérée, l'œil candide de porcelaine bleue et du maintien dans la démarche ; l'autre baduc, allumeuse de dessous les réverbères. On se gourait au premier regard que tout lui faisait chatte.

Elle est d'abord venue le soir, Solange, aider Mireille à faire ses comptes, mettre un peu d'ordre dans la paperasse. Vous avez beau œuvrer pour réparer les injustices, redresser droit ce qui s'est tordu... transfigurer les malfaisants en boy-scouts... tâche ardue s'il en est... n'empêche, faut remplir des formulaires, des états de ceci-cela, recopier des fiches, ouvrir des dossiers, aligner des chiffres. L'administration vous convoque, la fiscale, l'état civil, la judiciaire. On s'est trompé de colonne, on a pris la fiche blanche au lieu de la rose, on n'a pas détaché le coupon... La bureaucratie le rendait dingue, Frédo... il voulait bien se dévouer, se fendre en trois, se déplacer partout pour caser ses jeunes forbans, mais dès qu'il était question de paperasses, il claquait la lourde. Il lui venait des envies de tirer au hasard à la mitraillette sur les ronds-de-cuir. A Mireille de se démerder... l'autre, le grand Patrice à lunettes, on le voyait plus lerche. Il était toujours en stage, en symposium, il dialoguait sur la réforme pénitentiaire, la resocialisation des égarés... à travers la France de Dunkerque à Monte-Carlo. Dire que Mireille était douée pour les exercices de gestion serait excessif ; elle y mettait toute sa bonne volonté, mais elle s'emmêlait les stylos. Y avait des erreurs qui vous reviennent fatal six mois plus tard avec une littérature que tout le monde connaît plus ou moins... la partie vraiment honteuse de la chose écrite...

Lecteurs et surtout vous belles lectrices, vous vous gourez bien que Mireille, l'arrivée, l'irruption de Solange, la pouliche chrétienne, elle l'a éprouvée comme une tigresse qui voit se pointer une autre femelle au milieu de ses hautes herbes asiatiques.

Qu'on en soit encore, une supposition, au temps où nous sortions à peine de l'animalité... époque de guerre du feu... elle te l'aurait reçue toutes griffes dehors en lui crachant sa haine à la gueule. Civilisation oblige, les dames entre elles se font des politesses... plus elles sont bien élevées, de bonne origine sociale, plus il faut être attentif, pour relever la minuscule pointe de vacherie qui révèle leur véritable sentiment. Beau raconter n'importe quoi, un mec comme Frédo reste lourdingue quand il s'agit de ses rapports avec les nanas... « Solange n'était qu'une petite cheftaine, admirable de dévouement mais pour le reste sans intérêt. » Ce qu'il chantait à peu près, beau merle, à Mireille pour la rassurer. Seulement cette dernière était en quart depuis l'instant où Solange lui était apparue dans l'encadrement de la lourde.

Je n'ai pas assisté à la scène, je les ai vus les uns les autres séparément ou en groupe, mais tout ça se respirait... y avait dans l'air de l'électricité... de la suspicion. C'est à présent que les choses allaient prendre une tournure intéressante au foyer. Ça pouvait devenir un vrai roman comme autrefois avec de l'amour, de la passion, les flammes de la jalousie... des larmes et qui sait... peut-être du sang.

La petite Solange, au début, ça n'a pas fait de vague sa présence au centre. Les jeunots bien sûr la zyeutaient concupiscents... ils balançaient quelques vannes derrière elle, qu'ils aimeraient bien lui montrer leur balayette infernale. Ils n'osaient pas trop la ramener because Frédo. Sans être exactement répressif, il tenait toujours son équipage bien en pogne. A plusieurs reprises, que je n'ai pas le loisir de vous conter, il avait redressé la barre sec pour éviter la catastrophe. Avec quelques loustics il s'était châblé. Seul à seul, ils sortaient dans la rue des Ateliers, on tombait la veste et on s'expliquait. Méthode pédagogique contestable mais qui avait l'approbation des mômes. Y avait eu des désertions, ceux qui se mettaient en rupture de conditionnelle. Frédo s'efforçait de les récupérer dans les quinze jours avant que le parquet leur file un mandat au cul. Ça aussi il avait le pif pour les retrouver... ils allaient souvent vers Pigalle, Montmartre, les fuyards en question. Là-haut Frédo avait gardé des relations, des anciens de Fontevrault, de Saint-Martin-de-Ré, ça lui permettait d'en argougner certains avant qu'ils ne commettent la connerie en flingue majeur pour l'orchestre philhrmonique du Crédit Agricole.

Dans les rades de voyous, on n'avait rien à lui reprocher. On admirait sa reconversion peu ordinaire mais elle ne mettait pas en cause sa mentalité. J'avais des échos par des amis à moi... Et aussi quelques veuves de malfrats morts au champ du déshonneur qui tenaient encore des tapis francs renommés.

La petite Solange, il a eu l'idée pour l'instruire de la faire venir avec lui dans ses opérations de sauvetage. Jusque-là aucun impair, il se tenait net dans son rôle. Juste il plaisantait, il jactait comme il avait appris... avec des expressions argotiques, des métaphores au ras du trottoir. Solange ça l'amusait follement, cette belle enfant, elle baignait de plus en plus dans l'admiration de cet homme fabuleux. C'était pas le genre qu'elle fréquentait habituellement dans l'entourage de sa famille et de ses amis. Elle le qualifiait d'authentique, suprême hommage dans son jargon girl-scout. S'il avait des tournures canailles, ça ne mettait que plus de piquant dans leurs relations.

Nature, que l'autre doucettement il amenait derrière ses pions sa redoutable flûte enchantée. La carte admirative était essentielle dans son cas. Puisque en âge il lui rendait près de vingt-cinq ans, qu'il avait pas non plus le physique hollywoodien dont rêvent les jeunes filles, il se rattrapait sur la force, le caractère, la jactance gouailleuse. Toute sa vie, et même dans les galères infâmes, il avait gardé suffisamment de vaillance pour balancer toujours le quolibet persifleur. Les petits malfrats parisiens sont d'une espèce en voie de disparition comme les vieux beaux, les artisans anarchistes, les lavandières du Portugal... Frédo en était un des derniers spécimens. Pour ça que je vous le fixe sur le papelard. On avait des trucs, des riens... gestes ou paroles qui nous servaient de mots de passe. Pas besoin d'explication... Tout est dans le ton, la place exacte du mot. Ça nous vient de très loin cette aptitude — de choses que les plus savants philologues sont incapables d'analyser.

La môme Solange, ça lui a ouvert de drôles d'horizons les endroits où Frédo l'a emmenée sous des prétextes d'action sociale. Dommage que je leur filais pas le train, j'avais à écrire mes ouvrages, à servir la soupe aux maniaques et aux escrocs du septième art. Ça vous bouffe la surface des jours et des soirs. Frédo ne manquait pas de me tenir au parfum... et aussi un petit arcandier surnommé Jeannot les Yeux Bleus sorti frais émoulu du centre un mois plus tôt. Il bosse chez un ferrailleur, ce qui relativise tout de même sa réinsertion. Son patron je l'ai aperçu deux ou trois fois, c'est un ancien associé de Joanovici. Tronche de boucanier des mers du Sud. La voix rouillée comme sa marchandise. On l'appelle, je ne sais pourquoi, Maurice la Lumière. Le Jeannot en question, ses yeux bleus, ses miroirs à putes, il avait été les promener dans les bons rades où l'on se retrouve entre affranchis. L'évidence qu'il avait déjà trouvé ou retrouvé une âme compatissante pour lui venir un peu en aide. Rapidos il s'était sapé dernière mode et il roulait dans une Fiat qu'on lui prêtait... Un oncle, un ami... quelqu'un de difficile à identifier !

Il aurait voulu faire du cinéma, devenir un peu Alain Delon. Il manquait de gabarit, de taille mais il arborait une jolie frime de bal musette. Le bal musette c'était déjà démodé vers 1968, on en était aux chevelus barbudos hirsutes revendicatifs, mais dans les eaux où il traînait ses nageoires, question sapes, élégance, ça restait plus traditionnel. Le costard bonne coupe, lardeuss poil de chameau, les pompes ritales en chevreau souple, ses douilles brunes encore soigneuses calamistrées.

Comme il savait que j'usinais dans les cinocheries, il s'est mis à me cultiver relationnel. Il m'a confié sa photo et j'ai réussi à le faire prendre dans un film pour jouer les utilités... un barman avec trois répliques dans un polar en cinémascope. Ça lui avait sérieux regonflé sa cote auprès des amis. La mienne aussi par la même occase. Je pouvais me pointer dans quelques rades à Borsalino, j'y étais reçu comme l'abbé Lourcelles recevrait saint Pierre s'il tenait une auberge religieuse. Toujours est-il que par les Yeux Bleus, je pouvais suivre les itinéraires de Frédo. J'avais une version qui reflétait l'opinion de la truanderie. Solange, on se demandait pas trop pourquoi Frédo la trimbalait avec lui dans des territoires mal famés. L'évidence qu'il avait une idée fixe derrière la tête de son nœud. Il lui fallait un peu plus de temps, un peu plus de manières qu'avec une autre pour la conduire au plumard... qu'elle rejette des tas de préjugés avant de se faire descendre le slip pour la bonne cause. Y avait ce sacré Seigneur Dieu, les dogmes de la sainte mère l'Église... Mais ce qui facilitait la tâche de Frédo, y avait déjà du mou dans la gâchette, si je puis dire... les interdits de caleçonnade étaient moins stricts depuis Vatican II. Sévissaient déjà des curetons psychanalystes. Pour eux, le péché de la chair du VIe commandement, ils l'éclairaient à la lanterne du docteur Freud. A reconnaître que c'était un joli progrès, ça permettait aux cheftaines de sucer monsieur l'abbé sans craindre les flammes de l'enfer. (A vrai dire je me suis toujours demandé si ces fameuses flammes de l'enfer ne servaient pas surtout à réchauffer les miches froides, à leur filer le feu de Dieu au train.)

De toute façon Dieu, le péché, les tabous, tous les plus coriaces préjugés ne pèsent pas lourd lorsque ça les prend. L'instinct, mis à la sauce sentiment, bouscule tout... fait fi, fonce, défonce... et volent les jupons, les protège-culs, les soutiens-nibard... Elles se couchent, Marie ou Hortense... n'importe où, n'importe comment, dans le foin... l'herbe tendre ou le carrelage dur... sur le galetas de l'hôtel borgne... au bord ou au creux du lit... quand ce n'est pas debout contre un mur sous une porte cochère. C'est l'impérieuse nécessité de l'espèce... l'amour qui flotte et pas seulement à la ronde.

Frédo lui-même ça l'a surpris. Jusqu'alors, le soir dont je vais vous entretenir, elle résistait la petite Solange comme la chèvre de M. Seguin, elle détournait la tête, dérobait ses lèvres lorsqu'il avançait goulu les siennes. Elle rétorquait ce qu'elles disent toujours — enfin disaient encore avant la libération sexuelle, plus importante à mon avis dans l'histoire humaine que la Libération de Paris par Chaban-Delmas —, ce qu'elles invoquent, prétextent... que ce n'est pas sérieux, pas loyal... que les hommes ne pensent qu'à ça.

— Et Mireille ? Tu y penses à Mireille ?

— Non, répondait-il franchement. Je ne pense plus qu'à toi.

Et il y allait de la mandoline sur ses beaux yeux... sa chevelure blonde... sa voix, ses mains, sa peau... toute sa jeunesse dont avait tellement besoin sa vieille carcasse de voyou repenti. Il laissait entendre que si elle se refusait c'était peut-être à cause de son passé, de sa condition prolétarienne. Paf ! la fléchette au bon endroit. Elle se récriait... ça alors, ça ne pourra jamais entrer en ligne de compte ! Il soupirait qu'elle était trop cultivée, qu'elle avait trop de bonnes manières... etc.

— Tout nous sépare et pourtant...

Rien de tel que le désir pour vous faire trouver les mots adéquats... le baratin qui les fait fondre. Il donnait, je me doute, à tout ça, son tour, son style qui renforçait la puissance de son verbe. Un soir, il a presque eu besoin de ne rien dire. Elle s'est tournée vers lui dans la voiture. Elle a murmuré : « Je suis folle... » et adieu la Solange des tables saintes ! adieu Dieu ! adieu la morale de papa-maman ! adieu la chasteté ! A même la Citroën, l'Ami 6... l'embrochage foudroyant, l'envoi en l'air ! le pied ! Il s'est pas fait prier le Frédo, il a sorti son lance-flammes, son organe tatoué. Je vous passe les soubresauts de la guimbarde... ses mouvements saccadés dans la nuit d'une ruelle pour chanson d'Édith Piaf.

Mon emploi en définitive au théâtre classique... dans les comédies du grand siècle, ç'aurait été confident. De tous côtés on me rapporte ces histoires cœur et croupion. Il en est d'insipides, du tout-venant même pas digne d'intéresser un psychanalyste, si ce n'est pour secouer un peu la monnaie du cave qui s'allonge sur le divan.

Cette fois c'était du chaud, palpitant et de première pogne. Les histoires de princesses britonnes ou monégasques me passionnent pas lerche. « J'aimerais vivre dans ta culotte », comme formule je trouve pas ça très raffiné pour un futur roi d'Angleterre. Ça évoque un peu le morbac et comme il s'agit pas d'une rengaine de corps de garde, on ne se marre même pas.

Frédo, il s'est déplacé spécial pour me bonir les détails de sa victoire, le plus beau fleuron de ses carambolages. Déjà dans la voiture, ç'avait été le feu d'artifice... je peux même écrire artifesses, les vétilleux littéraires vont encore me taxer de plaisantin facile... garçon de bain (on se demande pourquoi ce racisme anti-garçon de bain ?).

— Elle avait son berlingue ? je demande.

Ce qui veut dire son pucelage, puisqu'il faut tout vous

expliquer. Eh bien la surprise, la grosse bite à Frédo n'était pas la première à pénétrer cette jolie chapelle d'amour.

— Ça m'en a bouché un coin.

A elle aussi bien sûr puisqu'on est dans le trivial des choses. Il était même un peu déçu Frédo, une virginité de dix-neuf piges, quand on dépasse la quarantaine, ça vous émoustille la fatuité. Tout de même il pouvait pavoiser. Ils ont poursuivi leurs parties de jambes en l'air dans une chambre d'hôtel de passes. Un endroit où justement la taulière est une vieille camarade de jeunesse, une pute retirée que Frédo a accommodée autrefois pendant cette trêve de deux ans entre la maison de correction et la taule.

L'étonnant... ce qu'il me rapportait sur Solange, qu'elle avait pas tiqué le moins pour le suivre dans un endroit pareil. Par la suite elle va se confesser, avouer à Frédo que son prédécesseur, son premier et seul amant était un professeur de chant religieux... qui s'occupait d'une manécanterie dont elle avait fait partie. Mais que ç'avait été fortuit, une erreur. Elle avait rompu très vite.

Dans la carrée rue Blanche, il avait remis le couvert quatre ou cinq fois pendant la nuit. Et avec son chibre exemplaire, celui que tout homme voudrait avoir dans son pantalon... il avait promené cette mignonne dans les étoiles. Le ciel de l'abbé, il était problématique, celui de Frédo garanti septième !

— Avec l'autre pomme de chanteur de cantiques, elle avait même pas pris son fade. Moi je l'ai fait miauler... m'en redemander comme une salope !

Il ressortait quelque chose d'étrange de son récit... que la môme elle avait fini par lui céder dans un mouvement quasi religieux... comme pour racheter les péchés de sa bourgeoisie originelle. Elle *se devait d'offrir son corps* à un homme tel que Frédo, un rescapé de l'enfer pénitentiaire. Enfin, une drôle de salade dans sa tronche, mais le résultat était là. Et elle allait y prendre goût. Le hic de cette magique coucherie, Frédo s'était embarqué pour Cythère sans prévenir de son absence au foyer, et Mireille l'avait attendu jusqu'aux aurores. Elle supposait bien sûr ce qui était arrivé mais aussi, paradoxalement, pour se rassurer qu'il avait eu un pépin. Malgré sa sainteté toute neuve, elle savait bien qu'il était resté impétueux... il avait pu se colleter avec un zonard quelconque, se prendre un coup de surin dans la panse... Reste aussi l'accident de bagnole. Dans ces attentes les femmes se partagent entre l'angoisse et la fureur.

Il a brodé une petite histoire, qu'il s'était laissé entraîner par un vieux pote dans un poker infernal. Il lui avait avoué au début qu'il aimait le flambe... qu'autrefois il y laissait la plus grande partie de ses butins de truandage. Il s'était promis de plus y toucher, et puis voilà... il n'avait pas pu résister. Elle s'attendait pas à ça, Mireille... ça la laissait toute perplexe. Dans le mensonge il en rajoutait... qu'il y avait Jo Attia à ce poker. Or Jo Attia était rentré à l'hosto pour y subir des examens quelques jours auparavant. On lui avait découvert un sale cancer dans la gorge dont il allait calancher plus tard. Mireille, par la suite, elle allait apprendre ça... sans doute par les minos du centre qui portaient une admiration à Jo Attia, un peu semblable à celle des militants communistes naguère pour le maréchal Staline.

Il a résulté de tout ça quelques terribles scènes de ménage. La conviction de Mireille s'est braquée sur Solange, sainte-nitouche mais véritable petite poufiasse sous ses fringues BCBG. A signaler que c'est dans les lots les plus appréciables, le gibier de choix... la nitouche vicelarde. Chez Solange, la licencieuse a supplanté en un coup de braguette magique la jeune catho en mal d'amour de l'humanité souffrante. L'autre malfaiteur l'avait fait jouir... reluire à mort. Le grand amour, c'est sa cause première, essentielle. Un homme avec une belle chopote et qui sait bien manœuvrer... largo, vif, à la godille vénitienne... la violence tartare... et puis les caresses asiatiques... le sel, par moments, des petites méchancetés... les claques sur le cul recommandées dans certains cas et n'allez pas demander aux sexologues lesquels... ils en savent *trop* pour vous le dire.

La rançon de cette gloire, c'est qu'au bout d'un certain temps les louloutes deviennent collantes, elles se cramponnent à vos frocs, elles en veulent sans cesse du zigoulou.

Mireille à la routine peu à peu s'est calmée, le couple était en vitesse de croisière. Restait tout de même la jalmincerie... ce qui est le plus tenace. Difficile à canaliser, à se faire une once de raison. Le Frédo ç'avait été son grand amour quand il était sorti du bagne. Sa métamorphose en rédempteur des jeunes délinquants, elle y était pour une sacrée part. Ça s'engrangeait tout ça dans sa tronche et ça allait ressortir un jour en cataracte.. en gerbe de malédictions.

Frédo, malgré tout ce qu'il pouvait me dire, ne maîtrisait plus la situation. Beau rouler, me raconter encore ses exploits sexuels... que Solange était folle de lui, à sa dévotion pleine et entière, tellement il lui régalait royal son petit buisson d'ardeurs, il s'était laissé, quoi qu'il en dise, prendre au piège d'Éros. Mais oui, ça arrive à un coriace comme cézigue. Il en délaissait son travail. La période de Mai 68 avait tout de même troublé les esprits jusqu'au centre. D'autant que les éducateurs au comité postpénal s'étaient mis à délirer à l'imitation des étudiants de Nanterre. Plus comme avant ! Interdit d'interdire... merde à Gaugaule et à la société de consommation ! On se doute, notre héros mordait pas à ce genre de chansonnette. Toute sa raison, il se la gardait. Dans ce domaine en tout cas, mais il y avait Solange. Il devenait imprudent avec elle. Partout, il la sortait et peu à peu elle se dépiautait de ses fripes de girl-scout pour se saper un peu plus sexy.

— J'y ai acheté des porte-jarretelles, des petites culottes noires à froufrou. Je veux plus qu'elle mette des talons plats.

Ça allait à contre-courant de l'émancipation de la femme. Un peu partout ces dames jetaient leurs bas à résille, leurs guépières et leurs longs jupons, leurs tatanes talon aiguille à la voirie. On les retrouvait en jean, déjà en baskets, la chevelure afro... Fallait qu'elle soit bien mordue la Solange pour ne pas rejoindre le troupeau des barricadières du MLF.

— Et l'abbé, qu'est-ce qu'il dit, l'abbé ?

Ça m'intrigue. Il ne peut pas ne pas s'être aperçu de quelque chose. Solange fait partie... comment dire... de son staff charitable. Elle fréquente non seulement sa messe, mais ses réunions, cercles d'études... tous ces palabres infinis qui sévissent aussi bien chez les croyants qu'ailleurs chez les athées, socialo-marxistes... ou autres...

— S'il est pas heureux, l'abbé, il peut toujours aller se faire aimer.

Texto. Il me souffle, il me rétorque ça... on est à une table, une petite mangeoire derrière la place des Abbesses. Je lui conseille de lever le pied tout de même. Sans l'abbé, il serait où Frédo ? Je n'ose y penser... peut-être toujours en carluche, il y serait retourné après un bref tour de piste en liberté.

Je peux prétendre tout de même avoir joué un rôle positif en la circonstance. Il en avait sa malle tout d'un coup... ça faisait trop longtemps qu'il se tenait... se retenait... Je la connaissais sa vraie nature. La communion du dimanche, les tirades philanthropiques et surtout cette existence au foyer d'hébergement où c'était tout de même pas les opulences caviardesques, il en avait assez fourgué. Dans les bars montmartrois où il traînait de plus en plus souvent ses grolles et de moins en moins pour ses missions de repêchage de petits voleurs de voitures, il avait repris goût à la vie marloute. Sa claque de rouler en Ami 6 avec sur les arêtes des costards du Bon Marché !

Des pensées pareilles, c'est la pente fatale. A mon avis il pouvait concilier tout ça. Sa placarde de directeur c'était tout de même une couverture en béton armé. En lousdoc, il pouvait s'offrir des petites gâteries existentielles. Avec Solange il pratiquait déjà la double file.

— Avec quoi ? Tu sais combien je gagne, Alphonse ? je te l'ai dit l'année dernière. Depuis j'ai pas eu un rond d'augmentation.

Sûr qu'il vivait dans les portions congrues, il était temps qu'il s'améliore l'ordinaire. Je lui conseillai d'écrire un bouquin, je lui trouverais un nègre, un éditeur. C'était l'époque de Papillon. Certes, ce dernier avait raflé presque toute la mise mais son expérience à lui était différente... S'il n'avait pas de voyage en Guyane à offrir aux lecteurs, il avait la rédemption des jeunes délinquants. Son côté repenti missionnaire plairait certainement aux lecteurs de best-sellers.

Pas trop de mal à le rattraper par la manche. De raison il était convaincu de mes arguments. Je ne me suis pas mis en quête longtemps d'un éditeur, j'en avais un dans mes relations. Un nommé Philippe Sénéchal, un tout neuf qui venait de se lancer avec une littérature érotique qui ferait rire aujourd'hui dans les pensionnats de jeunes filles.

Présentations. Frédo tape dans le mille. Sénéchal voit en lui Papillon bis... « Quelqu'un de plus authentique. De plus humain. » Il le cible ainsi. Et le nègre ? J'en ai un dans mes réserves... qui s'appelle le Mikado... il a déjà œuvré pour les Mémoires du mage Vulcanos, mes fidèles ont apprécié sa silhouette dans *Le Banquet des léopards.* C'est pas l'idéal, sans doute, il a plus souvent soif que le commun des mortels et il n'aime pas la grenadine... Comme il est en promenade perpétuelle à côté de ses pompes, ça lui fera un petit revenu, l'à-valoir, et si le livre a du succès — ce dont on ne doute jamais au départ — il aura son pourcentage en susucre. Ça veut dire, ce que je vous livre en quelques lignes, des conciliabules, tractations, des petites bouffes pour entretenir les bonnes relations. Malheureusement tout ça en vain. On n'en est même pas arrivé à signer le contrat. Le mirifique projet est tombé à la flotte. Un livre, avec Frédo pour le promouvoir, je reste persuadé que c'eût été un Austerlitz. On en a reparlé souvent par la suite, mais jamais il n'a vraiment voulu s'y mettre.

Pendant ce temps son idylle se poursuit avec Solange. Ça fait jaser chez les apprentis réinsérés et même chez les commerçants des alentours de la rue des Ateliers. Bien sûr les condés de la territo sont au parfum... ils suivent tout ça à la trace. Ça les amuse, n'est-ce pas, ce rescapé des culs-de-basse-fosse qui détourne de son droit chemin une jeune fille de bonne famille.

— Tant qu'il la mettra pas au turf, nous on n'en à rien à branler !

Le bon mot de la fin, dit par Max, celui au collier de barbe, le balèze. Il s'est pris, on pourrait croire, d'une réelle amitié pour Frédo. Je fais des réserves, c'est pas si facile à digérer les affections policières, on a des renvois d'enquête. Un curé qui vous aime, on se doute qu'il veut vous conduire au paradis, un flic n'a-t-il pas pour vous une place retenue dans une belle cage ?

Max dit la Sage-Femme, il venait souvent jusqu'aux abords du centre. A l'heure du berger, il attendait au zinc de chez Lulu, le bar-tabac... il savait que Frédo venait là presque chaque jour s'humecter un peu la dalle. C'est de la sorte qu'il m'a hélé au passage le jour où il m'a balancé cette réflexion que vous avez lue plus haut. Un vanne l'air de rien, mais qui sous-entendait qu'il croyait Frédo encore capable de quelques vilenies. Toutes ces réinsertions, ces miraculeux retours à l'honnêteté, la foi, le bon Dieu sans confession, ça les amusait plutôt à la brigade.

Restaient les scènes de ménage. Mireille, elle s'acceptait pas tellement devenue doublarde. Elle lui avait pas envoyé dire par lettre recommandée, à son homme. Et ça avait tourné vinaigre. Tout le foyer ce soir-là l'avait entendu se faire avoiner. Elle avait, au cours de l'engueulade, dit je ne sais quelle parole de trop. Une mandale sèche en repartie. Lui avait pris la mauvaise idée d'esquisser une riposte... et bing boum ! C'était pas dans ses habitudes à mon vieux copain de bigorner les personnes du sexe, mais y a des attitudes, des gestes qu'il ne pouvait admettre.

Le lendemain, elle arborait un magnifique coquard madame la Directrice du foyer Pierre-Lambert. Même l'autre pomme de Patrice n'arrivait pas à croire qu'elle s'était cogné l'œil sur une poignée de porte. Les pensionnaires, eux, s'en foutaient, dans leurs familles de loquedus ils en avaient vu d'autres... les mémères bastonnées les soirs de beuveries, ça leur paraissait pas plus surprenant que les fleurs offertes à la maîtresse de maison par Jean d'Ormesson dans les raouts académiques. Seulement, en écho, ça remontait vers le bon abbé Lourcelles. S'il se manifestait pas, il n'en pensait sûrement pas moins. Déjà, depuis quelque temps, Frédo venait moins souvent à sa messe dominicale. Il ne lui adressait aucun reproche, certes, il restait dans les hauteurs. Du moment que le centre fonctionnait comme il fallait, les manifestations de piété du directeur n'avaient rien à y voir.

D'un autre côté Frédo renforçait ses positions, l'air de pas y toucher, auprès des gens de la Place Vendôme. Il fait souvent des démarches pour plaider la cause de ses protégés... des histoires de sursis, de remises de peine, d'autorisations de circuler. Rare qu'il n'obtienne pas gain de cause... Deux coups les gros, il mettait les magistrats dans sa fouillette. Et avec eux, pas question de décrocher Jésus de sa croix, il les motivait pour le bien public uniquement... la resocialisation des ex-condamnés. C'étaient les débuts d'une nouvelle école de chats fourrés. Leurs prédécesseurs, ceux que nous avions subis sous la IVe République, étaient héritiers des grandes traditions répressives. Y avait une rupture à présent... ça venait des psy et des penseurs progressistes. Je vous passe les développements. Certains juges haut placés militaient pour une réforme en profondeur, disaient-ils. On apercevait Casamayor dans tous les débats sur la justice à la télévision, on l'entendait sur les ondes courtes ou longues. Il allait le plus loin dans la réforme... presque jusqu'à la suppression de la prison.

Frédo, il trouvait tout ça excessif, de la rêvasserie. On lui aurait confié le ministère, il aurait plutôt mis les pouces... pratiqué la politique de la carotte et du bâton comme il faisait à Saint-Ouen. Confusion... tout est confusion ! Sa qualité d'ancien taulard qui conférait une place de choc. Les enjuponnés de justice n'allaient pas y regarder de trop près, voir si ses méthodes étaient progressistes ou non. On lui faisait confiance, voilà tout. On lui attribuait des crédits de fonctionnement que l'abbé n'avait jamais réussi à décrocher. Frédo y gagnait une indépendance quasi totale. Et on lui envoyait des assistantes sociales, des moniteurs de ceci cela, des psy, encore des psy, toujours des psy !

Je n'allais pas si souvent au foyer pour suivre tout ce qui s'y déroulait. J'aurais dû pour nourrir ce livre d'anecdotes gaillardes, colorées, vivaces. Frédo s'est mis au mieux avec Mme Walbreck, la femme charitable d'un haut magistrat qui intercédait pour lui en toute circonstance. J'ai dû rester quelques mois en dehors de tout ça pour des raisons professionnelles. Quand je me suis repointé pour voir Frédo à Saint-Ouen, les choses avaient évolué. Mireille, au lieu de se morfondre, se vengeait (ou se consolait) avec un pensionnaire... un balèze marocain... Youssef Ben Faoud surnommé Agadir, vingt-trois ans dont cinq au placard. Question secousses rythmiques sexuelles, rien qu'en l'apercevant, ça présageait dans le fortissimo. Monnaie de sa trahison. Coincaresse m'sieur Alfred :

— Je peux tout de même pas le flinguer.

C'eût été une solution de roman de la Série Noire ! Et le cadavre de ce monstre d'un mètre quatre-vingt-dix à trimbaler dans le coffre de l'Ami 6... le trou qu'on creuse au bois de Verrière, j'aurais pas poussé la camaraderie jusqu'à aider Frédo avec une pelle. Forcé d'écraser. De faire contre cocufiage bonne mine. Dans ces affaires-là, le reste de la communauté est vite au parfum. Ça vous chauffe les gorges de propos égrillards ou malveillants... les deux ensemble parfois.

Frédo a pris le parti de survoler ces vétilles. Il laissait à Patrice et à Mireille les soins les plus quotidiens de la boutique. Lui, il partait en mission. Il allait voir du monde. Du beau pour la bonne cause, comme Mme la présidente Walbreck, Jeanne-Marie pour les intimes, en son hôtel particulier à Auteuil. Et toujours ses amis truands, bien sûr, pour retrouver, comme disent les bons romanciers, un accord plus approfondi de son être.

J'ai remarqué tout de même qu'il avait renouvelé sa garde-robe. Il donnait aussi dans le poil de chameau question parding... le costard croisé fines rayures blanches... un véritable borsalino sur son crâne de plus en plus dégarni. Fallait qu'il fasse gaffe de pas s'afficher dans le style hareng. L'habit fait le moine, je pense contre la sagesse des proverbes.

Ce qui m'a tout de même laissé sur le cul... à ne pas pouvoir imaginer une évolution aussi rapide et inattendue de la situation, c'est quand les Yeux Bleus, le beau Jeannot, m'a annoncé, sans préambule, tout de go :

— Il l'a mise aux asperges.

Qui ça ? Je demande de qui il parle... je n'ose

deviner ! Oui, oui, Solange elle-même. J'arrive pas à croire une chose pareille et pourtant je me vante parfois d'avoir tout vu. Enfin... ça fait combien de temps qu'elle traînassait encore dans les soutanes, les bénitiers... les congrès eucharistiques ? Un an... dix-huit mois au plus. Qu'il l'ait délurée, l'autre arsouille, avec son chibre tatoué, je suis pas si surpris. Ça s'attrape vite le goût des sublimes parties de jambes en l'air. Surtout qu'elle découvre que jusque-là elle avait quasiment bu que du sirop de sainteté. Subito, c'est l'alcool du meilleur fruit... le défendu ! De là à se retrouver sur le tapin, ça fait tout de même une drôle de marge.

Il se marre, Jeannot, il connaît la musique. S'il a été se délecter pendant trois piges de la gastronomie pénitentiaire, c'est qu'on lui reprochait de séduire les jeunes filles avec ses belles châsses bleues, sa petite gueule d'amour canaille, ses cravates et ses chemises en soie... de leur chanter de douces romances pour les conduire sur le chemin de l'amour vénal.

C'est une espèce de don, ça. N'est pas maquereau qui veut. C'est comme pianiste ou mathématicien, ça vous vient des fées qui se penchèrent sur votre berceau. Ensuite, bien sûr, faut cultiver ses dispositions naturelles, les faire fructifier. Les Yeux Bleus, il s'entretenait le proxénétisme à la façon d'un athlète... un cycliste qui prépare son Paris-Roubaix. Il draguait, traînait, gambillait où il fallait. L'air de rien, ça lui prenait tout son temps, il arrivait pas à trouver le loisir pour lire les œuvres de Paul Claudel.

— Elle a voulu lui prouver son amour.

Quand on n'a pas tout donné, a dit je ne sais quel bien-penseur, on n'a rien donné. Ça joue parfois de drôles de tours les adages de boyscouterie.

A se demander aussi pourquoi Jeannot, comme ça, venait me vendre la mèche ? Ça ne se fait pas de bonir au tout-venant des secrets pareils ! Sans doute jugeait-il que j'étais digne de sa confidence. Il est vrai que jusqu'ici, jusqu'à cette feuille de papier, je n'ai jamais soufflé mot à quiconque de cette mise au tapin de Solange la catholique. Tapin, d'ailleurs, est excessif. Il ne l'avait pas mise carrément rue Godot-de-Mauroy ou rue Sainte-Apolline. Les Yeux Bleus était au parfum parce qu'il était chevillé avec une Madame qui tenait en appartement, du côté de la Muette, un petit bobinard clandestin. C'était encore l'époque où la Mondaine pour mieux tenir en main la situation laissait fonctionner des petits bouclards de la sorte. Par la suite, je ne sais quel ministre vertueux est venu mettre le holà! Ministre vertueux me paraît antinomique. Mais je ne vais pas encore disserter là-dessus... j'ai écrit tout ce que j'avais dans mon sac dans un riche ouvrage[1]. On rabâche et on va d'une hypocrisie l'autre, puisqu'il faut faire avec.

— Si tu veux, tu peux te pointer chez Mme Lucy de ma part. Solange y va trois après-midi par semaine. Tu demandes d'aller en lecture avec Marie-Madeleine, c'est son nom de guerre.

Il s'esjouissait, le vicelard, à l'idée que je me retrouve dans le salon de Mme Lucy et qu'elle me présente la mignonne en déshabillé vaporeux.

Ça expliquait, bien sûr, pourquoi Frédo se montait une garde-robe de démonstration. Un effort et il va pavoiser, ce con, en Lancia sport. Faudrait pas quand même qu'il attige, ses petits camarades de la territo, le gros Max et le chétif Marcel, ils savent bien que ce genre de charrette ça vous sort pas toute rutilante d'une citrouille.

Ma curiosité s'aiguisait à propos de Solange... son évolution si rapide. Grand connaisseur de l'âme féminine, Jeannot, ça l'étonnait pas excessif. Il était jeune et pourtant il avait déjà assisté à quelques métamorphoses de ce genre. Le drame de ces mecs, ils sont blindés,

1. *La Fermeture,* Paris, Éditions Robert Laffont.

blasés, repus, revenus très vite de tout. Vous leur faites plus croire à autre chose qu'au pognon et éventuellement à leur gloire, comme c'était le cas avec Jeannot qui guignait les projecteurs cinématographiques. Depuis un mois il s'était inscrit à un cours d'art dramatique dans l'île Saint-Louis. Il avait pas l'air convaincu de pouvoir interpréter Perdican sur les planches. Je l'encourageais pourtant, sait-on jamais, dans les carrières de comédiens on assiste aussi à de drôles de mutations...

— Tu peux pas toujours faire le maque... Un homme de ta valeur !

Je le flattais, c'est préférable de toute façon. Pas qu'on vive tellement aux dépens de ceux qui les écoutent, mais les éloges ne sont pas chers et tout le monde se les réchauffe dans le cœur.

J'avais pas à me mêler des histoires de Frédo, après tout j'étais pas non plus sa nourrice. Mais j'avais quand même le trac que tout ça tourne vinaigre. Solange en maison, même clandestine, ça le rendait vulnérable. Je me demandais si elle n'avait pas choisi le prénom de Marie-Madeleine intentionnellement pour s'identifier à la pécheresse de l'Évangile. Allez savoir ? Avec l'esprit tordu de certaines gonzesses, on navigue dans l'irrationnel.

Toujours est-il que j'avais grand tort de gamberger dans les possibilités désastreuses. Pour Frédo le mauvais sort s'était fait la paire pour un bail. Était venu le temps de la baraka. Ça existe... quand l'élan est pris... les obstacles tombent les uns après les autres. On peut tout se permettre.

6

J'ai vécu deux fois certains moments de ma vie, d'abord en les vivant, ensuite en les écrivant et toujours plus profondément en les écrivant...

Paul Léautaud

Nous roulons sur l'autoroute du Nord. Il a pas forcé la note, Frédo, il s'est offert une 404, c'est solide, confortable et ça ne tape pas trop dans l'œil des populations voyoutes pour leur signifier qu'on se nourrit exclusif au pain de fesses. On est à quatre dans la tire. Frédo et moi à l'avant... à l'arrière une nana que je vous présenterai un peu plus loin et puis Youssef dit Agadir. Il est devenu l'amant officieux de Mireille et ça a éteint les conflits. Du moment que Solange ne se montre plus au foyer, Mireille s'en fout... ou feint de s'en foutre. C'est jamais facile à élucider ces énigmes cœur et fesses. On croit que le feu est éteint... le diable passe, il souffle sur la braise et l'incendie repart, ravage bois et forêts.

Au fond, ça l'arrangeait Frédo qu'un mec le remplace dans le lit de sa régulière. Ainsi finit cette belle histoire d'amour, pas comme dans les romans, mais la vie n'est pas toujours un roman, elle est souvent faite d'actes notariés... de demi-mesures, d'arrangements provisoires qui durent plus longtemps que les romances.

Agadir, il a tout de même une jolie tronche d'assassin avec sa crinière bien noire, ses rouflaquettes, ses petites bacchantes. Sapé faut voir, le costard à carreaux dans les couleurs sable du désert... veste bien cintrée... la chemise dans les tons violine... échancrée sur sa toison simiesque avec une grosse chaîne en or au milieu. Faut convenir tout de même que c'est pas le bougnoule arriéré qui débarque de son douar, Youssef Agadir. D'ailleurs, c'est son papa Mohamed qui s'est installé à Paris en banlieue nord avant la guerre de 39. Aujourd'hui on dirait d'Agadir que c'est un beur... un produit de la deuxième génération. Surtout ce qu'il est, Youssef... braqueur. Il s'est morgané cinq pigettes de colonies de vacances à Clairvaux pour avoir quémandé dans une Caisse d'Épargne quelques piécettes à main armée... Une vétille, merde ! Il estime qu'il y a pas de justice. La première fois, ils auraient pu, les guignols en jupon, lui faire une fleur... Macache ! Condamné à sept ans de trav's, il en a tiré cinq. Le juge à l'application des peines, le JAP, l'a fait sortir en conditionnelle et c'est ainsi qu'il a débarqué au foyer Pierre-Lambert.

Il s'exprime pas petit nègre... a du bagou, de la jactance comme un vrai petit Parisien. S'il a séduit Mireille, c'est pas uniquement en allant se frotter derrière elle dans les couloirs. Non. Il sait aussi susurrer des choses tendres aux dames, il a un sourire carnassier, l'œil noir de velours, et sans doute la langue itou.

— J'aime pas trop les quebis mais, faut reconnaître, Youssef il est régulier.

— Il t'a tout de même pas demandé la permission pour sabrer Mireille ?

Je vanne. Il encaisse avec un sourire. Eh bien, précisément oui... il est venu dans son bureau un soir, il a frappé.

— M'sieur le Directeur, je suis emmerdé.

Frédo lui a évité les explications. Il a apprécié la délicatesse de l'homme. Bien des cons de Français ou de Ritals auraient pas eu autant de tact. Parenthèse... la scène en question s'était déroulée un ou deux mois plus tôt et le récit que m'en avait fait Frédo datait de la semaine précédente quand il était passé me voir à L'Haÿ-les-Roses pour me proposer d'aller rendre visite à Riton le Dingue. Tout à fait insolite ce projet. Je l'avais pas tellement fréquenté Riton. Au gnouf, juste j'allais lui porter un peu de lecture, quand j'étais classé à la bibliothèque de Fresnes et qu'il était, lui, dans une cellule à double porte blindée et double rangée de barreaux devant sa fenêtre. Mesure spéciale de l'administration pénitentiaire rapport à ses évasions. Sept ou huit à ce moment-là... plus audacieuses les unes que les autres, plus rocambolesques ! Tout à fait style Dillinger... on y reviendra peut-être si je m'en sens la plume. Surtout pour ça qu'il défrayait la chronique, Henri Madrier dit Riton le Dingue. Défrayait... c'était déjà loin dans le passé ses exploits dans le banditisme. Dans l'après-guerre quand il dévalisait les entrepôts américains, les bureaux de tabac... qu'il rançonnait les trafiquants du marché noir. Il s'était fait la belle d'un peu partout. Les borniches boys finissaient toujours pas le ragrafer. On ne surnommait le Dingue parce qu'il embrayait sur n'importe quel turbin, avec un minimum de préparation et en prenant un maximum de risques. Tant va la cruche ! La dernière fois qu'il s'était fait la jaquette de Fresnes, c'était par un tunnel, un trou comme celui de José Giovanni. Une prouesse d'ingéniosité, d'endurance... des nuits et des nuits à creuser comme un gaspard sous la prison, avec un malfrat nordiste, un ancien mineur de fond. Huit jours hors de cage, et retour manu militari au séchoir. Une gonzesse l'avait trahi, ça arrive, bonnes gens, y a des drôles de salopes au sens figuré qui ne seraient pas dignes de cirer les pompes des vraies salopes au sens propre... celles qui vous donnent que du plaisir.

Passons les détails. Après son séjour, son quatre-vingt-dix au mitard, on l'avait cloqué, Riton, au rez-de-chaussée de la deuxième division dans cette cellote de force aménagée spécialement pour lui. Sise juste face à la table... le poste de garde des matons.

— Cette fois, disait le brigadier Ménard (je le revois celui-là, un gros moustachu biberonneur de Gévéor...), il s'évadera plus.

Et pourtant, il a presque encore réussi. De je ne sais quelle centrale, il a scié les barreaux de sa cellote et avec une corde faite de lambeaux de couvertures tressées, il a escaladé le premier mur de ronde et il s'est fait allumer alors qu'il descendait du second, le plus haut, celui de huit mètres. « Mains en l'air ! » Comme il tenait sa corde, il a pas pu lever les bras, c'te bonne paire. Et pan ! le garde mobile a tiré. Légitime défense, on appelle ça... n'épiloguons pas. Résultat des courses... touché dans le désordre ! Ce qui veut dire qu'il boquillonne depuis, qu'il tire sa jambe gauche devenue raide... le nerf sciatique atteint. Finies les jolies cavales... il s'est mis à faire du surplace. L'un dans l'autre, il a donc passé vingt-deux réveillons aux frais du ministère de la Justice.

Mis à part quelques truands déjà sur le retour, on l'a presque tous oublié le Dingue. Il est devenu inoffensif au point qu'on a fini par lui accorder une liberté conditionnelle. Agadir l'a connu à la centrale d'Ensisheim, en Alsace. C'est lui qui nous a indiqué sa retraite de Maubeuge en haut d'une tour de HLM où sa vieille maman l'a recueilli. Il a pas l'air de briller terrible, Riton... ça frôle carrément la misère ses conditions d'existence. La vieille maman, elle n'a pour vivre qu'une minuscule pension de retraite et le Dingue, on suppose que son pécule réserve de prison a fondu l'espace d'un matin au feu du dieu consommation.

Frédo n'écoute que son bon cœur. Il n'est pas encore titularisé fonctionnaire de la sainte justice... c'est tout comme... il peut toucher les gens qu'il faut pour aider ce pote. Lui, ça remonte à plus loin leur amitié. A la Santé... Poissy, je n'arrive plus à reconstituer leur carrière à tous les deux. Bref, on y va. Il pleut bergère sur l'autoroute... C'est la désolation sur le parcours... des champs et des champs... avec le vol noir des corbeaux... entends-tu ? Non, dans la 404, on n'entend ni les corbeaux ni les mésanges. On fume, on devise de choses plutôt que d'autres. Et il faut que je vous présente Karine, oh, je l'avais pas oubliée, mais chaque personnage en son temps. Karine est une petite môme pas si mal de sa personne question frimousse, nibards, fessier. N'était sa coiffure en champ de bataille... de grandes mèches jaune paille avec des racines foncées... c'est un petit lot qu'on peut s'appliquer sur la viande deux trois fois par jour, selon la dose prescrite, sans se ramollir de l'essentiel.

Qu'est-ce qu'elle vient foutre, vous demandez-vous, cette Karine qui n'a pas vingt ans, dans notre galère ? Je vous le livre pour le prix de cet ouvrage, rien que pour ça vous pouvez vous l'offrir. Ça en vaut la peine. Elle vient pour Riton... Pour le soulager. Ça, c'est une idée de Youssef. Une belle idée fraternelle. Il sait que Riton ne bouge plus tellement de son quatorzième étage du bâtiment D... dans sa ZUP. Question gonzesse il est privé. Après ses trois septennats de cabane... un comble ! Alors voilà, Karine il l'a repérée à Saint-Ouen, elle glande avec les bandes de petits malfaisants qui tirent les sacs à main, les mobes et qui pillent les épiceries. Sans doute qu'il se l'est tronchée comme bien d'autres dans une cave où y a plus de bon vin... en tout cas, il l'a convaincue, il a su trouver les mots. Un acte en somme de charité. Frédo tout de même la dédommagera, avec quelques biffetons qu'elle n'exige même pas, de cette journée où elle aurait pu se faire un tiroir-caisse, un vélo Solex qui sait !

— S'il est pas trop crade votre mec, ça pose pas de problème.

Elle mâche son chewing-gum Hollywood, vautrée sur Agadir. Elle est sapée blouson de cuir, évidemment, vous voudriez pas qu'elle porte sur les arêtes une robe de la dernière collection de chez Saint Laurent. Elle a le style rocker... révoltée pour téléfilm progressiste. Rien à foutre de rien... Je t'emmerde, enfoiré ! C'était pas encore dans le vocabulaire courant de ces jeunes personnes qui chient maintenant par la bouche... dans les salons de Neuilly.

Je gamberge que puisqu'il était si bien intentionné, le Frédo, il aurait pu déléguer Solange pour éponger notre vieux gangster. Il a quoi à présent ? Dans les cinquante-sept soixante ans? Un âge où une pouliche comme Solange peut vous redonner un peu de vigueur.

Avec la flotte qui dégringole en rafales, ça ralentit notre pèlerinage. Frédo il évoque la carrière du Dingue. Comment qu'il a réussi à se faire la levure rue Bassano en 48... qu'il avait bien planquousé dans son calcif une imitation de revolver en bois. Les condés de la Sûreté nationale l'avaient extrait de Fresnes sur commission rogatoire. Le meilleur moyen pour se faire extraire de la sorte, c'était de s'accuser par lettre au juge d'instruction d'un coup quelconque, un casse ou un braquage dont on était ou non le coupable. Le curieux ordonnait aux flics un supplément d'enquête impliquant l'interrogatoire de l'accusé. On l'emmenait alors au siège central, en traction avant, dûment menotté. Le transfert avait lieu le matin, en général les enquêteurs laissaient mariner leur client au violon jusqu'après le déjeuner. Ça fait partie de la technique policière, l'homme qui mijote quelques heures dans un trou à rat est moins performant pour subir le feu des questions.

Pendant cet intermède il n'y avait plus qu'un agent en

uniforme pour garder le prévenu. Un brave connard à kébour. Riton à travers les barreaux lui a demandé du feu pour allumer une cigarette. Il s'est avancé sans méfiance. Clac ! Sous le nez le flingue en bois, si bien imité que m'sieur l'agent a tout de suite levé les bras. Riton s'est saisi de son véritable 7,35. Ordre sec d'ouvrir la lourde pour que ce flic vienne le remplacer dans la cellule. Un jeu ensuite de s'extirper du poulailler.

— Surtout que dehors y avait Marcel le Stéphanois qui l'attendait au volant d'une ambulance.

Trouvaille géniale, on peut dire. (Pas comme à présent où ce mot s'applique à n'importe quoi, un suppositoire ou une œuvre de Marguerite Duras.)

Ding ! Ding ! Ils ont traversé de la sorte Paris sans encombre. Le lendemain Riton avait sa frime à la une de tous les journaux. Gloire que bien des gens recherchent toute leur vie. « Riton le Dingue s'évade en ambulance ! » Seulement ce genre de renommée ça ne dure qu'un laps de temps très bref, les feuilles de journaux tombent mortes et le héros du grand fait divers s'enfonce dans la nuit profonde du châtiment. On l'oublie, on ne sait même plus qu'il existe. Et le tigre, quand on le retrouve, avec l'âge il s'est transformé en descente de lit.

Après avoir erré dans la ZUP parmi les tours en béton, ces décors lugubres surtout sous la pluie. Pas de rue, pas de boutique, les espaces verts en pelade. Quatorzième étage, vue imprenable sur les autres tours. C'est la vieille maman, la daronne qui nous ouvre, une petite octogénaire sèche, ridée, craquelée de partout... la voix si douce qu'il faut tendre l'oreille pour l'entendre.

— Vous êtes les amis d'Henri ?

Henri, il nous attend dans un fauteuil de jardin en osier. Je l'ai connu baraqué... bâti en violence. Il a fondu, on dirait, de moitié. Pour s'extirper de son siège il fait un effort, il grimace. Voilà, on a droit à l'accolade des hommes, insigne honneur de la part d'un cador comme Riton.

— C'est ta femme ?

Il demande inquiet à Youssef. Non ! Non ! Juste une amie. Frédo lui balance le serre... un clin d'œil. Karine fait partie des cadeaux qu'on lui a apportés avec un colibard de vivres... Quelques bouteilles pour arroser nos retrouvailles. Ça n'a pas l'air de le mettre en transe, le Dingue, il borgnote la môme en chanfrein et nous précise :

— Je suis fatigué, vous savez... Bon à nib. C'est pour ça qu'ils m'ont relâché, les ordures !

L'impression de tristesse qu'on a ici. La vieille, après les présentations, s'est éclipsée. On est dans une pièce meublée bric broc, des chaises en Formica, une table avec une toile cirée à carreaux. Au mur un grand portrait de soldat de 14-18... Classique. Médaille militaire. Il est mort des suites de blessures... des suites d'intoxication à l'ypérite. Ils furent des milliers, des centaines de milliers comme ça, privés de leur pauvre existence on ne sait plus trop pourquoi. Heureux ceux qui sont morts, dit le poète... il aurait dû écrire autre chose. Des livres cochons... vaut encore mieux se branler que d'aller mourir pour les cités charnelles.

Frédo m'avait raconté l'histoire de l'enfance de Riton. Après la mort de son dab lorsqu'il avait cinq ans, sa mère a bossé dans une filature pour l'élever. Elle l'a placé à droite à gauche chez des nourrices et il a attrapé par là des mauvais instincts, il s'y est gavé de fréquentations déplorables... D'où le banc d'infamie... les évasions... l'ennemi public... *France-Dimanche* à la curée.

Au bout de cette terrible aventure, il lui reste à Riton que sa vioque. Elle l'a jamais abandonné. Aux pires moments, dans le fond du chtard, elle arrivait à lui faire parvenir un petit message de tendresse. Elle allait spécial voir l'aumônier pour qu'il transmette la commission. Avec ses maigres ressources, elle lui envoyait des colis, des petits mandats... elle se privait du nécessaire. Et puis, au bout de vingt-deux ans de tunnel, il trouvait encore un lit, un bol de soupe, une chaleur humaine incomparable. Il rage d'en être réduit là. Sa jambe l'handicape ainsi que des douleurs rhumatismales et en plus un souffle au cœur. Il avait raison de dire qu'on l'avait élargi en sachant qu'il irait plus au bois avec un tromblon attendre le passage de la diligence.

Agadir, c'était son idole Riton. Au placard il l'avait vu se tenir, ne s'abaisser jamais à rien. Un comportement conforme à l'image du caïd qu'il s'était forgée. Dans l'univers de la pègre y a des mythes, des figures de légende... les jeunots c'est leur panthéon, leurs icônes... Loutrel, Buisson, Jo Attia, Feufeu, Abel le Mammouth... Spirito et Carbone. Ils rêvent de les imiter, les égaler, comme le jeune bourgeois qui veut devenir Fabius, Giscard d'Estaing ou Philippe Sollers. On se demande si ça vaut mieux.

Enfin je parle de ce moment-là... le début des années soixante-dix, le moment où Frédo était déjà devenu un modèle pour les réformateurs. Il allait encore monter dans l'estime de tous ces gens. Son ascension n'était pas finie. Les craintes que j'avais concernant ses activités marloupines avec Solange se sont révélées superflues.

Mais que je vous reprenne. On arrivait à l'heure du déjeuner chez Riton. La mama avait fait cuire deux poulets du supermarché et on avait amené le reste... les saucissons, les crudités, le céleri rémoulade, les calendos et puis une tarte aux fraises. Le gala quoi !

— J'ai pas l'habitude de becter comme ça, nous a dit Riton tandis qu'on défaisait nos paquets.

C'est tout juste s'il souriait... il avait le regard un peu absent, un peu blanc. Cigarette sur cigarette il allumait.

La vieille est venue mettre le couvert, elle nous a fait sa recommandation.

— Vous devriez lui dire de s'arrêter de fumer. Le docteur le lui a interdit.

— Le docteur mon zob ! a grommelé Riton.

— Tu devrais pas parler comme ça. Le docteur Kerbron est un brave homme.

Elle jactait de sa petite voix égale. Au bout de cette existence de chagrin et de misère, elle se résignait en évitant le pire avec ses faibles moyens, toute sa gentillesse. Elle trouvait excessif tout ce qu'on avait apporté... fallait pas ! Ç'avait dû nous coûter cher !

Ma mission particulière dans ce voyage, c'était de proposer à Riton de raconter sa vie au magnétophone, qu'on puisse en tirer un bouquin. Frédo, pour sa part, avait décidé qu'il écrirait plus tard lorsqu'il serait à la retraite. Philippe Sénéchal avec ses éditions de l'Albatros, il était encore prêt à monter l'affaire.

— Qu'est-ce qu'il file comme carbure ton mec ?

La bonne question. Sénéchal se fend de quatre briques. Deux à la signature et deux à la remise du manuscrit. Plus que correct, un excellent contrat en considérant que nous sommes alors en 1972. J'ai musiqué suffisant pour vendre l'animal... Riton est un ancien gangster de poids et toute la presse va s'emparer de lui... reportages, interviews et passage au petit écran. Ça peut papillonner dans les cent mille exemplaires un ouvrage de ce genre. Je supposais, vu sa misérable situation, que Riton allait bondir sur l'occase. Que non, il mâchonne son clope sans répondre, il réfléchit. Comme il fait chaud dans la pièce, il a retiré sa veste. Il nous découvre en maillot de corps son torse encore puissant, ses épaules, ses bras musclés. Je l'ai aperçu à poil aux douches à Fresnes, je me rappelle, il est tatoué de la tête aux pieds comme un mur de chiottes. Et pas des bousilles comme celles d'aujourd'hui, des décalques de dragons chinois ou de figurines de Walt Disney, par des tatoueurs ayant pignon sur rue. C'était aux Bat' d'Af, en correction, en centrale qu'il s'était fait décorer Riton, par des amateurs, de vrais primitifs flamands ou autres. Les sujets classiques. *Mort aux vaches... Pensée à ma mère... Seul entre quatre murs... On ne passe pas...* l'avertissement sans équivoque... deux soldats qui croisent leurs baïonnettes au-dessus de la raie des fesses.

Ça lui semble minablos mon contrat de quatre bâtons, d'ici qu'il se figure que je suis venu pour l'arnaquer, y a pas des montagnes. Frédo vient à ma rescousse.

— Papillon, au départ il a pas eu davantage de fric. Si le bouquin se fourgue bien, tu te feras des couilles en or.

L'évidence est que ça marchera. Avec tout ce qu'il a à raconter Riton. Son enfance, ses dix évasions, ses quarante hold-up... la vie à Clairvaux comme si vous y étiez.

— T'es le seul à pouvoir écrire ça.

Youssef enchérit... ça sera la fortune et même la môme Karine, qui ne l'a plus ouvert depuis qu'on est arrivés, vient mettre son grain de poivre.

— Tu peux toujours prendre les deux premières briques, si tu veux pas faire le bouquin, l'autre con d'éditeur il ira se faire enculer.

Aimable perspective. Encore faut-il que ça lui plaise au gros Sénéchal d'aller ramasser les épingles.

Il se marre à cette suggestion, le vieux brigand ! Elle est charmante cette jeune fille ! On les a changées, parole, de son temps même les putes les plus aguerries ne jactaient pas de la sorte. Ça, c'est encore une conséquence de la libération féminine, de Mme Halimi, qui nous les a rendues comme ça.

Là-dessus il se lève en s'appuyant sur une canne. Terrible ce coup de flacon qu'il a pris. Toutes ces années de taule lui comptent double. Il y a laissé plusieurs dents... presque tous ses cheveux. Debout c'est encore plus sensible. Il va chercher quelque chose dans la pièce à côté. Il revient avec un cahier tandis que la maman nous sert un vin doux... encore du banyuls comme apéritif.

— Voilà.

Il ouvre le cahier. Il nous le feuillette devant les yeux. Toutes les pages sont remplies de chiffres en colonnes... des additions... des multiplications, des flèches... des résultats entourés au crayon rouge.

— Dix ans de recherches, les mecs. Avec ça je vais devenir riche.

Misère Dieu ! J'entrave tout de suite le drame. Il est devenu siphonné de la martingale. Ça l'a travaillé des nuits et des nuits au fond de sa prison. Il a fini par découvrir comment gagner à la roulette. Ce qu'il nous expose brièvement.

— Faut nous dire ton truc, on va tous se la faire crapuleuse.

Karine pas très au parfum des us et coutumes de la vieille voyoucratie ramène sa science. Riton lui lance un regard qu'elle intercepte comme il faut. Elle comprend tout de suite qu'il vaut mieux qu'elle écrase... qu'elle est en présence d'un dinosaure, un de ces hommes qui pensent qu'il vaut toujours mieux frapper une gonzesse avant qu'elle ait le temps d'ouvrir sa gueule.

Je me tracasse aussi sur le déroulement de cette saillie préméditée par Agadir. Comment l'action va-t-elle se passer ? Allons-nous rester là, dans le séjour, tandis que Riton ira s'isoler avec Karine ? Ça me paraît bien incongru. La mama va réagir. C'est sûrement une bonne chrétienne... y a une statuette de la Vierge Marie sur un socle, une planche en angle, avec un petit pot de fleurs fraîches à ses pieds. Je suppose que Riton n'est pas homme à vouloir choquer sa mère dans ses convictions religieuses.

Et cette histoire de martingale est inquiétante. Tous

les lascars que j'ai connus qui s'adonnaient à cet exercice y ont laissé la peau des burnes. Aboutissement automatique à la cloche ou carrément au chtard, comme Otto ce musicien allemand mort à Fresnes... un de mes compagnons de *La Cerise.*

Il s'anime Riton à propos de sa martingale. Ça, c'est du sérieux. Il va faire sauter la banque à Forges-les-Eaux ou à Deauville. Il suffit qu'il puisse y aller avec une certaine somme à mettre sur le tapis. C'est ça son calcul. Il ne peut affurer le gros paquet que s'il dispose de trois ou quatre bâtons pour moduler, organiser son flambe. Pas question qu'il nous explique, on comprendrait pas, lui, il lui a fallu des années pour arriver à mettre au point sa combinaison miracle.

— Vous pouvez me faire confiance, je n'ai aucun intérêt à vous jouer du pipeau.

Certes, mais je n'augurais rien de fameux de ce projet. On était passés à table jouer la polka des mandibules. Riton il suivait pas le quadrille, l'appétit lui manquait. La discussion portait sur ce fric qu'il voulait absolument pour signer ce contrat d'édition. Quarante mille balles cash, tout l'à-valoir d'un seul coup hors nègre et hors taxe, c'était son dernier prix. Je pouvais rien faire d'autre que de communiquer son offre à Sénéchal. Va savoir, il était fantasque Sénéchal, dans un bon jour il pouvait prendre ce pari. Ça me posait tout de même un cas de conscience, s'il acceptait de cracher quatre plaques au bassinet, certain que Riton allait se les faire essorer sur le tapis vert. Ensuite se plierait-il au travail nécessaire pour aboutir en trois cents pages dans les vitrines des librairies ?

— Je vais faire tout mon possible, j'ai promis. Si ça marche, on te paiera le voyage aller et retour pour venir signer le contrat à Paris.

Il en était là de pauvreté, l'ex-ennemi public numéro un... à ne pas pouvoir se prendre un billet de chemin de fer.

— Moi, je paie jamais le train, a déclaré Karine.

On s'en serait douté, mais c'était plus de l'âge de Riton de filouter la SNCF... plus en état physique non plus de se cramponner sur les tampons au passage du contrôleur.

Frédo a proposé tout à trac.

— Mémère, vous allez venir avec nous après déjeuner. Pour nous guider, on veut faire des courses à Maubeuge.

— Ça fait loin Maubeuge.

Elle objecte cette vieille maman. Mais on y va pas à pied. Une vingtaine de bornes en 404 c'est une glissade de Megève ! Le scénario est bien construit, Karine intervient... Ça la fait caguer d'aller à Maubeuge aux heures où y a pas le clair de lune. Elle préfère rester là à nous attendre.

— Je tiendrai compagnie à m'sieur Riton.

Nous voici desmouscaillés d'une situation glandilleuse. On va se trimbaler la dabuche à Maubeuge. Ça me fait pas grimper aux murs comme perspective, j'aimerais autant partager Karine avec Riton. Je n'ose suggérer une chose pareille... Karine n'aurait rien contre, dans les caves de la cité près du foyer, elle se fait aimer en série, elle a le sens collectif de la vie sexuelle. Ici, vu la conjoncture, préférable qu'elle interprète en duo sa musique céleste du septième ciel. Le Dingue, on sait pas, il a peut-être aussi des principes à ce sujet. C'est toujours difficile à savoir dans ce domaine les uns et les autres, les unes aussi ont des préjugés, des blocages comme disent nos bons psy. Faut y aller tout en finesse sur les pointes... pas casser les œufs, la porcelaine ! Vous sortez trop tôt votre instrument et le concert est remis aux calendes !

Maubeuge ne m'a pas laissé un souvenir aussi impérissable que Florence, j'avoue. Les touristes pendant quelques années s'y sont rendus, paraît-il, pour attendre cet improbable clair de lune. Une chansonnette d'humoriste avait suffi pour mettre le feu aux imaginations. Combien de malentendus de cet acabit subsistent-ils de par le monde ? Le tourisme s'en fait réchauffer des petits plats. Vrai que le bipède itinérant est parmi la zoologie humaine une des espèces les plus imbéciles. A pleins tombereaux, je les vois débarquer en toute saison à Pigalle, se précipiter vers les divertissements les plus calamineux... cracher leurs marks, leurs livres, leurs yens pour voir se trémousser quelques gravosses en tutu dans ces fameuses boîtes où l'on s'amuse !

Un supermarché à Maubeuge vaut un supermarché à Nice ou Saint-Brieuc qu'il s'appelle Mammouth... Euromarché, Leclerc ou Carrefour. On a rempli un Caddie de victuailles pour Riton et sa mama. Des lessives aussi qui lavent plus blanc... des tas de saloperies inutiles ! On a fait durer le plus possible la diversion. On leur avait laissé deux plombes à nos pigeons pour qu'ils roucoulent à l'aise. Ça nous paraissait raisonnable. J'avais un doigt d'inquiétude vers le retour. Avec une louloute genre Karine on pouvait s'attendre à quelques chiendents. Vous l'avez vue, lecteurs, dans la voiture, sur la route... ses manières, sa jactance, sa dégaine... c'est pas la fille qui rassure, qu'on peut laisser n'importe où en consigne pour venir la rechercher ensuite avec son quatre heures.

— Alors, les enfants, vous avez été sages ? a demandé Frédo en guise de plaisanterie amicale, sitôt qu'on a eu enquillé dans la piaule, avec toutes nos marchandises.

D'évidence, au premier coup d'œil, on se rendait compte que l'idylle ne s'était pas déroulée comme on était en droit de l'imaginer. Ils nous avaient pas fait un petit pour repeupler le royaume d'Argot. Riton, l'air rogue, renfrogné, était dans son fauteuil à regarder la télévision et Karine ronflait carrément sur le divan. On l'a réveillée par nos bruits. Elle a mis quelques secondes à revenir au réel, puis a fait une moue un peu dégoûtée à l'adresse de Riton. Heureux qu'il était positionné de trois quarts, qu'il a pas pu intercepter cette mimique. C'est de la grimace qui vous cloue l'homme au banc de la vieillesse. Ç'avait merdé quelque part. On a tout compris d'un seul coup. Même la mama a respiré la poloche. La gêne alors. On a fait de la barbe à papa pour égayer la situation. On lui avait ramené un chandail à col roulé, sa maman l'avait choisi... du bleu marine, une couleur qui lui va au teint. Il le regarde à peine notre chandail. Il remercie entre les dents, enfin ses chicots ! Je vous ai dit, il aurait besoin d'une prothèse... sa daronne nous fait la remarque tout à l'heure, qu'avec le fric de l'éditeur, il pourrait plutôt se payer le dentiste que d'aller tout perdre dans les casinos.

Devenue lourdingue soudain l'ambiance... Dehors, après une accalmie, la flotte a repris sa dégringolade. Ça fait novembre et pourtant on est en avril. On n'ose plus rien se dire. Je parle, il me semble me souvenir, encore un peu de ce contrat... Je promets de tenter l'impossible pour arracher les quatre briquettes à M. Sénéchal.

— Ouais... Sinon c'est pas la peine de revenir.

Net, il a plus envie de nous voir. On peut dégager, s'évaporer, il ne nous l'envoie pas dire. On n'a plus alors qu'à s'esbigner en lousdoc. On devient furtifs. La mama nous accompagne sur le palier.

— Faut pas lui en vouloir. Il a toujours été comme ça... ombrageux, et toutes ces années en prison ne l'ont pas arrangé.

On se doute. Elle me tirerait les larmes aux yeux cette pauvre vieille si j'osais devant les copains. On l'embrasse tous, on lui promet de ne pas laisser tomber son petit Henri.

— Si vous pouviez réussir avec l'éditeur, je serais tellement heureuse !

Tout de suite je vais vous affranchir à ce sujet, que vous ne restiez pas, mes fidèles, dans l'expectative. Philippe Sénéchal a accepté la relance, c'est un homme de foi, un battant. Je suis arrivé à le convaincre. Elle a été heureuse la maman... mais un laps de temps très court. La suite prévisible. En tirant sur sa guibolle, le Dingue, il s'est empressé d'aller à Forges-les-Eaux expérimenter sur le tapis vert sa martingale à rallonges. Ses quarante mille balles ne lui ont pas fait la soirée. Des années de gamberge, de calculs, d'espoir anéanties en quelques heures. Il est rentré en auto-stop, retrouver sa dabuche dans leur HLM. Depuis il n'en est plus ressorti, jusqu'à sa mort qu'on a appris deux ans plus tard dans *Détective*. Et pas question de mettre le bouquin en route. Il a salement viré le nègre avec son magnétophone. Sénéchal lui a envoyé du papier bleu, mais comme il n'avait rien à lui, c'était de la menace de principe.

— Je peux tout de même pas porter plainte.

Il se voyait pas le joli rôle, Sénéchal, faisant réenchrister le vieux Riton le Dingue pour abus de confiance. Dans le petit monde des Lettres ça l'aurait foutu désastreux... sale con réac ! Une réputation dont on ne se relève pas chez les intellos.

Restait que Sénéchal, c'était moi qu'il considérait responsable... moi qui lui avais joué du pipeau pour lui extirper cet à-valoir. Il se demandait même si j'étais pas un peu complice, si j'avais pas pu engourdir la moitié du fric. Je vous passe... c'est hors de propos, vous vous foutez avec raison de ma crédibilité de rabatteur de chefs-d'œuvre.

Je vous replace donc au pied de la tour, cité Marcel-Cachin, dans la riante banlieue de Maubeuge. On s'est engouffrés dans la 404 sous des hallebardes. Démarrage. On tirait tous un peu la tronche. On est restés un petit moment silencieux, puis Agadir a interrogé la môme sans ambages, sans métaphore atténuatrice des vilains verbes.

— Qu'est-ce qui s'est passé au juste ? Qu'est-ce que tu lui as fait, salope ?

Oh, dis donc, Karine, elle se laisse pas traiter de la sorte ! Salope, elle l'est et elle s'en vante. Mais y a façon de dire les choses.

— Il bande plus ton caïd ! elle rétorque furieuse... Il est impuissant ce con ! Dans son slip y a un escargot !

— T'as dû l'attaquer trop brutal.

C'est m'sieur le Directeur, Alfred, qui se permet d'intervenir. Il pense lui qu'un homme qui reste trop longtemps au séchoir, ça lui perturbe la libido. Il s'approprie le terme qu'il a entendu chez les psy... le professeur Pilarède... la belle Constance.

— T'appelles ça brutal, toi, de sucer une bite une demi-heure sans qu'elle durcisse ?

Pas charrier ! Elle a jamais rencontré pareil fiasco Karine ! Pour se faire un peu de fric, parfois elle monte dans les bagnoles à la nuit tombante porte de Champerret avec des mecs... des vieux crabes pourtant, mais toujours elle parvient à leur faire cracher la semoule.

Je m'excuse, lectrices un peu à cheval sur les principes... de ces détails, de cette trivialité... Je me contente de vous rapporter ce que j'ai vu, entendu. Je suis un auteur behaviouriste en quelque sorte... je vous égare pas en introspections. Mon seul but, porter ma petite pierre, ma contribution à une vaste étude de sociologie. Karine était comme ça, nature. Au Ranelagh on l'aurait éduquée autre, elle serait devenue sinon moins salope, pour le moins plus réservée, moins crue du vocable. En tout cas, à cette époque, y a plus de vingt ans.

On n'arrivait plus à lui fermer son claquemerde à présent. Elle y allait de toute sa rancœur, son énergie. C'est pour la gueule d'assassin d'Agadir qu'elle a accepté de venir à Maubeuge. Rien que ce nom, ça la fait gerber. Maubeuge ! Il aurait pas pu crécher ailleurs notre truand gâteux. Elle est vexée aussi de l'avoir laissé en flanelle. Elle s'est déloquée devant lui... ses nibards, c'est pas du mou de veau. Ça tient le choc... et puis son cul, elle peut l'exhiber n'importe où, elle fera plutôt des envieuses.

On peut pas dire le contraire. Même attifée bloudejines et cuir et baskets, on se rend compte qu'en dessous y a du répondant.

— Votre mec, il est naze ! Il bandait peut-être pendant la guerre mais j'étais pas encore là pour me faire baiser.

Frappée au coin du bon sens sa réflexion. Tout de même, Youssef lui fait remarquer qu'elle manque de respect pour un homme qui s'est fait la malle de Clairvaux et qui a attaqué le fourgon blindé de la rue des Entrepreneurs.

Ça se poursuit ce dialogue infernal. Je reste neutre... j'ai rien à dire sur ces problèmes... Tout haut du moins. For intérieur je gambergeaille. L'âge, lorsqu'il vous attaque vraiment, c'est à la braguette que ça flagadouille. Le reste... secondaire... Les rides, les ratiches qui se font la paire... la calvitie qui s'affiche. Tant qu'on est bon à reproduire, envoyer sa semence dans le réceptacle d'amour, la nature vous supporte. Après ça, on devient que dalle. Les pas si bons sauvages d'Afrique font grimper les vioques en haut du cocotier. Après ils secouent bien fort, si pépère tombe, ils l'achèvent, le dépècent... le dévorent... jettent aux cochons les bas morceaux. Le bon sens même. Nous autres civilisés démocrates judéo-chrétiens, droits de l'homme, on se fait le cinoche de la bonne conscience. Mais, à bien réfléchir, peut-être qu'on se pratique aussi la loi du cocotier... à l'étouffée, sous une forme sournoise pour préserver les apparences, mes bien chers frères.

Trêve de pessimisme, vous allez croire que c'est un système, que je me complais à touiller dans les noirceurs du monde. A tout prendre je préfère nager dans les eaux de la franche rigolade. Je m'y efforce tout de même. Je vous reprends, façon de dire, Karine au cours de notre voyage de retour. Elle symbolise, elle, la vie qui vient... elle est sur la pente ascendante... feu au train... la vigueur du verbe. Bien sûr elle est avachie là, près d'Agadir... un peu fatiguée de nous avoir débité en force sa riposte, sa plaidoirie. Passager... au moindre déclic elle repart sur les chapeaux ! Elle nous laisse pas en placer une ! Frédo a tort de jouer les prolongations.

— T'as dû le traumatiser, tu t'en es pas rendu compte.

Traumatisme, encore un vocable de psy ! Il en vient au foyer... des apprentis criminologues qui étudient l'approche psychanalytique et les soubassements de la punition... des trucs de ce genre. Ils interrogent les jeunes, ils notent, ils chiffrent. Frédo dit que ça ne sert à rien mais qu'il est bien obligé de les recevoir aimablement.

En tout cas, traumatisme, ça la fait rebondir ! Elle a jamais traumatisé personne, Karine, faudrait pas se gourer, ça serait plutôt le contraire. A treize ans, son grand frère l'a dépucelée sur le lit familial.

— Si c'est pas du traumatisme, qu'est-ce qu'il vous faut ?

Certes, elle était consentante, ça ne l'a pas coincée pour autant de la chatte. Elle maîtrise mal le vocabulaire des psy puisqu'elle nous ajoute :

— Traumatisée, ça nous a pas empêchés de recommencer. Dès que nos vieux étaient barrés. Alain il en profitait. Je mettais plus de culotte pour que ça aille vite.

Elle se marre en repensant à ces cochonneries ! Beau être, Frédo et moi, blindés, ça nous choque, cet aveu tranquille de relations incestueuses. Frédo d'une voix un peu méprisante lui balance :

— Et ton père ?

— Mon père quoi ?

— Et ton père ? Tu te l'es fait ton père ?

— Mon père ? Papa, tu veux dire ? T'es dégueulasse, toi alors !

Elle est indignée… et c'est bien la première fois. Ça se compartimente drôlement la morale des êtres. Par son frangin ça lui semble tout naturel de se faire tringler, mais par son papa… qu'il puisse penser une chose pareille Frédo, elle aurait pas cru ça de lui.

Toutes ces réactions autour du sexe sont surprenantes. Ça me rappelait un type en sanatorium, un fils de paysans, il racontait volontiers ses rapports avec des vaches, des truies, des juments… comment qu'il montait sur un tabouret dans l'écurie pour assouvir sa bestialité. Un jour on lui a demandé dans sa liste s'il ne s'était pas fait un bourricot… un petit âne. L'horreur, il s'est révolté ! « Vous me prenez pour un pédé alors ! » Il réservait son affection uniquement aux femelles animales. Allez vous y retrouver dans ce labyrinthe des fantasmes, des libidos les plus tordues. Dès qu'on s'aventure dans ce domaine tout est possible, les pires dépravations, les horreurs, la scatologie la plus répugnante. A la nuit tombante dans la ville rôdent les sexes assoiffés, les bites aux abois, les désirs chabraques ! Le bourgeois le plus chapeau mou, col dur, Légion d'honneur… s'engouffre dans une pissotière puante pour satisfaire son goût des tartines imbibées d'urine. On voit des hommes, riches, jeunes et beaux se payer des souillons hideuses. On voit des marquis sur des bicyclettes sans selle… on voit des nécrophiles se glisser à la morgue pour jouir avec les mortes… on voit… on voit… On ferait mieux de ne rien voir.

Karine, elle, est déjà au parfum, si je puis dire, de toutes les turpitudes humaines. A preuve, elle nous balance un drôle de vanne en guise de conclusion de ce débat.

— En taule, il est peut-être devenu pédé votre caïd !

Elle mériterait de se faire tarter ! Agadir esquisse le geste, Frédo lui fait signe d'écraser.

— Laisse, Youssef, ça vaut pas la peine !

Une gonzesse pareille, on voit pas comment on pourrait la réinsérer, en faire une vendeuse d'Uniprix, une bobineuse, une ouvrière mère de famille. Les psy n'ont d'autre solution que la jactance et le Jésus de l'abbé Lourcelles, si on la lui expédie, elle risque de nous le dépraver. Le mieux, c'est qu'elle trouve un champ d'asperges à prospecter. C'est ainsi qu'il raisonne, mon bon pote, en son for intérieur. Tout d'abord il propose le bon chemin, s'il se rend compte qu'il n'est pas praticable, il a ses entrées sur les sentiers de traverse. Dans quelques mois la folle Karine ira arpenter la rue de Provence. Elles étaient encore nombreuses à cette époque près des Galeries Lafayette, du Printemps, les aguicheuses du popotin. Frédo, il avait un petit camarade qui prospectait par là, qui supervisait le turf. Je ne sais trop par quel circuit, il a expédié cette nana dans le secteur. Les Yeux Bleus m'a dit qu'il ne la drivait pas en personne, il avait un délégué, un Arménouche, un redoutable, un homme des jugements derniers.

— Il touche sa com...

... mission, je vous rajoute pour que vous compreniez tout à fait.

7

A quel âge faut-il abandonner la lutte ?
Jamais.

Ménie Grégoire

Bottes de sept lieues... sept mois... peut-être beaucoup plus... au cœur de l'année suivante, j'enjambe allegro ! C'est le plein du beau temps. On est à Auteuil. Un hôtel particulier. On nous a conviés au cocktail dans le jardin, en l'honneur de M. Alfred Friteau, nommé chevalier de l'Ordre national du mérite... La remise de sa médaille par M. le président Walbreck. Haut magistrat dont la dame a tenu à organiser cette réception. Elle s'est entichée de Frédo, Mme Walbreck, qui demande qu'on l'appelle Jeanne-Marie en toute grande simplicité. Par l'entremise de l'abbé, elle s'est intéressée au foyer. Elle y est venue nombre de fois, elle a visité toutes les chambres. Frédo, il a l'habitude de ce genre de manières, il te l'a mise en fouillette vite fait. Le mot qu'il faut. Ce mélange de gouaille et de bons sentiments. Sa façon de faire avec les jeunes... sa réussite incontestable.

— Il est extraordinaire ! Quel personnage !

Je suis bien d'accord. C'est pas le type ordinaire Alfred, mais elle est encore loin du compte, la bonne dame. Je m'inquiète un instant, savoir s'il n'a pas des intentions sabreuses, scabreuses à son endroit... et à son envers par la même occase ! Elle est encore parfaitement accommodable dans les profondeurs d'un divan. Strict fringuée, le tailleur Chanel, foulard Hermès... collier de trois rangs de perles... la coiffure à chignon banane... toute la retenue, le bon goût bourgeois. On peut pas lui demander son âge c'est pas poli, c'est pas joli, mais elle n'a pas encore atteint son demi-siècle. Elle se cramponne aux dernières années de sa quarantaine avec des produits de beauté, des massages, la gymnastique quotidienne. Elle a encore le regard étonné d'une jeune fille à son bal des Petits Lits blancs... peut-être s'y efforce-t-elle... savoir ? Voix un peu haut perchée... oh, j'irais bien la décrocher mais elle n'a d'yeux admiratifs que pour Frédo. Moi, je ne suis qu'un plumitif... l'auteur de cette amusante *Méthode à Mimile.* Frédo, lui, il va à la pêche aux âmes avec une simplicité, un bonheur du geste et de l'expression quasiment évangélique. Elle ne tarit pas de l'hyperbole sur cézigue. Elle lui téléphone, elle intervient pour ses pensionnaires, elle l'a invité pour que son mari soit bien à même d'apprécier cet homme, véritable Jean Valjean du XXe siècle.

Le président, il a suffi d'une seule soirée pour qu'il soit conquis. Il appelle à présent l'autre arsouille « mon cher Alfred ». Ils n'en sont pas encore à tu et à toi mais à des vous qui les valent bien.

Je me tracassais à tort... Frédo, depuis l'épisode des criminologues, il a progressé dans la façon de naviguer en société. Il ne bondit plus sur toutes les chattes qui miaulent sur son passage. Avec un peu de patience, du savoir-faire, il aurait sans doute fini par basculer Jeanne-Marie dans les voluptés interdites. Pas facile de résister pour un ex-bagnard à la tentation d'aller coller dans son album donjuanesque une touffe de poils de pubis d'une femme du monde, épouse d'un magistrat du siège. Ça représente un autre tour de force que d'envoyer Karine en remoudre sur un morceau de bitume.

Ce qu'il m'a développé au cours de nos conversations. J'en suis convaincu, Jeanne-Marie c'est le genre de gonzesse qu'il vaut mieux se garder dans les extases platoniques. La séduire d'âme. C'est le plus durable. Jusqu'au-delà de la tombe, elle lui est restée fidèle.

— C'était un saint.

Ce qu'elle m'a dit lorsque je lui ai annoncé sa mort au téléphone. Mais ne nous attristons pas d'avance... il a encore quelques années devant lui Frédo... revenons à ce beau jour d'été à Auteuil... les frondaisons... les oiseaux dans le ciel... dans le jardin, les loufiats en veste blanche qui viennent vous offrir le dom pérignon sur un plateau... les petits fours. Les Walbreck, question grisbi, on risque pas de les rencontrer en camping au mois d'août à Palavas-les-Flots. Rien que leur hôtel particulier, il suffirait de le refourguer et on peut exister ensuite dans un confort tranquille jusqu'à ce que Dieu nous rappelle, cet enfoiré !

Ma surprise tout à l'heure en parvenant au vestiaire... dans le hall aménagé provisoire à cet usage... des rangées de képis... flics et gendarmes et même celui d'un général de corps d'armée. Ils sont tous là. Jeanne-Marie a ouvert ses portes à tous les auxiliaires de justice. Les collègues de son mari... présidents, procureurs, substituts, conseillers à la cour... deux trois avocats tout de même... un médecin légiste, toute l'équipe du professeur Pilarède. Constance Monival, tous les psy et les psytes... tous les condés aussi de la Territoriale... les deux M, le gros Max et le petit Marcel. C'est eux qui font les plus vulgaires dans l'assemblée. Bien sûr l'abbé Lourcelles est là, on fait cercle autour de lui. Il raconte toute l'aventure spirituelle de Frédo. Comment, peu à peu, il a entendu les voix du Seigneur... son arrivée d'un pas ferme à la table sainte. Je savoure, n'est-ce pas, je ne suis pas le seul... j'ai aperçu Solange parmi le cercle. Elle a pas eu loin à venir, le clandé de Mme Lucy est dans le secteur. A son attitude, ses fringues, je mesure le chemin parcouru depuis l'époque pas si lointaine où elle cheftainait. Certes, elle ne donne pas dans l'ostentation putassière. Elle est sapée d'une robe chemisier en mousseline rose pâle qui la moule juste ce qu'il faut pour vous susciter des ardeurs de bon aloi... sautoir en ivoire... cheveux longs juste retenus par deux peignes en écaille... maquillée sobre... manucurée... Elle est devenue femme surtout. Son nouveau métier lui a donné curieusement une assurance un peu altière.

Elle rencontre mon regard. Sait-elle que je suis au parfum ? Difficile de me faire une opinion. Je vais la saluer, lui faire une bibise, je l'entraîne doucement à l'écart.

— Quel beau jour pour tous !

— Merveilleux... elle me répond.

Elle a un sourire réservé que j'interprète énigmatique... je m'abuse peut-être.

— On te voit plus très souvent au foyer ?

Elle me répond qu'elle travaille maintenant avec sa mère dans une revue de mode. Il faut tout de même qu'elle gagne sa vie.

— Ça te réussit bien le travail.

Elle apprécie mon compliment. C'est tout de même extraordinaire cette métamorphose. On pourrait penser qu'à aller se faire égoïner l'après-midi par des inconnus plus au moins vicelards, elle se serait avilie, que ça se marquerait sur son visage... son allure. Le contraire, elle s'affiche paisible, équilibrée. Elle a dépouillé la catho de gauche pour se resaper en femme des beaux quartiers. Presque comme Jeanne-Marie qui rallège vers nous. Si j'étais vraiment bien éduqué, je lui ferais le baisemain. Je n'arrive pas à me plier à cette coutume. Je reste un peu butor malgré tout. Jeanne-Marie d'ailleurs s'en formalise pas outre, je fais partie de la même espèce que Frédo... un réinséré, un guéri de la malfaisance. Il nous est beaucoup pardonné.

— Approchons-nous, le moment est venu, nous dit-elle.

On va se regrouper dans le jardin. Y a des photographes, une caméra de l'ORTF. Je reconnais quelques journalistes. Au micro, c'est le président Walbreck lui-même qui va officier. Frédo est en costard bleu pétrole, chemise blanche, cravate unie. Si je regarde en arrière... ce moment où je l'attendais sur le quai gare Saint-Lazare, nettement il s'est entrelardé. Une amorce de bide... la tronche qui a épaissi... déjà la couperose. Faut dire qu'il tutute sérieux l'air de pas trop y toucher. Rien qu'avec Max le flic, ils s'échangent chaque jour quelques pastagas. A table il écluse quelques verres d'un généreux bordeaux. La réussite lui a affiné le palais, il veut oublier les sales gamelles de nos prisons, les coups de rouge furtifs interdits... Dès qu'il en a l'occase, il fonce vers les gargotes de bonne renommée. Il n'a pas encore dévié jusqu'aux assiettes de la nouvelle cuisine où nagent quelques parcelles de délicatesses culinaires dans beaucoup de littérature.

Il est maintenant au mieux de sa forme mon ami Frédo. Plus tard le gras-double, le haricot de mouton, les vraies choucroutes alsaciennes auront raison de sa ligne, elles finiront même, la bière et le jinjin aidant, par l'achever. Il se clairsème sérieux le caillou, grisonne léger de ce qui lui reste au-dessus des oreilles... ne chipotons pas, il peut encore culbuter au charme quelques personnes avenantes. Je vous ai dit, même Mme Walbreck, s'il voulait s'en donner la peine, l'action romanesque genre bonnes soirées tournerait liaisons dangereuses.

Nous sommes nombreux à le célébrer... je reconnais Gérard Baudelaire, notre brave agent de probation. Mireille est là aussi, bien sûr. Officiellement on sauve la face, elle est toujours codirectrice du foyer. Elle me bat froid, je sens, comme si j'étais responsable des aventures queutardes de son homme. Sa consolation avec l'autre malfrat, l'Agadir Youssef, ne la satisfait pas entièrement, je me doute. Elle regrette Frédo, l'évidence. Elle peut aussi prétendre que sans elle il ne serait peut-être pas là, à se pavaner devant les photographes, les journalistes... il accorderait pas des interviews. Elle pourrait bien sûr faire beaucoup de dégâts, lui casser la cabane en déclenchant le schproum, là, au moment de son triomphe. Ce qui la retient... va savoir! Elle est liée à lui par un pacte de pauvreté. La silhouette d'Agadir se dessine derrière elle. Il a fini son stage au centre. Où a-t-il posé son paquetage ? Je ne sais, mais il a l'air plutôt florissant... Il m'adresse un petit clin d'œil. Sa réinsertion va durer quoi ? deux ans il me semble avant qu'il se fasse remettre au bigne pour un braquage. Beau avoir de bonnes résolutions... il aperçoit une banque, il peut pas s'empêcher d'aller y voir... s'il ferait pas tomber un peu de fric dans son escarcelle en brandissant un pistolet. Ainsi des hauts et des bas de...

... ce lent travail d'éducateur qui tient en éveil nuit et jour Alfred Friteau !...

Je vous reprends au vol avec une phrase du discours que prononce le président Walbreck. Ça me devient comme irréel dans le souvenir cette cérémonie. Sur l'instant, je n'arrive pas bien à m'accrocher aux paroles de ce magistrat. Il a une voix grave... une voix à prononcer les sentences, ce qui va de soi. « Du fond du châtiment où la justice des hommes l'a conduit, Friteau entreprend la lente marche qui va le conduire vers la lumière. » Je ne peux m'empêcher de lancer un regard en chanfrein vers Solange, je me demande comment elle reçoit le message. Ne bronche d'un cil ! Elle a les mains croisées sur la poitrine, on lui donnerait, n'est-ce pas, le bon Dieu à garder dans son lit. A ses côtés, les Yeux Bleus, lui, j'ose pas trop le borgnoter, il serait capable de se marrer. Tout de même il représente un danger ce petit hareng, il connaît le dessous des cartes. Possible qu'il en croque chez les lardus pour tenir si bien le pavé... C'est un lieu commun de dire que la plupart des proxénètes ont des relations on ne peut plus ambiguës avec la police. Un à un, ils vous disent tous qu'ils sont l'exception de la bonne règle. Bien sûr, j'admire le tour de force de Frédo, d'être là, bien droit, bien net, au milieu du petit groupe des officiels recevant les hommages des institutions judiciaires, mais en même temps je me demande si tout ça ne va pas lui exploser dans la gueule. Les flics de la territo, eux aussi, ils écoutent et boivent quoi ? du petit-lait ou une potion amère ? Que savent-ils aujourd'hui ? S'ils savent — et au moins ils doivent subodorer les choses — comment vont-ils manœuvrer pour utiliser la situation ?

— A Saint-Martin-de-Ré l'abbé Lourcelles va comprendre très vite que cet être déchu, ce relégué peut retrouver sa dignité d'homme. Et il la retrouvera pleinement en se mettant sans réserve au service de ses semblables.

Je vous inflige pas tout le discours, des bribes vous parviennent, suffisantes pour vous éclairer. Je les attrape... pas le temps de les digérer, les disséquer. N'empêche, en vous les retranscrivant, ça me frappe qu'il y a du vrai dans ce panégyrique. Depuis qu'il a embrayé dans cette carrière de rénovateur... d'abord à Rouen, puis à Saint-Ouen, on peut mettre à son actif bien des sauvetages. Il a réellement remis des pauvres mômes sur rails, il leur a trouvé du boulot, il s'est bagarré à droite à gauche pour les loger, leur trouver un peu de pognon. Le centre d'accueil de Saint-Ouen est devenu un modèle du genre. Alors ? Pas facile de trancher ! Il est de toute façon utile... bien plus que d'autres tout à fait vertueux de leur personne, mais incapables de mener à bien leur entreprise.

Je m'approche, le discours est fini. Je ne veux pas

louper ce grand moment-là où le président va lui accrocher sa médaille. « Je vous fais chevalier de l'Ordre national du mérite. » Il est ému, Frédo, il chique pas, je le connais. A cet instant il y *croit*... il est bienfaiteur de l'humanité.

L'accolade. On applaudit. Les flashes des photographes crépitent. La caméra tourne. Étais-je aussi heureux, aussi fier, lorsque le général de Lattre m'a décoré de la croix de guerre, en 1945 ? Pas plus en tout cas.

8

L'art de la police est de ne pas voir ce qui est inutile qu'elle voie.

Napoléon,
lettre à Fouché.

Après ça, il s'est cru tout permis, Frédo, il a poussé mémère dans les orties. D'abord elle y a pris son panard, la belle. Ce fut la période de la grande régalade. On l'a invité dans le monde — chez les artistes, les gens en vogue de la téloche, la littérature, le cinéma. Il se pointait et faisait chaque fois florès. Il se permettait, à l'occase, de picorer dans les petites culottes un peu de joie de vivre... se faire faire des bouches chaudes le soir dans sa voiture par des plus ou moins mignonnes. Il prenait ce qui se présentait... tellement vorace sur la question, quasi priapiste, qu'il n'était pas trop difficile.

— Je les régale et elles en redemandent.

Il me montrait les lettres qu'il recevait. Toujours ce curieux mélange sexe charité... quelques nymphomanes, des névrosées... refoulées. De quoi faire une étude de sexologie. On lui expédiait aussi des cadeaux comme à un pacha... bagouses, montres en or, gourmettes... foulards de soie... des livres reliés... On lui tricotait des chandails, jusqu'à des chaussettes.

— Le plus dur, c'est de casser.

Comme tous les hommes dans ce domaine il était lâche... il se défilait... il espaçait... Rare qu'il affronte.

Comment arrivait-il avec tout ça a entretenir des relations suivies avec Solange qui poursuivait sa carrière de call-girl ? Ne sais au juste mais il continuait à en tirer des bénéfices. Il venait à son habitude me confier ses frasques. Sa façon de me raconter valait les meilleurs dialogues de cinoche. Je suis un amateur esgourdeur... un dégustateur de jactance. Le cru Frédo, c'était du meilleur... vif, fruité, nerveux. J'essaie de vous le restituer... Que j'y parvienne l'espace d'un roman me voilà comblé encore une fois, merci mon Dieu !

Ça devient coton de m'y retrouver, de chronologiquer cette biographie. Il était là, telle chose lui advint... peu importe les dates après tout.

Il me souvient, et je me dois de vous la rapporter, cette péripétie avec la dame de Nice. A quelle époque la situer ?... Ça s'est déroulé en plusieurs temps. Elle lui a écrit tout d'abord, elle avait lu quelque part un article concernant le foyer Pierre-Lambert, sur son directeur. Ça correspond à peu près au moment où il a été titularisé en tant que fonctionnaire premier échelon, je crois, du ministère de la Justice. Après sa médaille du Mérite, on ne pouvait pas décemment le laisser dans une situation sociale incertaine. Une première en l'occurrence... ex-bagnard, relégué devenu agent de l'Administration pénitentiaire. Ça tournait tout à fait Vidocq son épopée.

Cette dame de Nice, émue par ce personnage insolite, s'est offerte pour lui apporter son aide. Il m'a montré la bafouille, Hélène Lafontine elle signait.

— Tu penses qu'elle a du carbure ?

Elle écrivait sur un beau papier bleu ciel avec une enveloppe doublée. Elle moulait ses lettres à l'ancienne, une très belle anglaise comme on apprenait autrefois dans les écoles de bonnes sœurs. Ça la situait pas tout à fait gamine dans les âges... vraisemblablement hors des perspectives culbutables, la seule certitude. Pour ce qui est du grisbi, je pouvais pas me rendre compte. Elle parlait d'un projet ambitieux pour « la rédemption de vos enfants perdus... »

— Elle croit peut-être que je m'occupe d'un orphelinat !

En tout cas elle voulait lui parler de vive voix. S'il pouvait descendre quelques jours sur la Côte, elle lui offrait de l'héberger et de lui casquer son billet d'avion.

— Tu peux toujours accepter. En cas de dèche, tu feras juste l'aller et retour.

La dèche, ça voulait dire qu'il pouvait tomber sur une vieille folle, une hystéro délirante. Y avait déjà eu quelques précédents, des âmes généreuses dépourvues de pognon qui voulaient venir au centre pour l'aider, des farfelingues avec des projets à long terme afin de régénérer les anciens détenus... La philanthropie, le besoin d'aider les déshérités attire comme l'aimant toutes sortes de torgadus, des gens avec des idées fixes, des désenchantés de l'Église catholique, des fondateurs de religion, des sectateurs du soleil et tout simplement aussi des gonzesses désœuvrées, plus ou moins en difficulté avec leur sexe. Frédo, bien sûr, ne pouvait pas fournir tous azimuts. Il avait bien refourgué quelques lots à Youssef. Je l'avais averti, il prenait des risques. Le bel Agadir pouvait les dérouiller, les faire chanter et que ça aboutisse dans le bureau d'un juge d'instruction.

Il était venu jusqu'à un faux savant... un prétendu professeur de génétique qui avait découvert un vaccin contre la délinquance. Pour le dégager du foyer, ils s'étaient mis à plusieurs... pour le jeter sur le trottoir avec une valoche qui contenait ses accessoires scientifiques, ses ampoules miracles.

Mme Lafontine, ça carburait un peu aussi dans sa

tronche, mais plus en douceur. Elle relevait de l'utopie rousseauiste aiguë. Frédo est descendu à Nice à son invite. Elle créchait dans un immeuble de standing sur les hauteurs en allant vers Monaco. Vue imprenable sur la mer d'un bleu qu'on dirait tendu pour un décor d'opérette. Des riches vieillards se cramponnent à l'existence dans tous ces appartements. Ils s'offrent des illusions de jeunesse avec des coquetteries de fringues. De temps en temps quand même la camarde passe et enveloppe sa proie dans un drap noir. Je serais concepteur pour l'urbanisme, je proposerais pour ces gens des appartements conçus pour devenir des tombeaux caveaux après leur décès. Plus qu'à refermer et inscrire l'épitaphe. Ça serait un peu dans l'esprit de l'Égypte ancienne. Roblot sans doute y trouverait son compte comme toujours.

Cette Mme Lafontine, lorsque je l'ai rencontrée par la suite à Saint-Ouen, j'ai compris que Frédo risquait pas d'aller lui arracher sa petite culotte... Le sexe en dessous était ... génaire ! D'une certaine façon ça valait mieux. Elle aurait été consommable, ça ne pouvait qu'ambiguïter un peu plus la situation. A l'évidence, elle avait des piécettes à gauche... était-ce une malle comme dans les histoires de pirates ou plus modestement un bas de laine... that is the question !

Frédo m'a bien décrit minutieux son séjour sur la Côte. Il n'était resté qu'une nuit dans l'appartement de la vioque, il avait pas tellement le cœur (et quand je dis le cœur) à s'incruster là entouré de dentelles roses, de minauderies décoratives avec un chien-chien, un pékinois hargneux, jalmince, dans les guibolles.

Ils avaient déjeuné sur une terrasse en plein soleil en février. Toute une langouste elle lui avait préparée à l'armoricaine... « Pour vous faire oublier la mauvaise nourriture de vos prisons. » Ça, il n'en avait plus trop le goût dans la bouche, de nos galtouses pénitentiaires, depuis quelques années, je vous ai dit, il s'offrait quelques gentilles fêtes de boustiffe.

Trêve de description, le chien-chien, la dabuche en robe à volants mauves... sa chevelure blanche aux reflets de rinçage bleuté... tout un plâtras de maquillage n'est-ce pas, pour réparer les outrages... les pires, ceux du temps qui fuit. Voilà. Elle avait une offre à lui faire à M. Alfred.

— Vous permettez que je vous appelle par votre prénom ?

Pour les amis, c'est Frédo... surtout pour les dames.

Oh elle est ravie ! tant de simplicité la transporte. Pas trop haut cependant, il a pas l'intention de grimper avec elle. L'offre c'est un château... Mais oui, elle possède un château. Là, tout de même, il s'arrête de becter mon pote. Il avale presque de traviole son morceau d'homard. Il s'essuie la bouche.

— Un château, pour moi ?

— Pour vous, ça veut dire pour vos petits malheureux. Je sais que vous n'avez rien à vous... que vous êtes parfaitement détaché des biens de ce monde. J'ai lu ça dans un article... Dans *La Vie catholique,* je crois.

Château ? Ça demande des expliques. Où est-il ce château ? Dans la Drôme. C'est un héritage de son mari. Elle est veuve, Hélène, veuve depuis déjà dix ans. Son pauvre Edgar était un homme extraordinaire, on s'en doute. Un militaire de carrière. Gamelin l'aurait écouté en 1940, l'armée allemande était anéantie. On ne l'a jamais reconnu à sa juste valeur. Le château appartenait à sa famille.

Il est tout esgourdes, Frédo, vous vous doutez. Ça fait rêver le mot château. Elle veut le lui léguer. A condition qu'il devienne le siège d'une institution pour la rédemption des jeunes délinquants.

Ça se précise le projet. Mais les jeunes délinquants en question, pour se rénover, reprendre goût au travail, ils devront reconstruire le château.

— Il est en ruine ?

Ça change un peu la perspective. Il se sert lui-même un verre de blanc de blanc.

— Ruine, n'exagérons rien.

Bien sûr, elle explique qu'il y a un peu partout de gros travaux à entreprendre, le mur d'enceinte n'existe pratiquement plus... la tour d'angle sud-ouest est fichue... la poterne... le donjon sont en très mauvais état. Le toit s'est envolé tuile après tuile.

— C'est un vieux monsieur, mais il ne demande qu'à rajeunir.

Frédo ne sait pas trop bien me rapporter si ce castel est du XIVe ou du XVe siècle. Seulement si la toiture n'a pas tenu... c'est à cela qu'on reconnaît vraiment une ruine ! Mme Lafontine, pour elle l'affaire est résolue, les petits délinquants en deux ans, trois ans tout au plus auront remonté l'édifice pierre par pierre... le toit, les fenêtres... la chapelle... le logis avec sa grande salle de réception.

— Où ils pourront jouer au ping-pong.

Une fois le château remis sur tours, le pont-levis en état de fonctionner, tous ces jeunes gens vont pouvoir y vivre une vie de rêve. Frédo s'inquiète... y vivre de quoi ? D'une limpidité claire comme l'eau qui coule dans la petite rivière voisine... Mais des moutons, mon cher Frédo ! La Drôme est un pays à moutons... surtout la région des Baronnies... entre Montbrun et Lachau où se trouve son castel... Tous ces jeunes gens vont s'occuper d'immenses troupeaux...

— Pas pour la boucherie, bien sûr. J'ai horreur qu'on tue les animaux. Non, pour la laine.

Ils vont donc tondre les moutons, nos petits voyous bien réinsérés par déjà deux ans de travaux avec la pelle et la truelle. La laine écrue, on la travaille. Avec des métiers on tisse. La production de cette entreprise suffira largement à faire vivre la communauté.

— Pour le tissage il vaudrait mieux que ce soit des

femmes, d'anciennes prostituées par exemple. Ça ne doit pas manquer, celles qui veulent rompre avec leur vie de pécheresse ?

Il ne sait plus trop quoi répondre Frédo. Il se demande simplement s'il y a quelque chose à tirer de ce projet fumeux. La vioque, une fois lancée, plus rien ne l'arrête. Elle évoque l'avenir aux couleurs tendres.

— Du monde entier, on viendra admirer votre réussite. Et nos jeunes gens et jeunes filles feront souche...

Sans aucun doute. Elle barre ensuite dans la théorie... qu'au lieu de vouloir réformer d'un seul coup toute la société, il est plutôt souhaitable de partir d'un petit groupe humain qui donnera l'exemple.

— Alors les gens souhaiteront vivre comme nous.

Ça navigue un peu vers *Le pèlerinage aux sources* de Lanza Del Vasto, gourou barbu des années quarante, aujourd'hui bien oublié. Et surtout dépassé dans son propre domaine. En fin fond de cellule, j'avais lu sa prose. Il me semble me souvenir que ça donnait aussi dans la bergerie, le tissage... les repas en communauté autour du maître. Il a fait des petits, Del Vasto, des sectes de bouffeurs de marguerites, qui se réfugient dans les montagnes. Toujours autour d'un gourou qui, lui, ne becte pas que des herbes et féconde toutes les bergères avec son gros zob de compétition. Ce que j'ai expliqué à Frédo, qu'il pouvait très bien se métamorphoser prophète... en péplum ça lui masquerait sa brioche. Plus besoin de se mouiller en des maquereauteries tout de même dangereuses pour faire remonter le carbure. Dans ces sectes les fidèles ne sont admis que s'ils se dépouillent de tous leurs biens au profit du représentant de Dieu. Au tissage, les gonzesses ne gagnent qu'un maigre brouet quotidien fait de salades et de graines avec le droit, le devoir de chanter les louanges du Grand Dudule... lui sucer son lingam s'il en manifeste le désir.

Frédo, il se voyait pas dans ce rôle. C'est l'arnaque la plus fabuleuse à mettre sur le même plan à peu près que les chapelles politiques. La contrepartie de tout ça... qu'il faut vivre en de perpétuelles singeries... déguisé Moïse, barbu, le geste onctueux, réciter des versets. Déjà, il en avait son bol, d'aller encore quelquefois à la messe pour donner le change. On venait de le photographier pour *France-Dimanche* sur un prie-Dieu, la tête entre les mains dans une pose de parfaite piété. J'ai découpé la photo... le titre au-dessus. « L'ancien bagnard prie pour les jeunes délinquants »... Je la regarde parfois, elle me rajeunit un peu, comme les images d'Épinal.

— Ces mecs-là, de temps en temps ils descendent de leur montagne. Ils s'en vont prier ailleurs, se ressourcer soi-disant. En réalité, ils descendent à Monaco se la faire grasse et crapuleuse.

Il n'en doutait pas Frédo, mais vraiment, trêve de plaisanterie, il n'irait pas jusque-là. Seulement y avait peut-être un autre moyen de l'utiliser ce château.

Tout ça était encore dans les limbes. Voulait-elle offrir son castel à Frédo en personne ou alors à l'Administration pénitentiaire ? Elle était restée dans le vague à ce sujet et il avait jugé préférable de ne pas lui poser de questions trop précises. Valait mieux prendre ses distances pour réfléchir. Il voulait pas prévenir trop vite l'abbé Lourcelles. Beau être bienfaiteur des loquedus, il se demandait si ce château devenu sa propriété, il pourrait pas ensuite le fourguer. Ça couperait court à tout. Il larguait le foyer et le reste... il s'installerait aux Caraïbes...

— J'emmènerai Solange.

Ça peut vous paraître étrange, mais il en pinçait sévère pour cette môme. Qu'il l'ait placée en maison de rendez-vous, dans son esprit, sa mentalité, n'affectait en rien ses sentiments. De même que les nombreux coups de canif qu'il se permettait d'infliger à leur contrat d'amour. Tout ça se situe sur des plans différents. La charité, le sexe, le fric, les sentiments... il avait une façon à lui de sérier les problèmes, de les faire mieux cohabiter que Mitterrand avec son opposition. Aucun moment je l'ai entendu émettre un commentaire quelconque sur cette conduite pour le moins ambiguë. Non, tout allait de soi. Il était en même temps le bon Alfred Friteau, bagnard régénéré par le don de soi aux autres, devenu éducateur du ministère de la Justice et m'sieur Frédo pour les dames de petite vertu. Tout ça sans éprouver la moindre gêne.

Je me veux, ici, observateur froid et sans état d'âme au sujet de mes contemporains. Je les prends tels. Les comprendre me paraît presque insurmontable. Ils ont des raisons d'être ce qu'ils sont parfois tout à fait cachées... des motivations abracadabrantes... des circonstances atténuantes que personne n'est à même de découvrir. Quand ils deviennent idéologues, les tueurs sont promis aux statues posthumes dans les squares. Frédo s'était échappé de cette condition injuste qui devait le conduire de l'orphelinat à la relégation et de la relégation à la cloche... litron et quignon de pain sur les grilles du métro. Pour s'en sortir tous les coups sont permis.

Mais revenons à notre château. Je vais encore brûler les étapes. Mme Lafontine est montée à Paris visiter le foyer. Elle s'attendait à quoi, je me demande ?... à trouver au réfectoire des jeunes gens en train de chanter des cantiques. Tous ces chnoques, les réalités les blessent, ils voudraient jamais les voir.

Les mômes du centre, les blousons, les rockers, les amateurs de moto, les petits roulottiers et tireurs de sacs à main, ils se sont marrés en apercevant cette dabuche avec son clébard ridicule, son tailleur violet, sa petite fourrure autour du cou et son maquillage outrancier. Frédo m'avait convié spécial. J'avais dû abandonner pour quelques heures un metteur en scène qui me mettait sur le gril depuis un mois pour rédiger un scénario dont la future vedette nous déchirait en petits morceaux toutes les versions les unes après les autres. Au premier coup d'œil, avec ce que m'avait raconté Frédo, je ne la trouvais pas tout à fait conforme à sa loufoquerie. Le genre rédemptrice, nouvelle Arche... Hosanna ! Les fileuses de quenouille... elles sont orientales... avec des robes de bure, spartiates aux pieds malpropres, la tignasse en poil de tristesse. Hélène Lafontine, d'aspect, elle pouvait figurer honorablement en hiver sur la Promenade des Anglais, croiser ses semblables toutes bien calfeutrées d'égoïsmes multiples, d'aigres regrets de ce qui fut et qui s'est fait la paire... le mot se charge de tous les sens ! Entre nous, ça ne fonctionne pas lerche. Instinctif elle me cible dans ses ennemis potentiels. Sourire miel merde. Heureuse, ah ! je suis l'écrivain... Déjà elle me réserve une chambre dans le donjon lorsque le château sera reconstruit.

— Vous pourrez y purifier votre écriture.

Me l'envoie pas dire ! Après tout j'aimerais bien devenir convenable. J'ai du chagrin de ne pas avoir reçu du ciel un don, une inspiration genre *Chiens perdus...* Péguy... Mauriac... *Soulier de satin* ! C'eût été le cas de le dire, pain bénit. Moi aussi revenu de la géhenne pénitentiaire tout à coup illuminé par la Vierge Marie. Ça vous donne de la sainteté dans la pointe Bic. On peut se permettre un brin de perversité, avec une tendance à croquer de la brioche infernale. Ça vous propulse dans les hautes sphères académiques. Vous figarotez, pèlerinez, dialoguez dans les débats, les séminaires de réflexions de plus en plus profondes. En corollaire, les piécettes descendent du jackpot. N'oubliez jamais, âmes sensibles, adulateurs de nos frémissants philosophes... le fric, le pèze, les picaillons, le flouse, la braise, le carbure, l'oseille... la monnaie...

par ici ! toujours la monnaie. « Ni que monnaye qu'on décrie », disait le poète.

Ça rapporte tout de même quelques espèces sonnantes les cris d'angoisse existentielles à deux cent mille exemplaires avec les droits annexes et les invitations caviardesques. Lorsqu'on a couru sa jeunesse après le casse-dalle quotidien, qu'on a risqué tous les déshonneurs, essuyé les tirs de barrage autour de la diligence aux cent mille écus... qu'on a chuté dans les traquenards des délateurs pour aller goûter ensuite les délices de la nouvelle cuisine fresnoise... on a du mal à s'extirper de l'arrière-pensée le bénéfice exact de nos productions artistiques.

En tout cas chez cette aimable dame, cette belle Hélène Lafontine, je subodore quelque chose de pas très clair. Elle est pas à l'évidence comme Jeanne-Marie toute pure dans ses intentions charitables. Ce qui ne retire rien à sa dinguerie, de ce côté-là elle transporte sa cargaison. Ça n'empêche qu'elle garde le sens de ses intérêts.

Je suis aussi troublé par le fait qu'elle n'ait aucune photographie de son château. Elle a oublié d'en prendre. Ça ne paraît pas de bon augure.

Tandis que nous déjeunons au réfectoire du foyer, je m'enquiers de ses bonnes intentions... si elle prévoit, par exemple, de quitter son appartement niçois pour rejoindre la communauté.

— La communauté n'est qu'en devenir, mais dès qu'elle *sera,* je viendrai vivre parmi vous...

En devenir !... elle risque d'y rester longtemps. Son castel... donjon... poterne... pont-levis et tourelles... n'est plus qu'un tas de pierres... Il s'agit d'une recréation... un boulot pour le ministère des Beaux-Arts. Ça demanderait des années sans doute et surtout des capitaux. C'est par là qu'elle spécule la vioque. D'abord en précisant que sa donation ne sera effective qu'après sa mort... Elle a l'air solide dans ses rides et sa sécheresse. On rencontre de ces douairières sur la Côte tout emperlousées qui s'éternisent dans les Carlton, tous les raouts... les tapis verts de la Principauté. De toute façon, sa ruine ne reviendra pas à Frédo au cas où elle décéderait rapidos. Elle s'est garantie contre toutes les tentations homicides de ses ayants droit. Ça sera une association d'aide aux anciens détenus qu'elle projette de fonder qui héritera. En échange de ce testament, les membres de l'association s'engagent à remettre le castel dans l'état où il était au xve siècle, plus l'eau courante et l'électricité, il va sans dire.

Adieu donc moutons, tissage et château ! Frédo drive la mémère chez l'abbé, qui est plus à même de se faire une opinion. Consciencieux, celui-ci ira jusque dans la Drôme voir les choses de près. C'est ainsi qu'on connaîtra l'état exact des lieux que je vous ai indiqué plus haut. Une catastrophe ! La nature a repris le dessus, les herbes, les arbres, tout repousse parmi les éboulements, les amas de pierres. On ne distingue plus le château que par une tour à moitié debout. C'est à la Révolution, paraît-il, que les croquants des environs se sont lancés à l'assaut de ce symbole de la tyrannie, qu'ils ont sodomisé la marquise, liquidé toutes les victuailles, empalmé toute l'argenterie avant de foutre le rif... Nullement soucieux, les affreux, de notre patrimoine culturel. C'est d'ailleurs une invention assez récente cette protection des vestiges artistiques. Jusqu'alors, une révolution, une guerre faisait table rase, on liquidait tout de la religion en place... tous les prélats, les vicaires... les possesseurs, les dirigeants. On anéantissait toute la quincaille artistique... les statues... tous les bibelots... les orfèvreries... les vitraux de la cathédrale. A présent on est, dit-on, respectueux... On préserve, on finirait par vivre dans un musée, mais les barbares sont toujours là, ils se sont métamorphosés promoteurs. Sans cri, sans flamme, sans haine, sans proclamer une nouvelle foi, ils se chargent d'exterminer tout ce qui peut se mettre en travers de leurs bulldozers.

Je vous referme donc cette parenthèse... l'esquisse d'une reconversion de Frédo à l'écologie. Depuis elle a progressé. On va bientôt revenir aux brebis, aux pâturages, aux flutiaux des satyres rustiques. Mme Lafontine, elle est retournée s'achever l'existence au soleil. Elle a écrit à Frédo. « Je suis déçue encore une fois... » Lui aussi il était déçu... jamais il deviendrait châtelain, c'était pas inscrit dans son thème astral.

Le succès aidant, il jouait de plus en plus sur tous les tableaux. Par relations, appuis au ministère, il faisait venir au foyer des lascars qui ne relevaient plus tout à fait du repêchage social. Il avait fait élargir les tranches d'âge pour les tentatives de rénovation. Ses jeunes délinquants, certains dépassaient maintenant la trentaine. Il appuyait leur demande de liberté conditionnelle avec succès. Ça devenait carrément de la magouille. On murmurait dans les chaumières du Milieu des chiffres... ce que ça coûtait en talbins de bonne monnaie, une admission au centre de réinsertion de Saint-Ouen. Certains soirs, dans son bureau, on tapait le poker des hommes. Ces nouveaux stagiaires faisaient vaguement acte de présence. Dans la journée ils partaient à la recherche de travail, prétendaient-ils, et ne rentraient que très tard au foyer. Bien après l'heure de fermeture.

Solange avait pris du galon, elle voyageait par Air France pour accompagner des messieurs bien sous tous rapports dans leurs safaris. D'après les Yeux Bleus, elle faisait maintenant partie d'un des réseaux de call-girls les plus huppés de la capitale... celui dont la taulière a encore défrayé naguère la chronique des faits divers.

Toutes ces aimables activités ne lui permettaient plus de rencontrer si souvent son saint homme de Frédo. Ça s'espaçait, les étreintes. Elle avait pourtant loué un studio dans le XVIe où il allait la retrouver de temps en temps. Ça n'était plus comme au premier jour du monde lorsque Adam découvre Ève dans le jardin d'Éden. On se lasse pas à proprement dire… on se prélasse et la paresse dans ce domaine n'est pas mère de jolis vices. Et aussi, l'air de rien, il avait dépassé la cinquantaine… il bectait trop, itou buvait… N'empêche il allait toujours faire quelques politesses entre d'autres cuisses. Alors… arrive l'accroc, surgit la cagade… Elle a appris, la belle Solange, qu'elle n'était plus la seule pouliche de l'écurie. Radio-putes ça fonctionne encore mieux, et à toute heure, que le fameux téléphone arabe. Il avait placé, je vous ai dit, Karine sur un morceau d'asphalte, mais ça c'était plutôt un service qu'il lui avait rendu… Avec ses petits potes zonards, elle tournait bordille. Elle s'offrait à n'importe qui pour n'importe quoi. Il avait pris un arrangement avec je ne sais quel maque et sans doute avait-il touché une prime au départ, sans plus.

Sa dernière conquête c'était plus sérieux, la sœur d'un jeune du foyer. Un soir, elle était venue pour rendre visite à son frangin, elle s'inquiétait qu'il ne donnait plus signe de vie à sa famille. La bonne raison… qu'il était retourné au trou pour une bagarre… une histoire de rixe au couteau. Inculpation de coups et blessures. Dans ces cas-là, la liberté conditionnelle saute. Frédo était là, de garde, il se relayait avec Mireille et Patrice. La petite était venue pleurnicher dans le bureau de m'sieur le Directeur. Une nommée Patricia… il y en a des bottes dans cette génération, comme des Germaine en 1900 et des Jacqueline après la guerre… Une jolie petite frime, des bouclettes… accorte des miches et des roberts. Fraîcheur… naïveté sans doute. Entrant chez Frédo, c'était encore une fois l'histoire du Chaperon dans l'antre du grand méchant loup. Il allait, bien sûr, s'occuper actif pour faire ressortir son grand frère et c'était vrai, dans ce domaine il tenait ses promesses. Voilà.

— Séchez vos larmes, Patricia.

Paternel il l'avait prise par l'épaule... il a sorti lui-même de sa poche un grand mouchoir à carreaux : « Merci, m'sieur le Directeur !... Vous êtes bien gentil, m'sieur le Directeur. — Appelez-moi Frédo, ma jolie... mais oui, je vous trouve jolie et je m'y connais. » Je vous esquisse, invente à peine le dialogue. La plupart des gonzesses il les passait à l'attendrisseur en évoquant sa triste enfance... Montesson... la colonie pénitentiaire de Mettray. A présent ce que subit le frère de Patricia n'est que nougatine en comparaison. D'après son propre récit, il l'a sabrée ce premier soir... là, sur le bureau. Il a repoussé le sous-main, les dossiers en urgence et il lui a glissé sa vive affection entre les cuisses sans plus attendre.

Je me la donne tout de même de ce genre d'anecdote gaillarde... la vantardise masculine aidant, ça vous amène des améliorations fulgurantes. Peut-être l'a-t-il subornée plus en douceur après quelques rencontres flirteuses. Savoir ? Cette Patricia travaillait dans une grande surface, du côté d'Asnières. Pour se garder son emploi au SMIG fallait qu'elle turlutte le chef de service, le délégué du syndicat, le chargé de l'embauche... le sous-directeur... le gérant, que sais-je encore ? Ça fait du monde pour une simple petite minette. Y a maintenant des lois pour éviter ces abus... l'harcèlement sexuel prohibé de nos mœurs. Quelques gravosses, prix à réclamer, tronches en biais, sont venues à nos télévises nous expliquer leurs luttes contre les débauches auxquelles elles ont échappé grâce à leur courage personnel. On les a crues sans mal. Aujourd'hui ces comportements odieux ont-ils disparu de nos entreprises ? L'ère est-elle enfin venue des bites assagies dès que franchi le seuil de l'usine ou du bureau ? Peut-être, mais au moment où se déroule mon récit, n'est-ce pas, ça y allait sévère dans les magasins d'alimentation... les cabinets d'huissiers, les silos à grains. Dès qu'ils pouvaient s'offrir à l'œil une foufoune, une gâterie buccale, les patrons, les maîtres, chefs de chantier... sous-fifres de rayon, ils se privaient de s'offrir des privautés galantes.

D'où ce raisonnement que Frédo a fini par développer à la douce enfant après qu'elle lui eut narré ses tribulations de grande surface où papa Mammouth n'écrase pas seulement que les prix... N'est-ce pas, tant qu'à se faire trombiner par les sagouins de la hiérarchie du travail pour s'accrocher à un salaire misérable, autant se professionnaliser le popotin en des lieux moins austères.

Frédo, ça lui prend pas trop longtemps de convaincre une môme de ce bon sens. Pour qu'elle passe ensuite à l'action, il lui aplanit les obstacles. Elle ne pourrait pas se lancer dans cette carrière de bite en blanc !... partir à la recherche du micheton au hasard des rues et des bars. Les bonnes chasses sont gardées par toutes sortes de barbillons, par les filles elles-mêmes peu accueillantes pour la concurrence, et par les volatiles du Quai des Orfèvres.

La douce Patricia, Frédo l'a envoyée chez Mme Lucy, la même taulière que Solange. Mme Lucy, ça se situait donc avant 1976, époque où cette fournisseuse de chair fraîche est tombée pour proxénétisme aggravé. Elles se croient toutes protégées de toutes les vicissitudes, ces pourvoyeuses de fesses, elles ont dans la poche un maire, un député, un ministre, un préfet... quelqu'un de bien et haut placé auprès du président d'une assemblée. Pof ! Le ministre est viré, le préfet muté à Wallis-et-Futuna, le président avale son acte de naissance et salut le condé ! Une escouade de moustachus débarque dans la ruche en pleine activité. Adieu miel, madame la reine... elle s'en va passer ses vacances de neige aux frais de la République une et indivisible et devenue prude comme une chaisière.

Ceci est une autre histoire. Vous en lisez d'ailleurs les chapitres dans votre presse quotidienne. Au moment où Patricia est incorporée dans le régiment de Mme Lucy... aucun problème... ça baigne encore dans l'huile parfumée. Elle va devenir une bonne petite soldate de la luxure. Elle a, paraît-il, des dispositions. Ce que me confie Frédo puisqu'il a fait les essais en pole position.

— Elle t'arrache le copeau comme une grande. Et surtout elle a une bonne mentalité.

La clef de tout en voyoucratie. La mentalité, c'est ce fameux code de l'honneur du Milieu dont parlent à lure-lure certains romanciers. Elle est faite de bien savoir fermer sa gueule, de payer ce qu'il faut à qui il faut. Elle se perd, dit-on... elle s'est toujours perdue, si on garde un peu de mémoire pas trop sélective. Partout on rencontre les mêmes vilenies, les mêmes défaillances. En terre malfrate tout est plus clair, d'une férocité primitive. La sanction la plus courante pour les infractions au code de la mentalité, c'est la peine de mort. La plus élémentaire prudence vous commande de le respecter.

Il s'était vu devenir radjah carrément, mon vieux Frédo... qu'il ne pouvait rien lui arriver. Pourtant Solange a très mal envisagé d'être mise en double file ! Jusque-là tout de même il lui avait joué la musique de l'amour — toujours revue par la mythologie du couple truand-pute. On joue sur les mots, Solange ne se considérait pas comme une pute. Dès qu'elles officient dans les plumards à baldaquin, les fesses sur la soie... le champagne au frais, elles n'aiment plus entendre certains vocables. Elles préfèrent rester dans le vague... les affaires, la communication. Y a des professions maintenant plutôt imprécises... conseillère en marketing... psychologue d'entreprise... etc. Il est plus courant de dire qu'elles se défendent. Ça reste la meilleure définition.

Solange, elle aidait Frédo pour son foyer... son merveilleux cul au service d'une œuvre charitable... le fin du fin ! Ça peut paraître incroyable, ç'avait pourtant démarré de la sorte... sur ce genre de programme que Frédo l'avait convaincue. Donner le plus cher d'elle-même pour la cause des déshérités. Petit à petit, bien sûr, les faux frais en fringues... voyages, les restaus avaient pris la part du lion. Frédo, ça lui arrivait vraiment d'aider en espèces sonnantes des petits malfrats en difficulté. Il était de nature prodigue, ça lui facilitait l'entretien de son image de marque philanthropique.

Je n'ai jamais bien su exact ce qu'elle lui reversait de ses bénéfices. Il pouvait pas l'attendre chaque soir pour lui retourner son sac à main. Il avait tendance à se faire mousser lorsqu'il me racontait ses aventures. Il m'accordait une grande confiance puisqu'il est venu un soir m'affranchir du premier outrage qu'il subissait de plein fouet depuis sa sortie du placard.

— Solange m'a fait la valise !

Façon de dire, ils étaient pas en ménage, Solange habitait dans son propre appartement. Il avait la tronche en berne... les commissures des lèvres en descente, les yeux tristes. Les gens non avertis, les superficiels, ces détails peuvent leur paraître incongrus... tout à fait insensés.. qu'un ancien bagnard comme Frédo qui exploite le pain de fesses se chagrine pour une nana, fût-elle une ex-enfant de Marie ! Après tout c'était peut-être précisément pour ça. Il l'avait sortie de son bénitier pour en faire une call-girl. Paf ! en deux coups les gros... ça, ça mériterait d'être appelé génial si ce mot ne se galvaudait à la moindre idée sortie du trou du cul d'un pétomane. J'étais témoin de ses divers avatars... la dernière fois que je l'avais aperçue, elle sortait de sa petite Austin, juchée sur des tatanes

Jourdan, l'allure... le mouvement d'algue du prosinard... elle cueillait les mecs dans les meilleures règles de l'art. Qu'ils s'illusionnent pas qu'ils allaient lui passer la pogne au valseur sans transpirer auparavant dans les bagatelles de la séduction. Et je ne parle pas encore d'argent, c'est trivial, ça se règle dans les vapeurs de la luxure sans prononcer de chiffre.

— J'en ai gros sur la patate.

Il y va, il avoue. Un julot en peine, c'est aussi triste que le jeune Werther. Il se tape une rasade de scotch pour se remonter le moral. Dans ces affaires, dès qu'on a attrapé un peu d'âge, on se sent vieillir brusquement lorsqu'une nana vous largue. Surtout qu'elle lui rend plus de vingt piges, Solange, ça compte au tableau de bord.

— Elle m'a cassé le morceau au téléphone. Tout vidé son sac. Une copine lui a balancé que j'ai envoyé Patricia chez Mme Lucy, tu parles d'une salope !

Superflu de la qualifier ainsi. C'est son métier, faut pas lui reprocher de faire des heures supplémentaires.

— Qu'est-ce que tu lui as répondu ?

— Rien. Pour une fois j'ai manqué de toc. Je l'ai laissée dire et puis j'ai raccroché.

Ce qui me déplaisait dans son histoire, c'était le téléphone. Engin du diable et des flics. De nos jours ils en apprennent davantage par les écoutes que par les indics. Pourquoi les cow-boys de la territo n'auraient pas monté une *construction* sur la ligne téléphonique du foyer ? Professionnellement, on n'aurait rien à leur reprocher. Pas voulu lui faire cette remarque sur le moment, crainte de le vexer sans doute, mais j'aurais dû. C'était à vrai dire le seul conseil utile que je pouvais me permettre... qu'il ne faut jamais sous-estimer les flics. Ne pas les prendre pour des cons, c'est ça le vrai commencement de la sagesse.

Il chagrinait sincère, je fus témoin. Certes, il allait pas larmicher devant moi, mais Solange il y tenait autrement que pour des raisons bassement pécuniaires. Il n'envisagea pas un seul instant d'employer les méthodes habituelles du maque floué... la récupération de sa pouliche suivie d'une sévère bastonnade dite « massage sicilien » et de son expédition dans une taule d'abattage à Abidjan. Avait-elle prévu une pareille éventualité avec les moyens de la prévenir. Ce que m'argumenta Les Yeux Bleus un peu plus tard... elle avait pu écrire une bafouille expliquant la situation. Lettre à envoyer chez le procureur de la République en cas de... Ça me paraissait du roman. Frédo ne pouvait pas pousser les choses dans ce sens-là. Et il n'en avait pas envie. Il avait tout de même décroché d'avec les mœurs les plus barbares du Milieu. On ne joue pas au saint homme impunément, si je puis dire. Ce que les Yeux Bleus résumait en disant que pour bien faire le maque, il faut le faire à temps complet.

Le commun des caves ne se figure pas ce que ça demande de soins, de surveillance, de précautions, d'avoir une ou plusieurs ponettes dans une écurie de julot. Elles sont tout le temps à la merci des pires tentations, de la jalousie des concurrents, de la cupidité des uns et des autres, de la délation et de ce qui s'ensuit... la pression policière. L'homme doit déjouer tout ça, armé selon le moment d'un Beretta, de diplomatie ou d'enveloppes. Si en plus de ça il milite pour la réinsertion de la jeunesse perdue, ça dépasse les forces d'un superman...

Puisque j'en suis à Solange, et que je connais la suite de son itinéraire, je vais vous l'achever. Il n'est pas conforme aux us et coutumes d'un roman classique, mais nous n'en sommes plus à respecter les règles du XIXe siècle. Combien de temps a-t-elle continué à éponger l'humanité opulente perturbée de la braguette ? Je ne saurais vous dire. En tout cas, après Frédo, elle s'est émancipée totale et elle a abandonné sa lucrative carrière à peu près à l'époque de l'élection de

François Mitterrand... ne voyez aucune relation de cause à effet avec cet événement. Arrive le moment pour les putes comme pour les boxeurs où il faut savoir ne pas remonter sur le ring une fois de trop. Elle s'est recyclée dans la librairie, une boutique je vous dirai pas où, mais fréquentée par la meilleure clientèle. J'ai reçu une bafouille un jour pour me demander d'y aller dédidacer mon dernier ouvrage. Comment faire le rapprochement ? C'était signé d'un S suivi d'un patronyme que je ne connaissais pas. J'ai la sainte horreur des séances de dédicaces. Triste exercice de vanité, mais il paraît que ça aide la vente. Mon idéal serait de fourguer toujours quarante ou cinquante mille exemplaires, sans articles, sans interviews, sans télévise, sans blabla... service après-vente. Sans photographie non plus. On demande pas au cochon de commenter le boudin.

Au téléphone j'ai dit à cette dame S je ne sais quoi, que je n'avais pas le temps... j'ai prétexté un bobard quelconque. Elle m'a tout de même demandé de passer jusqu'à sa librairie, elle voulait que je lui dédicace son exemplaire personnel, une édition originale de *La Fermeture*.

— Soyez gentil, venez, j'ai une surprise pour vous.

La voix me disait quelque chose de plutôt suave. Ça m'a incité à répondre à son invite. La librairie, d'aspect, était plutôt gallimardeuse... des espaces blancs autour d'une typographie des plus simples. De ces livres qu'on vous vante à longueur d'articles dans les revues huppées... l'hermétisme... les sollerseries... Personne ici ne pète sans une référence à Montaigne, Kafka, Spengler... et Proust donc !

Qu'allais-je foutre dans une telle galère ? Tout s'est éclairé en apercevant Mme la libraire... Nulle gourance, la belle Solange en sa dernière métamorphose. Pris quelques carats, certes, mais pas dans la graisse, dans les bourrelets, la cellulite... juste quelques légères rides... des petits riens. Je me suis fait le calcul mental qu'elle naviguait dans les eaux de la quarantaine. De son côté peut-être a-t-elle fait la même opération, seulement moi ça devenait plus sérieux... plus question de jouer les godants chez Castel ou chez Régine, on ne séduit plus qu'au carnet de chèques passé le cap des soixante carats. Elle avait encore gagné en classe, la vache. Toujours mince, le geste harmonieux. Elle donnait maintenant dans le culturel... Ses clients, surtout clientes venaient chuchoter les derniers soupirs de la mode. « Avez-vous lu ?... C'est tout bonnement génial ! »

Elle en a lâché une, une cliente je veux dire, pour me réceptionner comme il se doit. Elle fonctionnait à merveille dans la légère complicité... les choses non dites mais cependant si bien comprises. Elle ne pouvait pas ne pas savoir que je savais tout... ou presque. Elle faisait semblant de me croire ignorant de ses turpitudes passées. Elle m'a conduit à l'écart dans une sorte de petit bureau arrière-boutique. On a conversé sous quelques portraits de grands plumitifs... phares de la pensée... la littérature contemporaine. Je vais pas vous les énumérer. Ceux qui n'y sont pas, ça risquerait de les vexer. J'en rencontre parfois quelques-uns, j'en passe et des plus B.H.L.

— Je ne m'attendais pas à vous trouver ici.

Presque déplacée ma réflexion. Je me suis rattrapé aux branches en évoquant l'abbé Lourcelles... l'époque où elle fréquentait la rue d'Assas, les tables saintes et les conférences sur la divinité du Christ. Pas le moins du monde gênée par mes allusions. L'abbé Lourcelles vit maintenant retiré dans un monastère dans les Côtes-du-Nord. Il a abandonné son apostolat auprès des taulards pour raison de santé. Elle ne le voit plus... une petite brouille, oh ! sans importance, qu'elle préfère ne pas préciser.

— Mais je n'ai pas cessé de croire pour autant...

Après tout ce n'est pas si surprenant, les rapports entre Dieu et les péripatéticiennes ont toujours été empreints d'une sainte compréhension. Ça remonte à Marie-Madeleine sans doute... le mythe de la pécheresse rachetée. En outre, aux temps flamboyants des maisons closes tolérées, les archevêques n'oubliaient pas de passer à la caisse derrière laquelle trônaient d'avisées tenancières qui savaient d'instinct que leurs pensionnaires n'étaient après tout que des nonnes à l'envers.

Je me suis fendu d'une dédicace un peu ironique, ambiguë, mais affectueuse, sur son exemplaire de *La Fermeture.* On n'osait pas parler de Frédo et pourtant il était là entre nous. Depuis qu'elle l'avait largué, ils ne s'étaient jamais revus. Elle avait pris ses distances en déménageant sans laisser d'adresse. D'autres épisodes plus importants sur la trajectoire de mon pote avaient occupé l'avant-scène. Je vais vous les relater par le menu, bien sûr. Le foyer de Saint-Ouen, c'était class... La maladie et la police s'en étaient mêlées. Ça se bousculait les souvenirs, tout ça pédalait dans la semoule.

— Ça fait longtemps que vous avez cette librairie ?

Je n'ai pas le tutoiement facile surtout avec les femmes. Je ne dis pas forcément tu à tous ceux que j'aime, mais ça m'arrive plus souvent avec mes ennemis. L'insulte se tutoie. Elle m'a répondu que ça faisait deux ans.

— J'ai préféré avoir une activité pour garder une certaine indépendance vis-à-vis de mon mari.

Ce que je ne savais pas encore, que son histoire se terminait par un mariage. En robe blanche... n'allons pas jusque-là, mais tout de même célébré à l'église. Vous devinez, lectrices chéries, que le mari est plutôt renforcé du compte en banque. Même carrément au cœur d'une place forte, non nationalisée. Héritage presque direct d'un arrière-grand-papa. La jolie trajectoire, je sifflotais interne. Elle avait frôlé les rapides sur sa fragile embarcation, esquivé bien des récifs, mais elle était revenue en somme à la case départ de sa bonne bourgeoisie chrétienne. J'aurais voulu applaudir, je ne pouvais qu'admirer en secret sa performance.

Le téléphone a sonné, nous a cassé je ne sais quoi... peut-être une conversation qui aurait glissé progressif vers les confidences plus intimes, plus curieuses. Elle était en jupe droite et chemisier blanc. Je gaffais sa poitrine tandis qu'elle bigophonait. Sous son chemisier clair, soyeux, ça avait l'air de tenir la route. Y avait ce léger frémissement quand elle bougeait qui vous porte à des rêveries. De temps en temps, elle me jetait un regard que j'interprétais de connivence... Je l'ai quittée ensuite sur une vague promesse... oui, oui... mon prochain livre je viendrai le dédicacer ici. On fera une petite fête, et elle tâchera de faire venir l'abbé Lourcelles qui serait sûrement heureux de me revoir.

... Façon de dire. L'abbé me ciblait à peu près complice de Frédo qui l'avait déçu comme on va voir. Je reviens donc à cette scène de chagrin d'amour. Bien sûr il travestissait son désarroi, sa peine réelle en attitude de dur. Il exprimait des velléités de réagir en *homme.* Sa position sociale maintenant l'en empêchait. Qu'il s'avise de franchir une certaine ligne, ça pouvait tourner catastrophe. Question fric, il écraisait... Rien à foutre !... avec Patricia la relève était in the pocket. Je subodorais aussi qu'il mordait de plus en plus à de nouvelles magouilles pour s'offrir quelques douceurs.

Bref, l'abandon de Solange l'a perturbé sérieusement pendant quelques semaines. Pour se consoler il a redoublé de la fourchette et du jinjin. A chaque visite je le voyais prendre du poids. Avec sa tronche couperosée, il avait l'air à présent d'un commissaire de police confortable modèle avant-guerre. Un comble ! Il tenait plus dans ses costards. L'ensemble tout de même, cette masse, restait inquiétant. On n'avait pas envie de lui chercher des agaceries.

Un soir, passant à l'improviste à Saint-Ouen, aux abords du foyer ça s'activait... des ombres avec des paquets, des valoches que ces ombres sortaient d'une camionnette. Une fenêtre du rez-de-chaussée du centre était ouverte et quelqu'un à l'intérieur réceptionnait les mystérieux bagages.

Hésitation, l'envie de me tirer en lousdoc... Rien avoir vu. Ne rien retenir. L'amnésie partielle, ça vous évite bien des compromissions fortuites. J'étais pas là, telle chose ne m'advint pas. Malheureusement Frédo m'a aperçu, il faisait le serre depuis une fenêtre du premier. Il m'a hélé gestuel... Il est descendu m'ouvrir la porte d'entrée... visiblement fébrile.

— T'as rien vu ?

Ses premières paroles... Il m'entraîne sur la droite. Dans son bureau ça s'agite. Je veux surtout pas en apercevoir davantage. Il m'emmène à la cuisine. J'ai reconnu vaguement deux jeunes du centre, près de la camionnette rue des Ateliers.

— J'ai rien vu, Frédo, mais je peux me permettre de te dire que tu déconnes un maxi.

A l'évidence, ça balluchonne... des petits en rénovation entreposent au foyer même de la camelote chouravée . Des postes de radio, des télévises, de l'appareillage ménager. Ils ont dévalisé sans doute un magasin, un dépôt de supermarché. Il est louf de se permettre une telle dérive, le Frédo ! Pur et simple il dort sur de la dynamite. Et puis alors ça le rabaisse, ça manque de classe... que le responsable d'un foyer de réhabilitation, l'ancien bagnard Alfred Friteau retourne à ses bas vomissements.

— Tu te rends pas compte, merde ?

Non, pas tellement. Lui, il ferme les yeux sur ces activités délictueuses de ses ouailles. Il est pas là à ce qu'il paraît. Ailleurs on peut témoigner de sa présence... des gens de confiance, bien sûr. Je lui argumente qu'au moindre pépin, une ronde de flics, un gosse qui se met à table... il va se retrouver en carluche. Il se goure peut-être pas... il a pas mesuré combien il a fait d'envieux, de jalminces de tout poil qui se feront une joie de le piétiner, glavioter... dévorer tout cru. Il se marre de ma sonnette d'alarme, il ne peut rien lui arriver. Il croit vraiment qu'il est devenu invulnérable. Poussé dans la truandaille, il peut pas s'empêcher d'y revenir, y barboter. Déjà toute son activité maquereautine est un défi au bon sens. Là, c'est le comble... du délire pur... à la limite de la connerie. Et ce que ça lui rapporte ? Pas lerche d'après ce que je comprends. Non, il récolte juste quelques cadeaux... des bricoles. Il s'en fout !

— Ils se font un peu de blé pour la période où ils quitteront le foyer.

La douloureuse... Quatre à six mois, ils sont hébergés, je vous ai dit. Après ça, faut qu'ils se trouvent une piaule à louer. Les boulots qu'ils décrochent, on se doute que c'est pas des places de cadres dynamiques... Alors ça fait partie de ses méthodes pédagogiques de les laisser se débrouiller un peu à la foire d'empoigne. Il ne croit plus à sa mission que devant les journalistes, les sociologues qui se pointent toujours pour l'interroger. On lui envoie des psy en stage, des drôles de lascars à longs cheveux rescapés des barricades de 68. L'un d'eux a préconisé aux mômes d'aller faire les tasses... enfin, les pissotières étant démolies, d'aller racoler les vieux pédés dans les secteurs de Paris où ils se retrouvent... à Saint-Germain-des-Prés, la rue Sainte-Anne, les jardins des Tuileries, etc. Son raisonnement à ce pédagogue... qu'il est préférable de se faire miser que d'entrer dans le cycle infernal du capitalisme : métro, boulot, dodo.

— Celui-là, je l'ai attrapé par le fond de son froc et je l'ai viré sur le trottoir.

Indigné Frédo, mais il me raconte ça tandis qu'en

dessous, dans la cave du foyer, deux trois petits malfrats entassent leur butin. Ça, il y voit rien à redire. Il a un sens des valeurs... de la morale tout à fait à lui.

Avec la mémoire on a des surprises. A quel moment situer cet épisode?... Ça m'avait paru tellement extravagant que Frédo fasse le fourgue à même le foyer... Je me le remémore dans un brouillard... et je suis sûr d'ailleurs que c'était un soir brumeux que ça se passait. Est-ce avant ou après la rupture avec Solange? Après sans doute, pendant cette période où il perdait un peu la maîtrise de lui-même. Me reviennent en fouillis des souvenirs. Ce voyage à Metz dans la voiture du professeur Lucrin. Professeur de quoi? de droit, il me semble... spécialiste des questions judiciaires. Auteur d'ouvrages savantissimes. Un militant des réformes les plus audacieuses. Il nous a conviés à débattre de la condition pénitentiaire dans une maison de la culture près de Metz... Frédo a insisté pour que je sois de la partie. Le professeur Lucrin nous véhiculait dans sa DS 19. Et pourquoi Mireille était-elle du voyage elle aussi? Nib d'explication. Le professeur a dû l'inviter en venant au foyer et elle a accepté pour se changer un peu les idées. Je crois que c'est un peu après que son bel Agadir... Youssef Ben Faoud s'était fait envelopper par la Brigade de répression du banditisme... Elle en avait du chagrin... un étalon pareil ça se retrouve pas toutes les nuits.

Le professeur Lucrin dans le genre il est tout ce qu'il y a de supportable. En dehors de ses conférences et débats, il est plutôt joyeux drille. Il a l'œil ironique derrière ses grosses lunettes. A table il dentelle pas dans les régimes. La côte de bœuf arrosée d'un gouleyant bourgogne ça vous en dit parfois plus sur un homme qu'une thèse.

Mireille, avec les années, elle s'élargit du popotin. Depuis qu'Agadir est au gnouf, elle se repositionne davantage en compagnie du saint bagnard. Elle se colle près de lui pour les photos. Dans *Ici-Paris,* ils lui ont consacré un article : « J'ai sauvé Alfred Friteau à sa sortie du bagne ». Excessif peut-être, mais il y a une part de vérité dans cette assertion. Au foyer elle fait encore un énorme boulot, elle soigne toujours les malades, les blessés... ceux qui se sont bagarrés... qui ont pris des coups de lame. Elle gère toujours et se débat dans cette paperasserie inhérente à toute entreprise...

Pour aller à Metz, alors, on n'avait pas d'autoroute, c'était presque encore comme en 1944, lorsque je me traînais vers le front de Lorraine avec deux brigands d'un autre âge[1] dans une vieille traction avant. On roulait paisible dans une campagne qui vous arrache pas des soupirs d'émotion esthétique. Le professeur, aimable, nous entretenait de choses puis d'autres, de Giscard d'Estaing qui venait d'ouvrir magique toutes les braguettes en autorisant la commercialisation des films pornos... de Nixon ou de Brejnev... de ces gens qui vous nourrissent les conversations quelques mois, quelques années et puis disparaissent.

Tout à coup, boum ! C'est parti. Comment ? Je pourrais vous reconstituer une scène en faisant appel à mon imagination fertile, honnêtement je préfère rester dans le vague. Toujours est-il que ç'a tourné vite fait vinaigre entre Mireille et Frédo. Il a voulu la rembarrer... un motif futile. Elle s'est rebellée sec. Fallait pas tout de même qu'il pisse dans les épinards. « Je me dévoue assez pour tout le monde. » Il a dû répondre que son dévouement, il s'en essuyait le pourtour anal, quelque chose d'aussi gratifiant. Il avait le chic et le choc des formules. Un langage fallait entendre... pur jus de ruisseau et tinettes de bagne. Ça ne s'apprend pas ailleurs. Partout à présent sévit un argot de cheftaine,

1. *Bleubite,* roman, Paris, La Table Ronde.

d'étudiant qui ne savent que répéter inlassablement quelques mots, quelques formules qu'ils usent jusqu'à les rendre inconsommables...

Ça s'est envenimé leurs échanges verbaux... et c'est sorti des limites permises. « Me prends pas pour une conne, Patricia elle est chez Lucy ! Je le sais... — T'as picolé, merde, pour balancer des trucs pareils... » Etc. Glissement progressif, n'est-ce pas, sur un terrain vraiment fangeux. L'autre, le prof, il mouftait plus, tout à son volant, semblait-il, mais il en perdait pas une. Mireille qualifiait Patricia de petite salope, ce qui se dit couramment d'une rivale sans que ça porte à conséquence, mais la suite devint tout de suite plus glandilleuse.

— Combien elle te rapporte, gros maquereau ? Hein, avec quoi tu l'as payée ta bagnole ? Le pognon de son cul !

C'est vrai qu'il venait de s'offrir une nouvelle tire... qu'il se sapait de plus en plus dans les tissus anglais... qu'il s'affichait un peu trop dans l'aisance matérielle pour un émule de l'abbé Pierre. Maquereau encore il aurait admis après tout, avec Patricia aussi bien qu'avec Solange et même la môme Karine, son rôle pouvait se définir de la sorte. Mais le gros, là, ça l'a vexé majeur. On prend de la brioche, des bajoues, seulement on n'aime pas se le faire dire. Gros con, par exemple, incontestable ça irrite davantage que con tout court. La Mireille lancée dans sa fureur, elle perdait toute notion de prudence. Le professeur, c'est comme s'il n'existait pas... un courant d'air qui conduit la voiture. Elle sortait le linge sale... les serviettes, les torchons, les slips cacateux... Obligatoire que Frédo lui tarte la gueule pour conclure. J'ai oublié de vous dire que, lui, il était à l'avant près du chauffeur et Mireille avec moi sur la banquette arrière, position topographique qui ne facilite pas les soufflets conjugaux. Il s'est tout de même retourné, Frédo, soulevé de son siège, penché pour l'atteindre du revers de la pogne. De ce fait, il a mal ajusté son tir... juste frôlé le nez de sa chère compagne. « Salaud ! Ordure ! Touche-moi encore et j'irai tout dire au commissaire Plankard ! » Lecteurs, lectrices charmantes, un petit effort imaginatif... mettez-vous un peu à ma place. Ça tournait vraiment excessif ce débat d'idées. J'ai essayé de retenir Frédo qui escaladait l'appui de son siège. Le professeur en contrecoup perdait le contrôle du véhicule... Fort heureux, la circulation sur cette route n'était pas intense. Juste il a dévié sur sa droite, vers le bas-côté, l'herbe verte... donné un coup de frein sec pour éviter qu'on se plante dans un arbre. Juste la roue avant droite avait glissé dans l'ornière. Le choc nous a brusquement ramenés à la sérénité. Le professeur m'a surpris. Pas manqué de toc... il s'est mis à rire.

— Voyez ce que c'est que de se disputer !

En nous grondant de la sorte, il ramenait cette guerre à des proportions enfantines en quelque sorte. C'était faire preuve d'intelligence de la part d'un intellectuel comme cézigue. Assez souvent, sortis des livres et des colloques, ils sont bons à nib sur n'importe quel terrain. Par souci de tout disséquer, tout expliquer, ils s'emberlificotent dans les situations les plus simples.

Là, il avait sûrement entravé la coupure, le professeur Lucrin, mais il a jugé préférable de ne pas insister. Avec Frédo on est sortis de la bagnole pour la pousser, aider à l'extirper du fossé. Ce qui fut fait et on est repartis. J'ai jugé bon de m'entretenir de l'avenir du monde avec le professeur. Ça détourne bien, l'avenir du monde... mieux que la pluie et le beau temps, ça s'étoffe mieux, on peut s'indigner, proposer des améliorations, des solutions provisoires ou définitives. Ça nous a permis de parvenir jusqu'à Metz sans encombre.

Metz... je vous ai narré autrefois ma campagne guerrière avec le colonel Fabien en automne 1944, ce qui me culbute chez les bibards lorsqu'on me cible dans les journaux imprimés, parlés ou télévisuels. J'y suis pas entré dans Metz à l'époque, je l'ai juste assiégée un peu... tiré quelques coups de pétoire qui j'espère n'ont atteint personne. Aujourd'hui j'en aurais du remords si j'avais ainsi écourté l'existence d'un connard de Fritz.

Qu'allais-je faire z'à-la-guerre, sinon prendre le risque de me retrouver inscrit sur le monument aux morts, alors que malgré bien des vicissitudes, des avaros, des coups de bambou en fond de basse-fosse, des douleurs et des larmes, il me restait à vivre de ces moments de fulgurance... d'éclatement dans la volupté... de ces respirations sur les bordures verdoyantes... de joyeuses rigolades aussi... de ces choses imperceptibles, indéfinissables... qu'on voudrait retenir et on n'y arrive pas, mais qui vous laissent au cœur une nostalgie bien délicate, bien précieuse. La vie ça ne sert qu'à vivre. Allez se la faire étendre à la fleur de l'âge en des combats douteux... folie ! Et nous sommes si inconscients, si bêtes qu'on va jouer à ça. Ami, entends-tu ?... le clairon sonne la charge... J'étais là, en plein délire. Déjà ce bled en automne ça vous pousse pas à folâtrer sous ce qui reste de charmille. Carrément devenu lugubre... en fond sonore l'artillerie teutonne... des sifflements... des zébrures dans le ciel. Pourtant dans nos cantonnements on se marrait d'un rien, d'un pet de travers, d'une plaisanterie d'Almanach Vermot... alors que la mort nous jouait son prélude.

On passe à Gravelotte, je laisse le professeur causer. Il sait bien des choses qu'on ne sait pas. Derrière les mots, il cherche les réelles significations. Je vais pas le contredire, je m'évade en gambergeade... Je me revois... j'essaie et c'est pas facile. On reconstitue comme on peut avec la mémoire. Elle aussi c'est une salope, comme Solange, Patricia ou Karine... elle vous trompe et on la croit, et on en rajoute, et on magnifie ! Elle vous fabrique des héros ou des traîtres, la mémoire. Elle vous assure que c'était là et puis... tout a commencé ailleurs. Alors on fixe, on fait ce qu'on peut... on rêvasse et les historiens en font leurs choux gras.

Cette maison des jeunes et de la culture, où devait avoir lieu le grand débat, dépendait d'une commune voisine de Metz. Par affiches la venue d'Alfred Friteau, l'ancien bagnard, était annoncée partout. « Réinsertion ou révolte ? » Le thème, j'y avais pas fait attention lorsque Frédo m'avait invité... « Ça me ferait plaisir que tu viennes. » L'énoncé de cette rencontre me laissa présager dans les cagades ! Depuis les révoltes dans les prisons de 1970, les taulards, influencés par les idées de Mai 68, s'étaient mis à la sauce contestation. Petit à petit ça chamboulait tout dans les façons de voir, de se comporter. L'homme puni qui *payait sa dette* allait faire place à *l'homme victime de la société.* Jusqu'alors les marxistes ne s'étaient pas trop intéressés dans leur propagande, leur programme, aux prisonniers de droit commun. En désertant de l'usine pour aller voler, escroquer ou maquereauter, le prolétaire rompt en quelque sorte une espèce de pacte de solidarité. Enfin je résume, schématise sans doute à l'extrême, mais à l'évidence le détenu de droit commun ne faisait pas partie de la piétaille des exploités en marche vers la révolution. Il est dans la catégorie de ce que Lénine appelait le lumpenprolétariat.

Ce que j'avais perçu en entendant certains discours ou témoignages, à droite et surtout à gauche. Frédo, lui, n'avait pas eu envie d'enregistrer ce son de cloche. Ça nécessite une rupture totale, toute une gymnastique d'esprit qu'il n'estimait pas nécessaire.

Ce soir-là, il s'est fait rattraper par le colback du sens de l'Histoire. Dans la salle, il avait des ennemis inattendus... de la nouvelle race de droicos... des chevelus barbus, cradingues, des drôles de Sioux qui étaient venus pour le contester.

Une maison des jeunes et de la culture ressemble à

une autre... Du béton, des tubulures, des gradins comme au cirque. La scène nue... des taches de couleurs, des panneaux en vert, bleu, rouge, quelques projecteurs... une sono qui déconne dans l'amplitude. Je parle pas de l'accueil... ils ont plus de ronds... le cocktail, c'est des boîtes de bière tiède... des chips... des pauvres sandwiches au pain de mie.

Quelle idée j'ai eue encore de me fourvoyer là ! Ma hantise d'aller m'installer à une tribune... sur les planches, mendier les applaudissements. J'aime les recoins, les petits postes d'observation... les trous de souris... le bout de la lorgnette. Je pétitionne jamais, c'est un principe. J'évite aussi les festivals, salons du livre... Pour vivre heureux, la sagesse nous avertit... se planquer.

Manque de bol, je suis à la tribune. Pas seul bien sûr... Frédo est au centre de la table avec le professeur Lucrin qui le présente brièvement. « Celui qui a réussi pleinement sa reconversion et qui aide maintenant les jeunes délinquants à se réinsérer. » De mémoire. Il laisse tout de suite la jactance au héros. Lui, vous le savez, il a son boniment tout prêt... cuit à point depuis qu'il le débite en tranches ou en morceaux bruts. Son style accroche, il emploie des mots de tous les jours, des images qui font flèche de tout bois. Il victorugose... il a du bon pain à distribuer à tous ceux qui claquent du bec. La manne céleste. La solidarité. L'amendement par le travail... N'en jetez plus !

Mireille n'a pas encore digéré la rouste, le pugilat dans la voiture du professeur. Elle s'est placée dans la salle parmi les amateurs culturels. On fait presque le plein ce soir... Le directeur de la maison est satisfait. Souventes fois, il donne des spectacles qui n'attirent pas lerche les Messins. Ça dépend de ce qu'il y a à la téloche ce soir-là, un film avec de Funès, Belmondo... Guy Lux et ses vachettes... et alors salut l'artiste ! Bertolt Brecht... la mise en scène en distanciation !... Aujourd'hui, les choses doivent être inversées... Bertolt doit être au programme sur le petit écran. Une tentative pour enculturer le grand public. Du coup, les chalands viennent voir l'ancien bagnard. Certes, ils risquent d'être dupés par l'émotion, l'art, le cabotinage ! Tout ce qui répugne aux thuriféraires du théâtre d'avant-garde.

— En somme, tu t'es fait récupérer !

Un contradicteur vient de se lever, d'interpeller Frédo. Un échalas véhément, sapé bleu de chauffe... une petite barbe pointue qui tranche d'avec les autres pavoisant barbiflards... les Jules Vallès, les Tolstoï ou Karl Marx... Celui-là plagie plutôt Lénine que Fidel Castro. Il a la voix cinglante. En coup de fouet il attaque.

— Tu pratiques la récupération pour la bourgeoisie au pouvoir.

Y a des mouvements divers derrière, autour dans la salle... Certains approuvent bruyamment... Une voix féminine dit tout haut : « T'as raison, camarade ! Friteau est un agent objectif du capitalisme. » J'avais pas prévu l'attaque aussi vive, aussi rapide. Je m'attendais comme d'habitude à ce qu'on s'enlise dans les considérations de toute sorte... que ça barre en brioche dans tous les azimuts. Le Lénine il poursuit son réquisitoire. Il accuse Frédo de faire, avec la complicité du Vatican, rien que ça, le jeu de ceux qui nous ont condamnés, conduits dans les égouts pénitentiaires... etc. Il développe, enveloppe, il a le sens de la dialectique. Un style qui s'apprend dans les officines marxistes où l'on vous bolchevise l'inconscient. Frédo encaisse, il serre les lèvres, je le sens bouillir interne. Il a appris un peu à se maîtriser mais combien de temps va-t-il tenir ? L'offensive progresse... d'autres contestataires se lèvent pour approuver Lénine... Y a des Trotski, des Che Guevara, des Louise Michel, des Jésus-Christ, des Robespierre. Ça tourne cacophonie... brouhaha. Le professeur se lève, il est obligé de brailler pour obtenir le silence.

— Ne parlez pas tous en même temps !

Une gravosse échevelée est descendue des gradins. Elle tend une lettre. « Voilà ce que j'ai reçu du juge d'instruction. Qu'est-ce que tu en penses, camarade Friteau ? » Elle exige qu'il réponde séance... Un refus de parloir avec son homme. Frédo, d'une voix un peu sourde, répond qu'il ne peut pas intervenir à ce niveau-là.

— Et qu'est-ce qu'il a fait ton mec ?

— Il a tiré sur les flics. Il a blessé un de ces salauds.

On applaudit dans la salle. Frédo va être débordé. Il ne peut pas, dans sa situation, approuver ce genre de harangue. N'oublions pas qu'il est devenu fonctionnaire de justice. Il est à je ne sais quel échelon et il doit rendre des comptes au ministère.

Le Lénine à son tour s'est extirpé de sa place, il vient rejoindre la gravosse devant la tribune. « Tais-toi, Éliane ! » Elle est harnachée, cette Éliane, baba cool... une grande roupane bariolée, des grosses godasses de griveton. En gesticulant ses doudounes ballottent à travers sa robe. Elle s'est libérée de tout à la fois... sa famille petite-bourgeoise, le boulot dodo tramway... les accessoires de toilette... et le soutien-gorge symbole du machisme. Elle ne s'en laisse pas dire par Lénine, merde ! Qu'est-ce qu'il se croit ce connard... parce qu'il a une bite dans sa culotte, qu'il a le droit de parler plus haut qu'elle ! Dans la salle les féministes glapissent aigu. Le débat s'embrase et s'éloigne du sujet initial. La sagesse serait de battre en retraite, se casser, aller manger une choucroute quelque part dans une brasserie à Metz. Malheureusement on est tributaires du professeur Lucrin. Il s'efforce de ramener le calme. Le débat doit rester démocratique. Ça serait l'idéal, mais en vérité qui est réellement démocrate ? Je me demande cela depuis quelques décennies sans trouver l'once d'une réponse. On est démocrate quand ça vous arrange… le reste du temps on est fasciste pour les autres et anarchiste pour soi.

Échange de regards avec Frédo, il me fait une mimique… que j'attende un instant, il va retourner la vape. Le prétexte… Lénine lui crache qu'avec son foyer à Saint-Ouen, il trahit sa jeunesse, il se fait l'auxiliaire de la police. C'en est trop !… Frédo bondit, renverse sa chaise… déboule sur le barbichu. « Qu'il répète un peu… quoi ? dis voir ? » Il l'a saisi à la gorge.

— Je suis un flic, moi ?

L'autre il bafouille, il essaie de rengracier.

— Objectivement… Oui, oui… tu fais le jeu de la police.

Pas prévu au programme culturel… plof ! Il se prend un coup de boule dans la tronche. Frédo n'a pas trahi dans ce domaine sa jeunesse, quand il allait au bal musette au Petit Jardin, à La Java, faubourg du Temple… qu'un cavalier venait pour lui ravir sa gerce (on appelait ainsi les filles avant le déluge… avant les bombes atomiques…). L'adversaire saisi aux revers de sa veste et plaf ! le coup de tête dans le même mouvement, sans que l'accordéoniste s'arrête de jouer… *Les Nocturnes… Les Papillons de nuit.* Il avait tout prévu, Lénine, sauf ce coup de boule. Il valdingue ensanglanté. Éliane le rattrape comme elle peut en braillant. Le professeur descend de sa présidence, je me précipite retenir Frédo.

— Je vais l'achever, cet enfoiré !

Il y va à coups de savate. Il redouble. Je le tire de mon mieux. Le professeur parvient à s'interposer, déjà d'autres contestataires veulent prendre les patins du Lénine. Ça risque vraiment de tourner pugilat. On n'est pas en force pour soutenir l'assaut. Déjà un jeunot, un chevelu m'agrafe… j'ai du mal à m'en dépêtrer, le repousser. Frédo affronte la meute, il remonte à reculons les marches de la tribune.

— Je vous prends un à un, bande de lopes ! bande de pédés !

Il en désigne un... un grand. Il veut se l'offrir seul à seul, s'il est un homme... le ruiner, lui parsemer des hématomes sur la gueule. Interviennent des gens du service... des employés de la MJC... le directeur en personne ! Ça s'embrouille. Tout le monde crie, de tous les côtés et puis brusquement, on ne sait trop pourquoi, ça s'apaise... le professeur finit par jacter dans le micro. Regrettable incident ! Regagnez vos places ! Un malentendu ! En tout cas Lénine est bel et net KO, la mâchoire ensanglantée. On le transporte hors du ring... On l'installe sur les gradins.

— J'ai un second service pour ceux qui en veulent.

Il trouve le moyen de les narguer encore, Frédo. Le professeur s'agite... n'en finit plus de lancer des appels au calme. Mireille est montée près de son jules pour l'apaiser... elle a oublié la gifle... elle est solidaire. On entend dire que les choses n'en resteront pas là... La grosse Éliane et quelques autres s'activent autour de Lénine pour le ranimer. On le tamponne à l'eau fraîche... on lui nettoie la mâchoire.

Je suggère de lever la séance, ce débat ne mènera plus à rien. Devait-il aboutir quelque part !... ça me paraît une supposition hasardeuse. D'ailleurs, les spectateurs commencent à évacuer le théâtre. Le professeur est tout contrit. Lui, il avait bien préparé son affaire. On devait s'échanger des arguments autres que frappants. La faute à qui si ç'a tourné en eau de boudin ? Il l'a bien cherché, l'autre patate, son déjeuner de tête de voyou. Finalement je n'étais pas si mécontent de ce petit voyage culturel. C'est rajeunissant parfois de se foutre sur la gueule. Ça vous ramène à l'essentiel question dialogue. Toutes les causes, les idéologies sont bonnes pour en arriver là.

9

Les snobs sont des moutons de Panurge qui sautent à la file mais d'un air suffisant.

Jules Lemaitre

On pensait que c'était class... un incident sans conséquence... L'inattendu !... que le Lénine simili... le véhément révolutionnaire a porté plainte. Incapacité de travail de quinze jours... plus trois dents à se faire ressouder dans la gargue. Frédo inculpé de coups et blessures. Il avait jamais encore eu ça comme motif sur son casier judiciaire... je veux dire avant, puisqu'à présent il était réhabilité... remis à neuf avec le droit d'aller déposer dans l'urne électorale son illusion de partager le pouvoir.

Les révolutionnaires, dès qu'ils se font satonner les miches, ils courent demander la protection de l'abominable justice bourgeoise. Paradoxal ! Mais pourquoi s'étonner de ça. On navigue, barbote plutôt, dans l'existence de paradoxes en ambiguïtés... en arguties vicelardes, coups fourrés, sophismes, mauvaise foi... Les principes, on s'en fait des papillotes dès qu'ils vous gênent. Et tout se termine en avocasseries.

Avec ce procès en grande instance à Metz, on allait

pouvoir mesurer combien Frédo était bien intégré... tout à fait solide à son poste d'éducateur. Dès qu'il a reçu la convocation du juge pour aller s'expliquer sur place, il a été battre le rappel... tous ses nouveaux amis, ses relations... surtout Jeanne-Marie qui a immédiatement alerté son époux, le président. Une machination de gauchistes se tramait contre leur héros. Lénine-ersatz on allait te l'aplatir, ce minable subversif. Il croyait peut-être qu'il allait toucher des dommages-intérêts, une indemnité pour les jours où il n'avait pu travailler. Me Marjac, ténor du barreau réputé, un intime de Jeanne-Marie, a pris gratos l'affaire en main. Je ne sais pas si le président Walbreck lui-même est intervenu... en tout cas, Ersatz-Lénine, ça lui est retourné boomerang sur la barbichette. D'après les témoignages les plus sérieux, il s'était levé de sa place, s'était avancé vers Alfred Friteau et l'avait menacé... CQFD... Le sieur Friteau, en légitime défense, avait eu un geste de la tête pour éviter un coup que son agresseur allait lui assener. Ledit agresseur avait heurté la tête de Friteau Alfred. Voilà tout ! Non-lieu. Tout juste si le petit Lénine ne s'est pas retrouvé inculpé, assis sur le banc des infamies.

— Au moins y a une justice en France, m'a dit l'inspecteur, le gros Max que j'ai rencontré un jour suivant, toujours à son comptoir-observatoire chez Lulu, au tabac, rue des Ateliers.

Au pastaga, il y allait presque sec ce bel officier de police. Il s'en éclusait deux trois avant que Frédo vienne le rejoindre pour faire un 4.21. C'est drôle, les flics, ils ont une lueur à eux pour vous sonder l'âme on dirait. Une lueur pleine d'ironie, quelque chose qui se veut revenu de tout mais cependant dénué de bienveillance. Il me mettait mal à l'aise, Max, il manifestait trop d'affection à l'égard de Frédo. Il avait à son endroit des phrases ambiguës :

— Je l'admire vraiment !

On l'admirait tous, certes. D'un point de vue peut-être différent. Le mien pas tellement éloigné de celui de Max, mais sans visée utilitaire. S'il était toujours vivant, là, vigoureux de la fourchette et du braquemart, je ne vous écrirais pas ce livre. Je choisirais mon saint ailleurs, peut-être carrément dans un couvent. En Sicile il en fut de joyeux... les moines mafiosi de Mazzarino, avec leur bon père supérieur don Carmélo qui expédiait directement les pécheurs repentis ad patres à la lupara. Chez eux, Frédo aurait à peine été admis enfant de chœur. Ce qui vous démontre l'innocuité de ce présent ouvrage. La biographie de certains hauts personnages de notre République serait autrement scandaleuse.

Je vous ai signalé que, depuis un certain temps, au foyer des plus tout jeunes délinquants étaient admis en stage de rénovation. Ceux-là ne causaient aucun trouble, aucune nuisance dans les environs. Parmi les mineurs, faut reconnaître, y avait des spécimens rebelles... des turbulents, des incorrigibles chouraveurs. La méthode Frédo consistait dans les cas les plus difficiles à les laisser se casser un peu les paluches sur quelques lots de marchandises à droite à gauche... de la camelote qu'on ne revend pas au grand jour. Ce qu'il leur recommandait surtout... de ne pas faire de vagues. Tout en lousdoc et le ciel vous bénit.

La Territoriale du secteur appréciait surtout le calme. Avant la venue de Frédo, le centre d'hébergement était source de perpétuels emmerdes. Des plaintes de toutes parts. Tout gravitait autour de la rue des Ateliers, les vols de Mobylettes, de voitures... les roulottages... vandalismes... bagarres... tentatives de viols! Frédo en quelques semaines avait renversé la tendance... Il envoyait même de ses pensionnaires pour aider les personnes âgées dans leurs petits travaux. Est-ce l'essentiel? Est-ce suffisant? Je ne saurais répondre.

Les dernières recrues, des élargis de prison centrale... certains ayant tiré de grosses peines... cherchaient du travail eux aussi, c'était prévu dans les objectifs de leur libération conditionnelle. Moderato. Je les imaginais pas tellement traînasser aux abords de l'île Seguin ou chez Peugeot faire la queue à l'embauche. Nous n'étions pas encore entrés dans la période du chômage chronique. En général, des rufians aussi avertis, c'est dans les emplois de barman qu'ils se réinsèrent... les places de représentant qui ne représentent que leurs beaux yeux, leurs miroirs à putes.

Dans cette tierce, j'avais ciblé un certain Nono de son surblaze... Jean Pedrozzi pour sa fiche à l'identité judiciaire, un natif de l'île de Beauté. Un beau crâne, comme disent les flics quand ils les sautent. Physique avantageux ce Nono. Une belle crinière brune, les traits réguliers, n'était une légère cassure du nez. Il avait tâté du ring dans sa prime jeunesse, mais il devait pas être assez doué pour en tirer sa subsistance... et puis aussi, prendre des coups de poing dans la gueule... se faire rectifier la tronche, y a peut-être mieux comme idéal sur terre. Il était arrivé de la centrale de Muret ce jeune homme... deux trois mois plus tôt, Frédo me l'avait présenté en me précisant que lui c'était *un homme,* le sésame de toutes les bonnes portes dans la secte voyoute. Nono s'annonçait franc comme l'or, on lui connaissait pas de vilaines rumeurs. Malgré sa frime de hareng il était surtout casseur, ce Nono. Un spécialiste des coffres-forts. C'est sur une affaire de cambriolage chez un diamantaire qu'il était tombé quelques années auparavant. Il venait de s'en tirer cinq sur sept... des années, soyons sérieux ! Les juges de Grenoble avec leurs grandes robes, ça leur plaît pas les gens qui viennent fouillasser dans les coffres où le bourgeois enfouit ses éconocroques.

Nono avait promis qu'il recommencerait plus. Un petit coup de pouce de Frédo à la chancellerie et le juge à l'application des peines l'avait expédié au foyer Pierre-Lambert. De là, il ne bougeait plus que pour chercher un travail honnête. Ça ne paie pas lerche, faut bien reconnaître. Mais il se décourageait pas, Nono, il partait le matin et rentrait bien tard le soir. Un type qui ne causait aucun souci à personne. En plus toujours souriant, aimable... offrant des fleurs à Mireille... et sa tournée d'apéritifs lorsqu'il avait le temps de s'arrêter au rade-tabac où, encore une fois, je m'étais heurté au gros Max, l'accoucheur numéro un de la brigade territoriale. Frédo aussi est arrivé. On s'est humecté la dalle gentiment. Le condé, à la dérobade, il lorgnait Nono... pas besoin d'être le commissaire Maigret pour jauger le chaland. D'ailleurs il venait régulièrement consulter les fiches du foyer, ensuite il devait demander des renseignements supplémentaires au sommier. Tout ça parfaitement dans son droit, son strict boulot de flic. Jusque-là, avec Max et ses collègues, Frédo avait arrangé les coups les plus glandilleux. A l'amiable. Y avait souvent des castagnes quand les mômes s'étaient arsouillés aux boîtes de bière. Ça se terminait par des semonces.

La seule chose pour laquelle il transigeait pas... la came qui faisait son apparition. C'était l'époque du LSD. Les deux ou trois lascars qu'il avait ciblés sur cette piste, il les avait dégagés du foyer... réintégrés directos au placard. Très dur, il s'était accroché avec un psy qui professait dans ce domaine une certaine tolérance... avec à l'appui toute une théorie d'ouverture. Là encore Frédo, il en arrivait à promettre au contradicteur son fameux coup de boule. « Je vais te faire cracher toutes tes dents ! » Ça les surprenait... ils battaient en retraite... allaient ailleurs se répandre sur cet étrange personnage qui faisait régner la terreur fasciste dans un établissement de réinsertion de jeunes délinquants !

Je vous boucle cette parenthèse, nous en revenons à Jean Pedrozzi, Nono pour les dames. Il est descendu à Marseille quelques jours voir sa vieille maman, m'a dit Frédo. Petite fausse note dans la partition, il a éprouvé le besoin de le répéter devant le gros Max... devant Patrice et le patron du bar-tabac.

— Sa mère est malade. Pour un homme de ses origines, c'est sacré une mère.

L'évidence... bien connue que chez les Corses, la daronne est l'incarnation de la Vierge Marie sur terre. Pas touche. Le tueur le plus endurci, devant la mama il écrase... il ne rate pas la messe lorsqu'il passe quelques vacances au pays... il roule plus du tout les mécaniques. C'était donc tout à fait normal qu'il s'absente comme ça pour un motif aussi noble. Seulement, par la suite, j'ai su que les lardus, le gros Max entre autres, il a eu l'idée de bigophoner à ses collègues marseillais... qu'ils aillent discrets prendre des nouvelles de cette charmante vieille dame. Résultat des courses... qu'elle se porte comme un charme... tout à fait gaillarde Mme Pedrozzi, même pas un petit rhume. Juste elle souffre un peu aux jointures comme c'est de son âge... les amusettes de l'arthrose...

Le fiston, exact, est venu l'embrasser, lui manifester sa vive affection. Mais rapidos il semble... en coup de vent. Cependant il est resté quelques jours à Marseille... et durant cette période, une bande de truands a réussi une opération d'envergure sur une banque. Un casse vraiment exceptionnel. Butin évalué à plus d'un milliard de centimes, ce qui faisait un joli pactole en 1975. Pas mon propos de vous détailler cette affaire, ça ferait un autre roman... parenthèse trop importante pour ce récit. Pendant une semaine la presse n'a parlé que de ça. « Une importante succursale du Crédit Lyonnais dévalisée... » Les malfaiteurs qui s'introduisent dans la place après s'être fait passer pour des ouvriers installant une palissade et des échafaudages devant la façade. La veille d'un jour férié, plus un samedi... un de ces ponts de mai qui vous vident les grandes villes pendant quatre jours. Le temps qu'il faut à la fine équipe pour pénétrer dans les lieux saints...

neutraliser les alarmes et décortiquer quelques coffres individuels plus celui de la banque... le principal, un modèle maous. Et les experts estiment qu'il a fallu un sacré spécialiste pour en venir à bout de celui-là... un champion du chalumeau.

Voilà les données du problème. Les fins limiers phocéens à l'ouvrage... l'identité judiciaire... son attirail scientifique... Le grand jeu de l'investigation moderne, sans négliger pour autant les toujours précieux indics... les écoutes sur le téléphone de quelques gros poissons du Milieu. Un détail de rien, une bricole peut conduire à la solution des énigmes les plus obscures. Tous les auteurs de polars nous ont accoutumés à en démêler l'écheveau page après page. Là, je crois que c'est la Sage-Femme, le gros Max, qui a flairé la poloche. En tout cas, il s'en est vanté par la suite. Depuis l'installation de Frédo à Saint-Ouen, il lui avait réservé un classeur pour lui tout seul. Ça se fait ainsi la police. On accumule des renseignements les plus anodins d'apparence, on les fiche, on les répertorie, on compare... ça finit par porter ses fruits. Faut pas les cueillir trop verts, faut attendre que l'arbre soit débordant de bonnes pommes pour aller le secouer. Il avait déjà sur Frédo de quoi le faire valdinguer dans les ornières du code pénal. Quelques ravissants procès-verbaux pour l'inculper entre autres de proxénétisme. Mais ça, ça ne l'intéressait pas excessif le joyeux Max. Qu'importe un jules de plus ou de moins au placard... ça n'empêche pas le pain de fesses de cuire dans son four. Frédo, à Saint-Ouen, son centre était un abcès de fixation... les gauchos avaient raison, il servait objectivement le pouvoir bourgeois en tenant en laisse des éléments susceptibles de perturber l'ordre public.

Et puis, je me suis posé la question plus tard, après la mort de mon pote... peut-être s'était-il engagé plus avant dans ses rapports avec les lardus de la Territoriale... une espèce de coopération glandilleuse. Il avait mis le doigt dans l'engrenage en négociant pour obtenir qu'on relargue celui-ci plutôt que celui-là. Des marchandages qui impliquent certaines compromissions. Lui-même m'a avoué avoir arrosé le gros Max et son compère Marcel. Des enveloppes. Des petits cadeaux. Quand on commence à magouiller avec les archers du roy, on ne sait plus où, et quand et comment, ça va s'arrêter.

Nono, je vous le reprends en aval, était revenu de Marseille reprendre sa vie normale au foyer. Rien en apparence de changé. Je ne sais plus à quel moment je l'ai revu la dernière fois, avant sa comparution aux assises. Tous ces événements se sont déroulés sur plusieurs plans, un méli-mélo... le vrai, le faux... les non-dit... etc. Par la suite j'ai pu reconstituer, me faire une idée en rencontrant les uns les autres, en écoutant les confidences de Frédo. En tout cas l'ouragan s'est déclenché sans prévisions météorologiques sur le foyer. Une perquise à la mexicaine, un matin, avant même que le premier môme soit parti au boulot. Un car qui stoppe devant la porte. Des gardiens à mitraillette qui déboulent. Max, Marcel et leurs collègues au premier rang de l'attaque. L'élément qui va jouer contre Nono... qu'il tente de se faire la levure. Entendant l'irruption poulardine dans la cambuse, il a eu le temps d'enfiler son froc et il a sauté par la fenêtre du premier étage où il avait sa chambre. Il était souple, il s'est bien rétabli sur ses guibolles, mais les condés étaient déjà en bas, en planque, dans la cour arrière. Réceptionné de vive force. S'expliquer ensuite devient laborieux. « J'ai cru que le foyer était investi par des malfaiteurs. On peut vous confondre. J'ai eu peur. » Siffle beau merle, ton chant nous émeut aux larmes !

Frédo, lui, il a pris ça en bon m'sieur le Directeur, fonctionnaire de la justice qui commence par protester. Il comprend rien à ce remue-ménage... que la police aurait dû l'avertir... qu'il allait se plaindre à qui de droit !

Nono était filoché depuis trois semaines. Il avait rencontré des messieurs très bien qui remontaient de Marseille. Des gens pris dans le collimateur qui se révélaient avoir eu déjà des problèmes avec les services de police. Des hommes bien de leur personne question costard et véhicules. Simple coïncidence, ils se préparaient tous à villégiaturer en Amérique du Sud et, dans la piaule de Nono, la perquise a permis de découvrir sous une lame de plancher un faux passeport et un billet d'avion pour Rio de Janeiro. De là, on pouvait déduire que Nono devait sans doute transiter pour Caracas, ville où les voyous français ont de traditionnels points d'attache. Au Venezuela, en outre, Interpol ne sévit pas.

Ça faisait un joli départ pour l'inculper et le passer sérieux à la moulinette. Quant à Frédo, ils l'avaient emballé lui aussi, avec Mireille tant qu'ils y étaient.

Sa position était nette, il ne savait rien des activités éventuellement délictueuses de Jean Pedrozzi. Pour faire presssion, on lui a tout de même présenté un petit dossier d'enquêtes le concernant. Des renseignements, tout à fait étayés de preuves, le ciblait dans les pourvoyeurs de Mme Lucy et certains trottoirs de la capitale. Bien entendu, la police dans sa grande bonté pouvait envoyer ce dossier brûler dans une chaudière. On effaçait l'ardoise, s'il donnait — vilain mot mais il reste le seul — quelques précieux renseignements pour mieux confondre Pedrozzi.

Le simple troc. Je vous narre ça de seconde paluche, mais le schéma me paraît plausible. Bon travail de police. Peut-être qu'ils bastonnaient aussi un peu Nono pour le faire accoucher, les pugilistes amateurs de la territo. Rien de garanti. Ils se méfiaient déjà à l'époque des avocasseries, des campagnes de presse concernant les brutalités policières. De toute façon, c'était pas une purée de châtaignes et quelques coups de règle sur les couilles qui pouvaient le faire se mettre à table le Nono. Il s'est maintenu sur des positions prudentes et plausibles. Pour les faux faffes, le passeport bidon, il ne pouvait que s'allonger. Il a reconnu. Il voulait juste changer d'air, la France avec ses tracasseries bureaucratiques lui était devenue insupportable. Étant en liberté conditionnelle, il ne pouvait quitter le territoire que clandestinement. Habile démonstration. Pour le reste on ne prouvait rien. Le voyage chez la maman était exact, il avait simplement inventé sa maladie pour obtenir l'autorisation de M. Friteau, le directeur du foyer réputé pour la sévérité de ses mœurs.

De la défense béton de truand patenté. Il aurait pu s'en tirer à peu près avec une condamnation pour usage de faux passeport — article 153 du code pénal — si l'indicateur de l'affaire n'avait pas flanché.

En même temps que Nono, les flics de la répression du banditisme avaient sauté divers suspects. Bien ciblés d'ailleurs, ils étaient tombés du ciel comme la foudre là où il fallait. Opérations coordonnées à Marseille, Paris, Saint-Ouen et Bandol, où l'un des suspects se la faisait fripouillarde dans une villa de rêve en compagnie de deux jeunes personnes douées pour la gymnastique de chambre. D'après Frédo, ce petit camarade qu'il avait connu jadis dans un lieu de haute pénitence était atteint de priapisme... le gourdin toujours en l'air. Il fallait qu'il baise sans arrêt. Une seule gonzesse s'y serait épuisée, pour ça qu'il en trimbalait deux. Mais ne nous éloignons pas. Le personnage, je vous le réserve, si j'écris un jour le tome hard de mes chroniques... ouvrage à se faire lécher en toutes les langues.

Second coup de théâtre ! Frédo, pendant l'interrogatoire chez ses amis (ou prétendus tels) de la Territoriale, il a été pris d'un malaise. Le commissaire Plankard a d'abord cru qu'il s'agissait d'une frime, que Frédo lui jouait du pipeau, simulant une espèce de crise cardiaque pour gagner du temps. Des choses qui se pratiquent. A mon époque de malfaisance, je leur ai fait une fausse hémoptysie qui m'a conduit à Cusco... salle réservée, à l'Hôtel-Dieu, pour les truands.

L'erreur d'appréciation des flics, qui avaient jugé au plus bas, a failli coûter la vie à Frédo. Lorsqu'ils se sont aperçus de leur connerie... au bout d'un moment... il était au dernier carat... Samu... transport d'urgence à Beaujon... Réanimation... le toutime.

Sans doute l'émotion, la brutalité de l'interrogatoire ont-elles joué un rôle dans cet accident, mais cette thrombose était tout de même inscrite dans son thème médico-astrologique. Depuis plus de dix ans il abusait trop de la table et du comptoir. En plus il bombardait pas mal en gauloises, en cigares Davidoff qu'on lui offrait... certaines dames attentionnées. Il avait pris combien... quinze, vingt kilos ? Chaque année il changeait ses fringues, ses derniers costards craquaient sous les bras, à la ceinture et même aux cuisses. Sa théorie, qu'il lui fallait rattraper vingt-cinq années de régime pénitentiaire en bectance et en tringlette, lui jouait un abominable tour. Pendant son adolescence, ses plus belles années, il crevait la dalle... insuffisance alimentaire... manque de graisse, de sucre... régime calorique au-dessous du strict nécessaire. A cette malnutrition a succédé la période grande et grosse boustiffe... beuveries... une consommation effrénée. Ses femmes essayaient de l'alerter que c'était pas raisonnable de tortorer pareillement... que ça nuisait à son esthétique, à sa ligne... Au trampolino, il envoyait rebondir Mireille, Solange, Patricia et les autres. Il prenait de la brioche mais ça ne l'empêchait pas d'avoir du gourdin. L'essentiel chez un homme... son pénis, comme disait la Constance, la psy. Le physique autour ne sert que d'appât au début. Mais le plus beau mec, s'il se révèle en érection avec un dardillon de lapin, ça lui réduit à néant son potentiel séducteur.

Voilà à peu près, je vous résume, ce qu'il rétorquait aux dames qui lui suggéraient de perdre du poids.

— Votre cholestérol, je l'emmerde.

J'étais mal placardé pour me mêler de ce problème, je prenais quand même aussi du lard. On fait pas gaffe, on vous invite au cassoulet, au bœuf mironton, veau Marengo… coq au vin, choux farcis… lapin en gibelotte. Certain qu'on restitue pas tout dans les gogues… Ce qui vous reste… attention danger !

Le triste dans l'existence… que pour durer, se tenir en forme, il faut rester dans la moyenne. Tout calculer, tout peser… ce qu'on absorbe et puis pourquoi pas sa fiente. Faire des différences, des statistiques, consulter le professeur Duchemol, célèbre nutritionniste, et puis le psychiatre qui va vous remonter dans l'enfance… que vous aimez les rognons de veau par complexe de castration.

Toujours est-il qu'il était entre la vie et la mort Frédo. Plusieurs jours ça a duré, en réanimation. Pas le droit de lui rendre visite, il était branché, perfusionné de la tête aux pieds jour et nuit.

Je glandais à cette époque dans les pâturages normands… la préparation d'un film. Une bluette rustique, avec des bestiaux, des vergers et des tracteurs. Une vieille corde à mon arquebuse qui me vient de ma prime enfance. J'ai débuté mon existence dans les basses-cours, les clapiers… je conduisais la chèvre aux champs au bout d'une corde. Que les mauvais esprits, les tordus n'aillent pas en déduire que j'ai commencé là mon épopée sexuelle. Si c'était le cas, je me ferais un plaisir de vous détailler les choses dans le scabreux. On m'inviterait ensuite dans les reality plus ou moins chauds. Jusqu'ici les zoophiles n'ont pas encore eu droit à la parole… Voici un scandale que je me permets de signaler aux directeurs de chaîne de télé. Selon Kinsey, dix-sept pour cent des individus ont eu des relations intimes avec un ou plusieurs animaux. Vous réfléchissez... dix-sept pour cent, ça vous fait maintenant autant que l'électorat du parti socialiste.

C'est Mireille qui m'a alerté lorsque je suis rentré à Paris. La situation était encore des plus délicates, on allait le sauver de justesse notre saint homme. Impossible d'aller l'encourager, ne serait-ce que du regard.

En même temps j'ai appris l'arrestation de Nono et la perquisition au foyer, Mireille affirmait que c'étaient ces enfoirés de flics qui avaient fait péter les coronariennes de son homme... Sans leur brutalité, il ne serait pas à l'heure actuelle à deux doigts de rendre l'âme. Il se doutait pas le commissaire Plankard en faisant sa descente au foyer qu'il mettait les pieds dans une béchamel d'emmerdements. Ça a fait boule de neige le témoignage de Mireille... qu'on avait arraché Frédo de son lit, alors qu'il était déjà mal en point, pour rendre des comptes dont il n'était pas redevable. Qu'un de ses pensionnaires ait pu participer au cambriolage d'une banque, aucunement on ne pouvait lui en imputer la responsabilité. Il s'efforçait par tous les moyens d'arracher à la fatalité de la récidive les garçons que le ministère lui confiait. Qu'il y ait de graves échecs de temps en temps, il en était le premier contrit !

La thèse qui prend forme peu à peu. Des coups de fil se sont échangés. Jeanne-Marie au premier rang pour défendre l'honneur de Frédo. L'infamie de la police dépassait en l'occurrence l'entendement ! Ça s'amplifiait, se renforçait. Les flics profitaient de la faiblesse cardiaque d'un individu pour l'acculer... essayer de le convaincre de complicité dans une affaire crapuleuse.

— Malgré les apparences, cher ami, les policiers le haïssaient...

Les paroles texto de Jeanne-Marie lorsque je l'ai eue au téléphone. Partagée entre l'inquiétude et l'indignation. Elle n'allait pas laisser ça là ! Son mari se proposait de demander une enquête de l'IGS... la police de la police, surnommée les bœuf-carottes. Je n'osais pas trop lui dire que ça ne me paraissait pas indispensable. Ébranlés par cette histoire d'infarctus, les flics ne se manifestaient plus, tout à leur enquête sur le casse de Marseille, mais si on les asticotait trop, ils avaient des munitions pour riposter. Toute cette ardoise de proxénétisme, ils pouvaient la sortir de leur boîte à malice, elle était porteuse de désastre. C'est ce que pensait les Yeux Bleus qui lui aussi m'avait fait le serbillon... Radio-putes fonctionnait sans parasites. Dès la nouvelle que Frédo était à l'hosto et que les lardus avaient essayé de le faire marron, Patricia s'était évaporée. Par prudence ou pour profiter de l'occase d'échapper à son protecteur ?... On pourrait disserter là-dessus sans obtenir plus de résultat que sur le mystère de la Sainte Trinité.

En tout cas, ça faisait le vide. On garait les meubles. Quelques jours plus tard Frédo, hors de danger, est sorti de sa chambre de réanimation. On pouvait lui rendre visite en évitant de le fatiguer. Mon devoir de vieux compère, compagnon de vieille cellule, d'être parmi les premiers à venir lui manifester mon affection pleine et entière. Qu'on aille pas croire qu'écrivant le roman de sa vie je ne lui garde pas, à ce vieux malfrat, une part de réelle amitié dans mon coffre aux souvenirs. D'aucuns pourraient se dire qu'en retournant les cartes je cherche à ternir sa mémoire. Question de simple appréciation. Jamais ne m'est venue l'idée de le juger. C'est dans son entier que je le célèbre, à la fois saint et voyou.

Dans sa chambre d'hosto, il était méconnaissable. Amaigri, l'œil encore vague.

— Moins une, je l'avais dans le baigneur !

Ainsi m'accueillit-il. Il s'efforçait encore de rire. J'aurais voulu lui demander quelques petits détails sur la descente de police, mais je n'étais pas seul... Dans l'ascenseur j'avais rencontré l'abbé Lourcelles. Lui aussi tirait une sale tronche. Frédo malade, le foyer était orphelin... ça allait lui poser de sérieux problèmes. Ni Mireille ni Patrice n'étaient capables de prendre la relève.

— L'essentiel n'est-il pas qu'il s'en tire ?

Ce que je lui ai fait remarquer. Oh ! il était bien de mon avis, l'abbé, il priait pour que Dieu nous le garde et qu'il se rétablisse le plus rapidement possible. Quand pourrait-il reprendre son poste à Saint-Ouen ? La réponse du professeur Christiani, le grand cardiologue, était réservée. Il lui faudrait une longue période de repos et de régime draconien avant de revenir sur le terrain. Une infirmière est venue nous enjoindre d'écourter notre visite. Notre cher malade, fallait surtout le ménager, il avait encore des soins importants à subir.

L'abbé, j'avais tout de même l'habitude de ses façons de s'exprimer. Toujours avec réserve, dans la douceur... L'onctuosité ecclésiastique n'est pas un clicheton. Même à la téloche, les archevêques et cardinaux, pourtant devenus tout ouverts aux idées nouvelles... ayant fourgué leur soutane aux fripiers de théâtre... lorsqu'ils répondent aux interviews, c'est toujours loukoum leur façon de jacter... les paupières basses, la bouche en croupion de gallinacé. C'est comme une seconde nature.

L'abbé, je l'ai raccompagné jusqu'à sa vieille 2 CV, il était pas à son habitude... son assiette... quelque chose ne passait pas. Je le trouvais pas dans l'état où il aurait dû être. Oui, oui... oh, il plaignait notre pauvre ami ! Il m'a reparlé de ses prières et il a ajouté :

— Il en a peut-être encore plus besoin qu'on ne le croit.

Sa dernière phrase qui m'a vrillé dans la tronche. Ça voulait dire quoi ? J'allais apprendre un peu plus tard le pourquoi de cette ambiguïté. Le gros Max, ce concentré de poulaga pourri, avait été lui rendre visite. Plus question de ménager Frédo même sur un lit qui pouvait devenir son lit de mort. C'était son devoir à cette grosse tante d'informer M. l'abbé. Son rescapé de la relégation, s'il avait rendu des services dans le cadre du foyer, n'en avait pas pour autant perdu de vieilles mauvaises habitudes. Et de lui susurrer que certaines jeunes filles… d'oies blanches s'étaient métamorphosées pécheresses par ses soins les plus attentifs… Dans les services de la Mondaine, on avait à ce sujet des précisions étonnantes.

Etc. L'abbé n'arrivait pas à y croire. Toute sa cabane rénovatrice s'effondrait. Quelle attitude prendre ? Quelle décision ? Un certain nombre de faits malheureusement portaient de l'eau de vidange aux affirmations de cet odieux argousin ! L'évolution curieuse de Solange. La progressive désaffection de Frédo dans sa pratique religieuse. Jusqu'à sa façon de s'habiller, se comporter, prouvait bien qu'il y avait plus qu'une anguille sous roche… qu'il avait singulièrement évolué depuis son approche de la table sainte à l'île de Ré.

Il pouvait faire tout exploser… porter l'affaire sous les projecteurs de la justice. Peut-être était-il timoré, ce brave homme… qu'il avait les jetons d'affronter un pareil scandale. Son rôle à lui dans cette histoire n'était pas bien reluisant, il apparaissait d'une naïveté incroyable, pour ne pas dire plus cru. Les flics avaient-ils suffisamment de biscuits pour faire vraiment chuter Frédo ? Savoir ! Ou alors étaient-ils liés avec lui par je ne sais quel secret ! On a frôlé le désastre, mais ça n'a pas été plus loin. Jeanne-Marie s'est présentée aux avant-postes pour défendre encore son saint bagnard. L'abbé avait-il exprimé des réserves à son sujet ? N'importe ! Elle balayait la calomnie, ne voulait rien savoir de toutes ces saletés. Pour elle, tout était limpide. On profitait qu'il était sur son lit de souffrances, entre la vie et la mort, pour mieux l'abattre… insinuer à son endroit des ignominies.

— Cher ami, je suis écœurée.

Et moi donc ! J'abondais dans son sens. Amusant de se glisser comme ça dans les draps frais de l'indignation pour la bonne cause.

Je vous résume la situation... Quinze jours plus tard, Frédo était presque remis sur pattes. Physiquement s'entend. Les flics à son sujet avaient mis les pouces en compensation peut-être de la plainte à l'IGS qui avait tourné court. Jean Pedrozzi, lui, on l'avait transféré aux Baumettes où il avait retrouvé ses complices du casse. L'homme qui leur avait indiqué l'affaire, un employé de la banque, avait fléchi au premier interrogatoire et tout une charretée de truands allait se retrouver dix-huit mois plus tard devant la cour d'assises d'Aix-en-Provence. Un fait divers banal en fin de compte. Je me demandais à quel niveau Frédo avait pu être de mèche dans cette opération. Par la suite il m'a laissé entendre qu'il avait juste favorisé les déplacements et l'alibi de Nono. On pouvait seulement lui reprocher d'avoir œuvré pour obtenir sa liberté conditionnelle. Restaient des présomptions... quelque chose de diffus et de désagréable.

J'écoutais les uns et les autres et petit à petit, avec les morceaux, je reconstituais le puzzle.

Sorti de l'hosto, on avait expédié Frédo dans une maison de cure près d'Enghien. Un havre de paix et de verdure où il devait se rebecter le cœur en suivant un sévère régime quotidien de basses calories... eau fraîche, carottes râpées, une demi-pomme reinette... quelques feuilles de laitue sans assaisonnement. Je me suis réservé un après-midi pour aller lui rendre visite. Ça me rappelait, sa maison de repos, les postcures pour tubards où j'avais parfois végété durant les années cinquante. En moins luxueux, les miennes. L'Assistance publique progressait question service, hygiène, souplesse de règlement. Frédo occupait une belle chambre avec un petit balcon qui donnait sur une sorte de petit lac et en arrière-plan la forêt de Montmorency.

Il n'avait pas encore retrouvé sa bonne forme, son punch habituel, beaucoup s'en fallait. Mais ça revenait doucement... C'était un jour du joli mois de mai... tout à fait conforme à ce qu'on en attend dans les chansons. Un beau soleil et encore un peu de fraîcheur dans l'air. Des oiseaux qui gazouillent, je n'ai pas souvenir s'il y en avait. Probable, j'ai le tort de ne pas trop m'intéresser aux oiseaux. Certains affirment qu'ils sont plus intéressants que les humains... moins cruels ! Je n'en suis pas si sûr. C'est leur petite dimension qui nous les rend sympathiques. Vautours, on se rend mieux compte de leur férocité.

Frédo, ce qu'il digérait le plus mal... la trahison du gros Max et de son équipe. Il aurait tout de même pu s'en gourrer, je me souvenais l'en avoir prévenu. Un flic reste un flic, c'est sa fonction de mettre le plus possible de gens au trou, comme c'est la fonction d'une gonzesse de se faire baiser pour avoir des mômes.

— S'ils croient me faire tomber comme julot, ils sont pas près de me passer les cadènes.

Cadènes... ainsi désignons-nous les menottes entre initiés. Personne ne pouvait prouver qu'il avait touché du pognon de Solange ou de Patricia. Et d'ailleurs, il m'affirmait, tout à fait entre nous, que ça n'allait pas très loin son exploitation du pain de fesses.

— Juste quelques cadeaux... un chronomètre en jonc... ma pelisse... des boots de chez Jourdan... des notes de tailleur.

Ça représentait juste quelques manifestations d'amitié... de ces gentillesses féminines qui donnent du bon goût à l'existence. Un peu de vaisselle de fouille aussi... ça, il en faisait pas trop état de cette monnaie... celle qui lui permettait d'aller de temps en temps à Longchamp ou à Auteuil la reperdre aussi sec sur les petits chevaux de course. Une passion dont il ne parlait pas si souvent... nous évoquerons ça plus loin.

Pour engager des poursuites contre un proxo, encore

faut-il avoir la preuve qu'il n'a pas d'autres moyens d'existence que la prostitution de sa femme. Ou alors qu'elle le balance, qu'elle porte plainte. Frédo, lui, avait des revenus tout ce qu'il y a de légaux. En fait de femme, il avait Mireille. Tous les derniers événements l'avait rameutée dare-dare auprès de son mec. Ils n'étaient pas mariés mais leur concubinage en tenait lieu. Tiré un trait depuis longtemps sur ses infidélités. Quand elle en avait l'occase, vous avez lu, elle lui rendait la monnaie de sa bite folle. Certains jeunes sortant de cabane étaient en mesure de lui offrir des secousses charnelles vigoureuses. Elle se privait pas de les accueillir sans état d'âme. Elle était mieux placée pour se faire régaler de la sorte que si elle avait continué son travail d'aide-soignante à la clinique.

Avec Patrice, elle continuait à faire fonctionner le centre. Elle aussi avait noté un changement d'attitude chez l'abbé depuis la descente des flics et l'infarctus de Frédo. Pour l'instant c'en était la seule conséquence. Il avait pris ses distances.

On s'était installés dans des fauteuils en osier sur le balcon. Fur et à mesure de la conversation, il retrouvait son tonus habituel. Il avait besoin, comme ça, de s'exprimer avec un pote, un type qui le comprenne sans périphrase.

Il attendait de la visite, il m'a dit, un peu mystérieux et en se marrant. Je pouvais rester, je gênais pas.

— Tu vas voir... les mômes sont chouettes avec moi !

Ils sont arrivés à trois... deux garçons et une fille un peu unisex... sapés style rocker... blouson et jeans. Les deux garçons étaient du foyer, deux rescapés de Fleury-Mérogis. La frangine, c'était une petite pote à eux qu'ils avaient récoltée à la chasse à la mobylette... sur un parking de grande surface. Plutôt minablos d'aspect... encore une graine de pute.

Ma présence les avait surpris. Frédo les a rassurés. Ils

pouvaient parler devant moi sans crainte. Cette nana, Frédo ne l'avait jamais vue, mais :

— C'est celle dont on vous a parlé au téléphone, m'sieur le Directeur. C'est Yvette.

Elle est intimidée... enfin beaucoup dire... elle baissait la tête, on ne voyait plus que sa tignasse genre afro. Frédo s'était rallongé sur son lit pour les recevoir, ça correspondait mieux à son statut de malade. Un des loubards tirait la petite vers lui.

— Ben quoi... y va pas te becter, dis bonjour à m'sieur le Directeur.

Elle a tendu sa paluche que Frédo a retenue. Il lui a envoyé un petit compliment... qu'elle était mignonne... « T'as de beaux yeux, tu sais ! » Des choses plaisantes... Yvette se tortillait... elle avait pas tant l'habitude qu'on lui dise des gentillesses. Je commençais à entraver la coupure, et Frédo d'ailleurs m'a affranchi sans détours.

— Tu vois, c'est des braves garçons. Ils m'ont amené leur copine, pour qu'elle vienne me faire une gâterie.

Ce disant, il variait les plaisirs de sa pogne en la lui plaçant sur les miches : « C'est mignon, ce petit cul ! C'est tout frais, ça madame ! » Cette fois je me sentais en surnombre... Il allait tout de même pas la trombiner, là, devant moi et devant ses élèves...

— Tu crois que c'est prudent, Frédo ?

Je pensais à sa santé, la thrombose sournoise qui pouvait surgir dans son cœur fragile ! C'était peut-être pas encore le moment de le mettre à pareille épreuve.

La môme, elle, comprenait différemment ma réflexion, elle regardait vers la porte. L'affaire était bien programmée. Le plus grand des deux pensionnaires, celui qui drivait les opérations, a donné ses directives.

— On va sortir. On restera dans le couloir. Yvette, t'as pas besoin de te déloquer... Allons, reste pas comme une conne ! Gentiment, tu vas faire une petite sucette à m'sieur le Directeur et quand ça sera fini, tu viendras nous prévenir.

Je mouftais plus. Tout commentaire devenait superflu. Frédo avait retrouvé du brillant dans le regard. Il m'a lancé tandis que j'ouvrais la porte pour sortir avec les deux jeunots :

— Si je dois crever autant que ce soit comme ça qu'avec les flics !

10

On n'a pas de remords, on n'a que des emmerdements.

Émile Buisson

Voyez comme il était optimiste Frédo, guilleret. Il défiait son aorte sans vergogne. Il avait retrouvé le moral. Y a tout de même eu des séquelles de toute cette affaire du casse de Marseille et de l'intervention de la Territoriale sur la rue des Ateliers. Après sa période de convalescence, lorsqu'il a voulu reprendre son poste au foyer, l'abbé lui a fait savoir qu'il n'avait plus confiance en lui et que, en conséquence, il aille accomplir son apostolat ailleurs.

Lui a fait savoir… ça veut dire qu'il ne l'a même pas reçu, même pas entendu. Tout de suite ça a tourné papier bleu, mise en demeure, licenciement. Mireille aussi le suivait dans la charrette. Quelle faute professionnelle pouvait-on lui coller sur ses bretelles de soutien-gorge ? Nib. Simplement elle était la compagne de Frédo, donc en suspicion de toutes les entourloupes possibles. Seulement sur le plan légal, ça ne tenait pas… ça devenait un licenciement abusif.

Malgré les méandres de la procédure, ils ont dû décambuter du foyer... presque manu militari.

Ce qui l'a sauvé de la catastrophe, à ce moment-là, c'est que ses autres relations et amis... tous les présidents, les fonctionnaires de justice, eux, n'admettaient pas que l'abbé Lourcelles ait pu, sur de simples ragots de police, mettre en doute la rigueur morale d'Alfred Friteau. Surtout Jeanne-Marie qui s'est carrément brouillée avec l'abbé. Encore une fois, elle est montée au créneau. Tout de suite, elle a dégauchi pour Frédo et Mireille un petit appartement dans le XIVe et le président Walbreck est intervenu auprès du ministère. On allait lui chercher un emploi digne de ses compétences. Petit à petit les choses se sont retournées contre ce pauvre abbé Lourcelles. Aux prud'hommes il a perdu, Me Marjac s'est pointé avec des certificats, des témoignages à décharge signés de noms prestigieux... personnages d'une moralité en acier chromé. Des articles de presse mettaient en cause la police qui aurait monté de toutes pièces un traquenard pour le faire chuter. Curieusement les minets de la Territoriale se sont encore écrasés. Jamais bien compris pourquoi. Dès qu'on met les panards chez eux, plus rien n'est clair... les pièges s'imbriquent les uns dans les autres, se referment ou s'ouvrent sans qu'on puisse en comprendre la mécanique.

Quels étaient les atouts de Frédo dans cette partie ? Jamais pu le savoir au juste. Ils commençaient aussi, les flics, à cette époque à se traîner des tas de problèmes avec les gauchistes. Bientôt ils allaient être obligés de rendre des comptes quasi publics pour la moindre arrestation brutale de pédophiles. Le temps des castagnettes, des nuits de Bagdad à la PJ était révolu. Ou presque... reste encore la fameuse bavure qui nourrit les gorges chaudes des pétitionnaires.

De quinze briques, il s'est fait faire marron l'abbé ! Indemnités... dommages et intérêts. Le couperet. D'une telle injustice qu'il ne s'en est pas remis le cher homme. Il a démissionné, passé la pogne à la tête de son institut pour la réinsertion des condamnés. On le comprend aisément. Il s'est réfugié un peu plus tard dans un monastère en Bretagne où sans doute, tel que je le connais, il prie tout de même pour le salut de l'âme de Frédo.

Une nouvelle période s'ouvrait. Un moment j'avais cru qu'il avait envie de se faire oublier, qu'il pouvait avec ses indemnités et ses revenus encore occultes disparaître de la circulation. Dans l'histoire, à présent, il y avait son palpitant. Il devait se ménager extrême. Plus question de tortore aux bonnes gamelles du terroir... rayé des pastis... à peine un verre de jinjin par repas et les Davidoff au rencart! Sur la pastiquette il avait tout de même perdu son pouvoir phallocratique. Il ne s'agit pas de se payer de mots, le phallocrate ne règne que s'il le montre à la hauteur des chattes, son phallus... Longueur, Raideur et Durée... la devise sur les frontons de la République phallocratique. Avec ses coronaires nazebroques... son aorte en capilotade, plus possible d'emmener les mignonnes dans les éthers de volupté. Sa mitrailleuse à orgasmes ne fonctionnait plus qu'au coup par coup...

— J'y vais mollo à la turlutte... m'expliquait-il.

Comme avec cette petite zonarde dans la maison de repos. De temps en temps, il s'offrait comme ça une fantaisie. Il avait encore quelques rabatteurs pour conduire les minettes en basket à m'sieur le Directeur.

Titre usurpé, il n'était plus qu'ex-m'sieur le Directeur, mais bientôt il allait dominer le problème. Il a tenu à me prévenir le premier... grâce à l'intervention du président Walbreck, au ministère on l'a bombardé inspecteur des prisons. Une place qu'il aurait pas osé imaginer dans les cellules de sa jeunesse. Déjà qu'un ex-bagnard puisse se récupérer dans l'existence, ça tenait du miracle... qu'il en arrive à un poste pareil ça devenait presque du Vidocq.

Et encore on doit tenir compte des mœurs du siècle. Vidocq était devenu chef de la Sûreté en un temps où la police n'était pas encore très structurée, très bureaucratique. L'État n'était pas trop regardant sur la moralité de ses sbires. Dans notre République cinquième, on vous exige un casier judiciaire immaculé pour avoir le droit de nettoyer les chiottes au ministère de la Justice.

On a fêté sa nomination encore chez Jeanne-Marie, un cocktail empreint d'une grande simplicité. Frédo, un peu amaigri, sapé dans un costard croisé marine avec sa décoration du Mérite à la boutonnière, jetait ses dernières flammes. De nouveaux visages, hommes et dames du meilleur monde, s'extasiaient à son endroit. On entendait bourdonner des « extraordinaire !... Quel destin ! terrible ! génial ! admirable ! Quel caractère !... » Ça lui parvenait en fond sonore... le nectar de sa réussite.

Je n'avais plus tellement les échos de la julocratie... Les Yeux Bleus était retourné lui aussi à la ratière. Et pas comme proxo. Une sale histoire de bagnoles volées, refourguées au Maroc, au Mali... je ne sais où ! Au Zimbabwe qui demandait son extradition. Pas non plus le loisir, l'envie d'aller me rencarder aux bonnes sources. Chez Mario Mandoline, Dédé la Soie, Carmen ou Lulu Langue de velours... toutes vieilles figures de vieilles frappes qui s'estompaient en des retraites profondes ! Certains, on apprenait leur décès comme ça... le crabe l'a bouffé ou il a eu un fractus de la viocardise. Pof ! Salut les hommes, à la revoyure chez les osselets ! On échappe aux meilleures gâchettes de l'île de Beauté, mais le fractus vous rejoint et vous nique sans crier vingt-deux me v'là.

Avec l'âge, ça devient lugubre de se promener, on ne rencontre plus que des ombres. Derrière les murs... les façades d'immeubles, il y avait des copains ou des ennemis, n'importe ! Ils sont devenus des ombres... plus rien... Juste un souvenir pour celui qui passe et qui va se faire oublier lui aussi derrière d'autres murs.

Ça consistait en quoi son nouveau job à Frédo ? Il partait en mission dans toutes les régions de France pour visiter les établissements pénitentiaires. A l'improviste, il débarquait. Sa carte d'accréditation du ministère lui donnait le droit de tout visiter, de circuler dans les mitards, les QHS, les ateliers, d'interroger n'importe quel détenu... le directeur... les matons. Ensuite il rédigeait un rapport que Mireille lui remettait au propre.

L'extraordinaire revanche ! Il s'est au préalable payé la visite des lieux où il avait séjourné plus ou moins longtemps dans sa jeunesse. Satisfaction gâchée par le fait qu'il a pas retrouvé, bien sûr, ceux qui l'avaient fait souffrir... les matons sadiques, les jus de peau de vache. Même ceux-là, le temps les dégage. On les a mutés et la plupart sont partis à la retraite. Les locaux ne s'étaient pas tant améliorés... c'était toujours la crasse, les odeurs de pisse et de crésyl... les cloques sur les murs qui en font des sortes de tableaux de Wolls... La nouveauté, c'étaient les psy qui sévissaient un peu partout. Un progrès ? On ne sait trop !... Sans doute servent-ils de bouée de sauvetage pour les condamnés à de lourdes peines comme naguère les gens d'Église.

Ça a duré, je sais plus, peut-être deux ans cette nouvelle activité. Je ne le voyais plus guère, on n'avait plus ce point de ralliement qu'était le foyer. Il zigzaguait dans toute la France... d'Ensisheim à Riom, de Riom à Caen, de Caen à Loos... à Muret, à Nîmes... Quand il revenait à Paris retrouver Mireille, il me faisait signe... ne serait-ce qu'un coup de fil d'amitié. Par les échos, les rumeurs, les rencontres, j'ai appris que sa cote était au zénith, Place Vendôme, et un peu partout chez les gens qui s'occupent des problèmes carcéraux. Jeanne-Marie ne manquait pas aussi de me bigophoner pour me chanter ses louanges. Son président de mari n'entendait que de bons sons de cloche à son endroit. En vérité, je crois qu'il œuvrait de son mieux pour que les prisons soient un peu plus humaines. Ça tombait au moment où il y avait des révoltes, des mouvements de détenus qui revendiquaient des droits, des avantages sociaux. Le connaissant, je me doutais qu'il naviguait dans ces tourmentes, au mieux du moment, au pifomètre.

S'il faisait l'unanimité au ministère, dans les rangs des milieux gauchistes, il était tenu en suspicion. Exactement le même clivage qu'à Metz. C'était en même temps une affaire de génération. Frédo ne se méfiait pas assez de tout ça. Il en était encore à la morale « Pas vu pas pris... pris rousti ».

Petit à petit, il a pris tellement d'influence qu'il a fini par jouer un rôle dans les décisions de libération anticipée. Il était pote avec tous les JAP qu'il rencontrait. Il les invitait aux bonnes tables pour les convaincre. Bientôt il fut en mesure de rendre de sacrés services. Ça s'est mis à chuchoter en lousdoc qu'il faisait sortir quelques beaux mecs, qu'il s'était chevillé avec quelques belles pointures dans le caïdat marseillais. Moyennant un éclairage en bon carbure, il vous faisait Lourdes et ses miracles. Même sans trop traîner mes lattes où il ne faut pas, j'entends dire... j'ai encore des amis qui sortent, qui rentrent, des vieux briscards bijoutiers du clair de lune... des récidivistes du coffiot... des photograveurs de biftons... jusqu'à des avocats qui vous glissent : « Ton copain, il paraît qu'il se sucre. »

Fallait que je le prévienne tout de même... ça pouvait devenir glandilleux qu'on soit au parfum de ses magouilles jusque dans le palais de justice. Certes, il avait sa baraka de tous les diables, mais tant va la cruche... J'ai un faible pour les dictons, les proverbes, ils sont la sagesse du peuple. Net et sans bavure ils nous disent que toutes les vérités ne sont pas bonnes à dire... et puis qu'il y a pas de fumée sans feu. C'était donc patent qu'il avait monté une combine pour renflouer ses finances. Ce qui m'étonnait et depuis longtemps, c'était qu'il ne brillait pas tant question artiche. Ou par à-coup, une brève flambée. Brusquement il invitait, il jouait les princes russes.

Mireille avait repris son ancien boulot, elle allait faire des soins, des piquouses à domicile. Elle y gagnait, disait-elle, son indépendance et pour Frédo ça entretenait sa légende... Il ne vivait pas mieux qu'un petit cadre, un contremaître, un marchand de barbe à papa.

Puisque maintenant courait la rumeur qu'il se faisait payer grassement les services qu'il rendait aux cadors du Milieu, il aurait dû paraître un peu plus à l'aise. Il aimait pourtant en étaler. L'affaire du foyer et sa crise cardiaque l'avaient-elles rendu prudent ? Ça supposait alors qu'il planque ses pépètes dûment converties en lingots sous un coin de terre dans un verger. C'est ce que pratiquaient certains de mes confrères en littérature. Aujourd'hui toutes sortes de gens — les écrivains en particulier — étalent, vantent leurs pires dépravations, les vices les plus dégueulasses... toutes leurs sanies sexuelles, mais d'avarice ils ne se confessent jamais. On adule les marquis de Sade, les nécrophiles, les coprophages... toutes les variétés de perversions, mais l'avarice reste inavouable. Harpagon est-il le plus laid, le plus ignoble ? Certes non, mais il reste honteux... Vous dire pourquoi... l'épais mystère des modes et des préjugés !

Le cas de Frédo était autre... Je l'avais connu généreux dans nos mitards de jadis... Une cigarette partagée, la moitié de sa boule de pain qu'il m'avait fait passer, au risque du prétoire, lorsque je tirais une quinzaine de jours de cachot, antichambre de la tubardise. Ça vous crée des liens indissolubles ces gestes de véritable fraternité.

Le fin mot, je l'ai su plus tard après sa mort... il flambait, Frédo. Son vice profond c'était le jeu. Le plus et le moins clair de son fric, il se le faisait ratatiner par le PMU... Dès qu'il avait un peu de temps libre, il fonçait aux courtines... justement dites en argot « le tombeau des maques ». Parcours sans faute du pognon : la pute l'extorque à son client, celui-ci l'a gagné en travaillant peut-être pour l'État... la pute verse son énorme obole à son jules qui va la dilapider sur les champs de courses. La boucle est fermée.

Il allait aussi, selon ses déplacements payés par le ministère, dans les casingues... Forges-les-Eaux, Deauville, Mandelieu, Biarritz, le Palm-Beach à Cannes, Royan... à la roulette... trente-et-quarante... la trajectoire idéale pour l'essorage de la monnaie. Ce qui ne l'empêchait pas non plus de fréquenter les cercles de voyous... les pokers désespérés.

Je m'en gourais un peu, il ne s'en cachait pas vraiment, mais il minimisait sa passion. Amusette pour se divertir, le cinéma est tellement décevant... pour rencontrer aussi Paul et Jacques et Pierrot le Magnifique... Certains jours ils sont par bancs, les maquereaux, au pesage à Vincennes ou à Longchamp. Les flics viennent y jeter un œil, se compléter leur répertoire, prendre en filoche un imprudent.

Quand il avait eu beau schpile, souvent il me tubait, il m'invitait « à se faire une gamelle ». C'est pas une façon de parler de gens honnêtes... la gaufre ou la galtouse, immédiatement on cible le personnage qui parle ainsi des choses de la table. Frédo soignait aussi un peu sa pub en conviant quelques journalistes avec lesquels on était devenus copains. Il devait maintenant se la donner des trop généreuses nourritures terrestres... charcuterie, fromages gras... et des nègres en chemise et des îles flottantes ! La première année après son infarctus, il a tenu le régime. Perdu quinze kilos... il flottait dans ses falsards. « Y a que ma bite qui maigrit pas », proclamait-il pour que les oreilles féminines l'enregistrent dans les endroits publics. Juste pour se faire reluire la vanité, on n'imagine pas que les dames alentour allaient s'agglutiner sur sa braguette dès la sortie du restaurant.

Question jinjin, il se calmait le plus possible mais c'était la tentation permanente. D'une façon enfantine, il trichotait... son verre autorisé était souvent de la dimension d'une chope de bière.

Reste, vous demandez-vous chères lectrices, je l'espère avec sympathie, ce que devenait son activité sexuelle. Hélas, il était devenu frugal aussi dans ce domaine ! L'effet de l'âge... il avait dépassé la cinquantaine... on n'y fait plus des scores aussi brillants qu'à l'adolescence. Bien sûr, on se rattrape dans les bonnes manières érotiques... les raffinements du tafanard... on fredonne dans les dentelles... ça vous rassure par intermittence.

En tout cas il avait largué son harem. De temps en temps pendant ses pérégrinations il s'offrait les extras qui se présentaient. Revanche des revanches, il s'était spécialisé dans les épouses de surveillants... les matonnes elles-mêmes, dames dont l'uniforme l'émoustillait au plus haut point. Peut-être en disait-il davantage qu'il n'en réalisait, mais ça devenait hautement cocasse qu'à son palmarès biroutinier, s'ajoutant aux psy, aux cheftaines, aux zonardes, aux commerçantes, il triomphait dans l'administration pénitentiaire.

Sa plus belle action d'éclat, ç'a été le culbutage de la femme du directeur d'une prison centrale. Un féroce, ce taulier, Frédo l'avait subi à ses débuts quand il était sous-fifre, je ne sais où, à Fontevrault ou Poissy. Entre eux y avait quelques séjours au mitard, quelques sévères châtiments... Au lieu de l'attaquer de front, Frédo a joué l'oubli, le pardon des offenses... que la page était tournée définitif. Le directeur, d'abord sur ses gardes, a fini par se faire envaper. Il s'est montré aimable, coopératif, au point qu'il l'a invité un soir à dîner... Là se trouvait madame... une quadragénaire alerte… d'un popotin plein d'espérances. Et qui s'ennuyait visible (le popotin et la dame). Se payant d'audace, il lui a carrément fait du panard sous la table pendant le repas. Facile de lui glisser ensuite un rencard. La prison en question est loin d'une grande ville, ça implique une structure d'accueil, comme on dit chez les technocrates, pour les visiteurs de marque. Deux, trois chambres réservées dans l'enceinte du sérail pénitentiaire. Question à mille francs ? Vous avez gagné… n'est-ce pas… la carrée de Frédo était à proximité facile de l'appartement du directeur. C'est Q sans FD… Tout ça, d'après son récit hard… qu'elle est venue, Simone, lui gâter son joli serin tout tatoué.

— Pour bien me venger, je l'ai enculée.

Peine et pine presque perdues, c'était pas la première fois… d'autres avant Frédo avaient pris l'escalier de service. N'empêche, je lui ai fait remarquer que ça ne le vengeait en rien, puisque cette peau de vache de directeur n'était pas au courant de son infortune.

— Bah ! C'est surtout moral ces trucs-là.

Déjà presque au bout de cet itinéraire biographique, je me fais la réflexion qu'il restait accroché à l'univers carcéral, ce pauvre Frédo. Vous avez lu ses débuts dans l'existence. Ce chapelet de prisons centrales, maisons de correction ou d'arrêt. Au bout du compte, roulant sur ses soixante piges, il s'y retrouvait. A chacune de nos rencontres, il ne parlait que taule, mitard, QHS, prétoire, maton, brigadier-chef… auxiliaire. Ça s'était amélioré comme le reste, les routes et les PTT, mais ça restait des prisons et il y était voué. Il baignait dans le jus de cabane. J'avais plus envie de le voir certaines fois… je trouvais des prétextes pour échapper à sa litanie. La période du foyer était plus allègre, je trouvais. Ce qui m'aurait le plus intéressé, qu'il me mette dans la confidence de ses combines. Il descendait souvent à Marseille… la prison des Baumettes n'avait pas besoin d'être visitée tous les quinze jours pourtant.

Hors murs, il rencontrait des personnages importants, des cadors de la pègre. On lui confiait des messages, des missions diplomatiques secrètes, il était devenu un rouage essentiel, un intermédiaire précieux entre ceux du dehors et ceux du dedans. Encore une fois, ça présentait le risque d'être pris dans le collimateur des perdreaux. Beau faire, là non plus il ne se sortait pas de son cycle infernal. Truand... Flic... Maton... le trio maudit. Difficile de s'en arracher lorsqu'on a démarré du mauvais pied, qu'on a tiré le mauvais numéro à la loterie de l'existence.

Il restait stigmatisé... La marque au fer rouge... le lis sur l'épaule a disparu de l'attirail répressif, il reste pourtant quelque part... indélébile. Lorsque l'orage gronde, que les éclairs zèbrent les nuages, elle vous démange cette cicatrice... C'est le pense-bête du diable.

Jeanne-Marie, autrefois, aurait tricoté pour les pauvres... modernisme oblige, comme bien d'autres, elle avait pris le porte-plume. Contrairement à ses consœurs portées sur les confidences de foufoune, elle était restée dans le droit chemin. *Les Galères de Dieu,* ça s'appelait son premier ouvrage, une biographie de saint Vincent de Paul, celui qui prit les rames d'un galérien sur sa galère... Livre dédié « A Alfred Friteau qui a su trouver le vrai chemin de la liberté ». On s'est retrouvés dans un cocktail organisé par l'éditeur pour la sortie du bouquin... Spectacle réjouissant à voir une fois au moins dans la vie d'un plumitif. Tous les pique-assiettes sont là... des mémères qui viennent en groupe se gaver de petits fours, se remplir les cabas avant l'arrivée des gens plus sérieux... auteurs, auteuses... attachées de presse... les critiques, les échotiers... les animateurs culturels. Tout ça papillonne, virevolte d'un ragot l'autre, fielleux compliment... gentillesse merdique... rappels inopportuns... confitures d'envie... les haines circulent parées d'oripeaux laudatifs. On est entre gens d'esprit. On véhicule l'intelligence... le bon goût... Rien d'autre qui puisse vous être comparé... les témoins de notre temps... les néo-penseurs... les rescapés du désespoir sur papier vergé de Hollande.

J'évite au maxi d'avoir à me fourvoyer là. Je m'y sens mal dans mes pompes. Ça fait maintenant une bonne paie que je me suis réinséré dans cette crémerie... homme de belles-lettres... écrivassier. Les impôts me taxent en tant que tel, j'arrive pourtant pas à me retrouver dans cette famille. Effet de la viocardise en plus... les années qui s'accumulent et vous déplument et vous bastonnent os et articulations... j'ai de moins en moins envie de faire le petit effort de me déplacer, montrer ma gueule, qui ne s'améliore pas bien sûr, dans les endroits où il faut dit-on.

Enfin, là, je ne pouvais pas ne pas en être... Avec Frédo, Mireille, le toujours fidèle M. Baudelaire qui n'ose pas décliner son identité dans une pareille sauterie.

On s'est fait des bises. Congratulés. « Jeanne-Marie, votre livre est extraordinaire ! » Je lui ai préparé un petit compliment cuit à point. Qu'elle a su éviter les pièges de ce genre d'ouvrage. Son Vincent de Paul ne sent pas le bénitier. C'est un homme qui veut souffrir parmi les hommes. Oserais-je le dire, je lui ai trouvé une ressemblance avec Frédo. Elle est au comble de la félicité d'entendre ça, Jeanne-Marie. Elle est vêtue en toute simplicité d'une robe de cocktail de qui ? Saint Laurent ou Chanel, ne m'en demandez pas trop... toujours charmeuse, modérément radieuse comme il se doit en ce genre de circonstance... elle présente, à ceux qui ne le connaissent pas encore, Alfred Friteau.

— Sans lequel je n'aurais pas écrit ce livre.

Limpide. On s'extasie. Ah ! C'est donc vous le monsieur qui... le monsieur que !... Quelle expérience ! C'est merveilleux !... Bouleversant ! Ainsi vous allez revoir vos anciens compagnons de chaînes pour les secourir ! On résume de la sorte sa mission, son nouvel apostolat. Il a l'habitude d'entendre ces sortes de louanges, il les accepte sans forfanterie... il répond avec une patience d'ange toujours aux mêmes questions. Un art consommé des relations filles publiques. Il sait dire juste ce qu'il faut pour appâter le cave.

— Vous avez un cœur gros comme ça, dit une charmante dame.

— Il n'en est que plus fragile, répond Frédo qui fait allusion à son infarctus dû sans doute à un surcroît d'activités au service de ses pensionnaires du foyer.

On lui conseille, comme toujours, d'aller voir le docteur X, Y ou Z qui fait des miracles... On prend des photos qui vont paraître le lendemain dans la presse. Deux doigts de champagne. Le petit oiseau va sortir... et clic, il sort. L'image se fige.

11

Je termine ma lettre en t'enculant bien fort sur le papier, en attendant de pouvoir le faire bientôt de vive voix.

Lettre d'un détenu à sa fiancée,
Fresnes, le 4 septembre 1939.

Et toujours les années roulent, elles vous bousculent, on n'a plus de temps de savourer les instants de bonheur qui se raréfient, les enfoirés. Le temps nous matraque, passé un certain cap, il nous vire à coups de savate dans le derche. Les jeunots gueule fraîche... l'haleine enfarinée, les canines aiguisées comme des baïonnettes... se pointent ! Ils ont trouvé le truc imparable pour se rendre intéressants... Ils viennent nous dégueuler, nous conchier... torrent de fiente... à pleine barrique dans leurs journaux... chaque soir aux télévises. Ils ont pris des laxatifs question verbe au joli mois de mai 68... depuis ça n'arrête plus, ils s'éclaboussent les uns les autres aux déjections. Aimez-vous... qui aime bien chie bien. Ils sont libres, alors ils disent merde à qui veut bien l'entendre. Et puis chie et bite et bite de chiasse et superbite... et ils se traitent d'enculés à tout bout de champ ! C'est supergénial.

Je n'en continue pas moins mes petits récits comme

naguère, d'une même plume, sans forcer la note. Je dis ce qu'il faut et comme il faut, du moins je le suppose. Oh ! mais alors je suis dépassé, submergé par l'école des cacateux. Ils comptent mes merdes et mes bibites, ils en trouvent quelques-unes par-ci par plume. Ne serais-je qu'un timoré bourgeois d'écriture ? La question se pose. Lecteurs, veuillez me pardonner, ce sujet ne se prête pas à la vidange en rafales. Mon héros, dans un sens, il a de la délicatesse... Il rend hommage à la vertu selon La Rochefoucauld. Dès qu'il le peut, en public, il y va de son petit couplet réinsérateur... les remèdes qu'il faut apporter à la délinquance grandissante. Il donne dans les idées du jour avec cette part de modération qui lui vient de son expérience. Au fond du fond, si par un coup de baguette du diable, il devenait patron... préfet de police, ministre de l'Intérieur ou président, pas un seul instant il tergiverserait. Il reviendrait presque à la trique. Celle qu'il a subie. Tout le monde au pas, au pli, à la galtouse et en silence. Ce que je perçois à mesure de nos échanges, de nos conversations en la matière. Les progressistes le titillent, il se méfie des remous, des orages.

Sans bien nous rendre compte, on arrive dans la décennie quatre-vingt. On va changer de potiche sur l'autel de la République. Ça veut dire surtout qu'une nouvelle équipe va venir se régaler sur le dos des loquedus qui l'auront portée au pouvoir. Le jour succède peut-être à la nuit, mais faut payer les lampions. Vercingétorix devait déjà dire ça avant que César le coupe en tranches... et puis Saint Louis, Charles le Chauve, le Vert-Galant, la mère Catherine, l'Incorruptible et Poléon. Tous... y compris le maréchal Pétain ! Ça fait gag à répétition qui ne fait plus rire que les demeurés.

Ce que je n'ai pas compris dans le comportement de Frédo, à ce moment-là, c'est qu'il ait pu mordre à l'hameçon. Il s'est répandu en disant qu'il fallait que ça change... que le roi François devait bordurer le prince Valéry des Destins. Toute son étrange carrière il la devait aux gens de ce dernier... le président, Jeanne-Marie... les magistrats et fonctionnaires qui le soutenaient envers et contre flic, grenouillaient plutôt dans ces eaux-là... un catholicisme bon teint... le général de Gaulle en effigie dans le salon près du crucifix... Frédo était devenu leur bon bagnard, un peu comme ces bons sauvages ramenés des Amériques au XVIIIe siècle qu'on exhibait dans les salons de la marquise.

Ses aristos provisoirement à la lanterne, dans sa sphère ça s'est agité. Beau crier, s'être rallié au mois d'avril, ils te l'ont fait passer à la trappe. Mutation du directeur de la tentiaire. Le nouveau promu lui a signifié trois mois plus tard qu'il pouvait prendre sa retraite anticipée, faire valoir ses quelques droits. On le remerciait pour les éminents services rendus à la cause de la justice. Fermez le ban !

Maintenant on allait promouvoir une justice juste, ça impliquait qu'on éjecte les justiciers injustes... les indélicats... Ça fait beaucoup de gens. L'espoir renaît. On coupe symbolique quelques têtes, puis la sarabande recommence. Ce qui pousse le monde au cul — dans un bon ou mauvais sens — ce sont les techniques, les progrès de la science, de la médecine. Les idées jamais... elles cafouillent, elles cherchent, elles se heurtent toujours devant le même obstacle. L'homme avec ses sales habitudes.

Dans l'univers pénitentiaire, les détenus avaient saisi la balle au bond. Ils troquaient leur âme de voleur pour une âme de syndicaliste. On passait du dieu Hermès à la CGT... de Mandrin à Krasucki... le progrès n'est pas toujours en faveur de la poésie.

Voilà donc encore Frédo sur le sable Certes, il groume mais cette fois il en a sa botte... récidiver dans la bienfaisance, il ne s'en ressent plus. Seulement il est tout de même pas encore en âge de passer complètement la pogne.

— Comme j'ai pas cotisé longtemps pour ma retraite, j'aurai des nèfles.

Il me raconte ses misères dans le bar chez Carmen... aux Halles... enfin le peu de Halles qui restent accrochées autour du Forum qui se construit. Carmen elle est en ruine, comme les vieilles Halles... elle traîne la patte, elle qui fut la femme à Feufeu, une épée des Tractions avant. S'échouent à son rade encore quelques maquerotins frétillants de la nageoire... quelques fillettes qui débutent sur les derniers pavés que foulèrent les catiches du royaume d'Argot. La barmaid n'a plus dix-huit ans... plus d'âge, que des stigmates de vinasseries. On l'appelle encore Joliette... un gnome dit Bébert-roule-ta-bite l'exploite sans vergogne. Je vous situe pour l'histoire de France. Les poutres apparentes... un juke-box qui débite plutôt du Georgette Plana que du rock n'roll. Ça reste discret dans l'éclairage, le diable reconnaît les siens dans la pénombre. Elle a la voix rogomme Carmen, cassée au blanc-cassis, au pastaga... à la gitane sans filtre. Ça vous mijote de jolis cancers, la gitane sans filtre, paraît-il. Elle va en clamser dans quatre ans, mais comme nous tous Carmen se croit éternelle.

— Je te sers quoi, ma gueule, une anisette ?

Va pour l'anisette, on est dans les heures perniflardes. C'est l'automne, le premier qui suit l'intronisation du roy François. Frédo... il s'était d'abord berluré qu'on allait le promouvoir, lui confier un poste important. Seulement dans l'ombre ça se tissait contre cézigue. Des choses sont remontées, l'histoire de Nono le magicien des coffres-forts. On a même reparlé de ce coup de boule au petit Lénine à la MJC de Metz.

Le plus vicelard, c'est que pour le bordurer en douceur on a invoqué son état de santé... qu'avec tous ces voyages, ces aller et retour en province, il s'usait son pauvre cœur.

Vrai qu'il a repris du lard depuis ces derniers temps. Il badine avec son régime... les petits apéros, les marmites du chef... les plats mijotés qui ne font pas grossir, paraît-il. Duraille de tenir parmi toutes ces tentations. La moindre charcuterie vous invite à se couper quelques rondelles de sifflard, de se partager un jambonneau avec bobonne. Mireille elle est devenue pourtant vigilante, elle lui planque sous clef les victuailles les plus alléchantes. Elle a un peu perdu de son potentiel érotique... elle s'alanguit doucement en gravosse. Ça lui vaut des amateurs... ceux qu'aiment en avoir dans les pognes. Avec Frédo, elle ne trouve plus que très rarement les orgasmes de jadis. Il est plus si enthousiaste et il faut qu'il ménage son cœur. Il nous avoue là son réel problème sexuel... au rade de Carmen, parmi les consommateurs arsouilles qui s'agglutinent...

— Je vois plus souvent le bout de mes godasses que le bout de ma cravate.

On se marre. On ose. On comprend tous cette jolie métaphore. « Tout me fait rire », se faisaient tatouer sur la poitrine les bataillonnaires d'Afrique au temps heureux des colonies. Ça reste une devise arrogante pour les réprouvés.

Ce moment, ce soir-là, me revient... J'aurais voulu le retenir, non qu'il fût plus agréable, plus savoureux qu'un voyage à Venise avec une ravissante qui vous obnubile dans des parfums de volupté. Non. C'était quoi au juste ? Le temps très précis d'un drôle de compagnonnage d'arcandiers. Frédo était là dans son élément, il restait malfrat avant tout. Ça, Jeanne-Marie ne pouvait pas le comprendre. Elle garde aujourd'hui l'image de son bon larron, grand bien lui fasse. Faut jamais affranchir les caves, disait un adage de la vieille pègre. On l'a oublié et les caves se sont mis à faire des imitations. Ils parlent à présent une pauvre langue de déchets, de répétitions idiotes... de pétomanie verbale.

Carmen, malgré son âge et son alcoolisme, elle a tout de même un fusil à canon scié sous son comptoir. Un engin qui crache des bastos à vous décapiter les malfaisants... les petites arsouilles qui croiraient que...

— Y a plus de sécurité nulle part, elle nous a dit... J'ai été obligée de sortir mon flingue pas plus tard que la semaine dernière. J'ai pas eu le temps de défourailler, ils se sont cassés sans me dire bonsoir ces malpolis.

On a traînassé... casse-croûté chez Denise à La Tour de Montlhéry de l'autre côté du Forum. On est revenus se taper une rouille, une dernière et, tout à coup, un revenant s'est pointé... un ami que Frédo n'avait pas revu depuis deux Républiques. Une tronche d'assassin pas croyable... balafré, tatoué jusqu'aux yeux. Son surblase Tatave-Cœur-Pourri, ce qui vous indiquera peut-être l'année de son cru. Lorsque Frédo, par sa piété, son ardeur soudain chrétienne, s'était arraché du trou, Tatave y était depuis quinze ans. Lui avait choisi, si je puis dire, la droite ligne truande. Évasion. Repris en train de faire du gringue avec un colt à la caissière d'une Caisse d'Épargne. Re-cour d'assises et re-bagne. Re-tentative de cavale. Re-remitard..., etc.

— Moi, je leur ai toujours dit merde ! il proclame Tatave. Je me suis même permis de traiter de grosse tante le substitut du procureur quand je suis passé la dernière fois aux assiettes à Aix-en-Provence.

Je sentais comme un reproche sous-jacent à l'égard de Frédo ! Pourquoi sinon éprouvait-il le besoin de rappeler son attitude rigoureuse, qu'il avait jamais voulu baisser son froc ni avec les flics, ni avec personne.

— J'espère que tu dis pas ça pour moi.

... Frédo avait saisi l'allusion aussi bien que moi. Ça lui plaisait pas les façons de jacter de son pote. Jusqu'ici ils n'avaient fait que se congratuler mais, le Tatave, il a une singulière façon de balancer les vannes en lousdoc.

— Je vois pas pourquoi tu prends ça pour toi, la Tringle ! Paraît que t'es devenu quasiment curé, vieille fripouille !

Il se marre de toutes ses dents jaunes. Il a appelé Frédo la Tringle, un surnom qu'il a laissé au vestiaire du bagne. Carmen qui connaît son beau monde respire que ça prend une mauvaise tournure. Elle me lance un coup d'œil, elle se lève, retourne derrière le comptoir retrouver Joliette, la barmaid qui vient de renverser le contenu d'un verre de vin tant sa paluche tremble. Je l'entends dire : « Va te reposer. Arrête de picoler, merde ! »

Frédo et Tatave s'affrontent du regard. Ils retrouvent peut-être leurs vingt ans en redevenant agressifs comme des pégriots.

— Si tu dis que je suis devenu curé, c'est que tu penses que je suis plus un homme...

Ainsi de la logique voyoute. L'homme, c'est celui qui se défend par le vol, le proxénétisme, à la rigueur l'escroquerie. Tatave sur ce terrain on ne peut rien lui trouver à redire. Il doit peser plus de soixante-cinq berges, dont je crois près de trente au placard. En retranchant son enfance en orphelinat et en maison de redressement, ça lui a pas laissé trop de loisirs pour bronzer sur la Riviera.

Il se marre de la remarque de Frédo. Il met le bémol, il a juste voulu blaguer.

— Et puis j'ai connu des curés qu'en avaient une drôle de paire pour se taper les petites filles du catéchisme.

Tout de même, Frédo il rengracie pas. Il estime que c'est pas à un loquedu comme Tatave de le juger.

— Chacun fait son chemin. Du moment qu'on a le nez propre.

Ça restait plutôt dans une tonalité noirâtre leur dialogue. Derrière nous au zinc, une petite équipe de jeunots, de barbiquets en bloudejines, blousons de cuir, chevelure longue, n'en perdaient pas une de cet affrontement de diplodocus.

— Viens, Alphonse, on se casse !

Frédo voulait rompre là... éviter que ça s'envenime. Il s'est levé pour aller casquer Joliette. Tatave l'a retenu par la manche.

— C'est pour moi... Laisse tomber !

Frédo l'a repoussé. Ici, il était chez lui, ça pouvait se concevoir, mais sa façon d'agir était offensante... l'air de dire... je veux rien te devoir. Il s'est approché du comptoir. Sur notre gauche, un peu à l'arrière, une nana en récréation de trottoir a mis une pièce dans le juke-box... pour Sinatra, *Stranger in the Night.*

Ce Tatave, il était fondu, les années au placard, toute cette dureté qu'il avait accumulée en avaient fait un bloc de haine imbécile, il en avait perdu le bon sens. Il s'est dressé et, en même temps, j'ai vu de sa pogne jaillir une lame... d'un cran d'arrêt, comme on s'en servait sur les fortifs quand le périphérique n'existait même pas dans les anticipations de Barjavel.

— C'est moi qui règle, la Tringle !

Il était plus assez rapide pour le planter en bondissant. Frédo a eu assez de réflexe pour esquiver l'attaque en virevoltant sur sa gauche. Tatave, on voyait qu'il avait appris l'art de la saccagne à bonne école, il a changé rapide son surin de pogne et il a repris l'offensive. Frédo s'est fait proprement planter dans l'épaule. Là, les jeunots sont intervenus pour ceinturer Tatave. Frédo s'est écroulé sur une table. Et toujours *Stranger in the Night* en fond sonore à cette rixe d'apaches, revenants de l'époque Casque d'Or.

— Fous le camp, Cœur-Pourri ! Tire-toi vite ou je t'allume, ordure !

Carmen avait sorti son flingue de Ma Barker. J'ai vraiment eu le trac que maintenant ça dégénère dans le chizbroc sanglant... la bouillie pour les perdreaux ! Tatave, les petits maques l'ont désarmé... l'ont poussé vers la lourde... vers la rue. Ils vont le jeter sur l'asphalte... comme un malpropre, un biturin des soirs de paie. Carmen s'est avancée son canon scié à la hanche, elle atteint le seuil... tandis que Tatave se relève péniblement... Furax, elle le menace encore.

— Qu'est-ce que tu viens foutre la merde ici, vieux schnock ! Taille, je te dis ! Sinon je t'envoie la sauce !

Je peux pas dire qu'il s'esbigne tout péteux sans demander son reste, je le suppose. D'où je suis, je ne peux pas le voir, je m'occupe de Frédo qui saigne d'abondance à travers sa veste. L'autre vieux dingue a l'air de l'avoir piqué profondément. Il se débat, il veut se venger, aller riposter dans la rue, lui arracher la gueule à l'autre salopard ! Carmen prend la direction des opérations... Les petits julots restent en faction devant la lourde, elle entraîne Frédo à la cuisine dans l'arrière-salle.

— On va t'emmener chez Tête-d'Argent.

C'est le médecin, Tête-d'Argent. Ça l'a secoué, mon pote, cette agression. Il a plus l'âge de subir un choc pareil. Il bougonne que le Tatave, ce vieil empafé, il va le retrouver... lui faire sa fête.

Ça se déroule maintenant genre séquence de films des années cinquante... noir et blanc avec les dialogues de Michel Audiard. Carmen, dans le domaine jactancier, l'argomuche lui arrivait sans effort. Elle avait le vanne au bord des lèvres.

— Un vieux con pareil on devrait l'empailler pour le musée de la préfecture de police !

Concernant Tatave, c'était marqué au coin du bon sens. Il appartenait à une espèce en voie de disparition. Tête-d'Argent, le toubib, n'était pas non plus un minet de chez Castel... On peut sans trop risquer d'erreur le cibler dans les octo. Et cependant il se tient droit, il est souriant et pondéré. Il a été radié de l'Ordre depuis les années cinquante, pour avoir aidé des jeunes femmes à se débarrasser d'un fardeau gênant. A l'époque, un médecin qui donnait dans ce genre d'exercice, ça lui valait de se faire bordurer de la profession et de tirer trois quatre ans de ratière. C'est d'ailleurs là qu'il s'est refait une clientèle... Il soigne depuis tous les éclopés gangsters, il extrait les bastos qu'il vaut mieux pas faire examiner par les microscopes de la police scientifique...

Carmen lui a bigophoné comme ça en pleine nuit. Pour elle, il est toujours là. Autrefois ils se sont passé des caprices de plumard tous les deux.

Voilà, on embarque Frédo dans ma tire avec un pansement provisoire. A Montmartre, il perche ce vieux renard. Faut le débusquer dans sa tanière au fond d'une impasse... une espèce de villa au milieu d'un jardin où ne poussent que des herbes folles. On ne s'attend pas à l'intérieur à trouver plutôt du bon goût... de beaux meubles... les murs ornés de toiles de peintres... surtout ceux qu'il a connus dans le quartier... Utrillo... Gen Paul... des petits dessins de Van Dongen... un tableau de Lorjou. Des bricoles qui représentent un bel héritage.

Il a l'air d'aimer aussi la littérature... partout des rayonnages de livres. Il vit là tout seul, ce birbe, avec beaucoup de souvenirs et une culture d'honnête homme comme on le concevait au XVIIe siècle. On n'en est pas à un paradoxe près.

Pour les soins, ça se passe au sous-sol. On descend... on s'attend à trouver le PC de la Résistance... l'imprimerie des tracts communistes !... Non... on entre dans un cabinet médical plutôt ordinaire. N'était son attitude réservée, son côté « pas de mots inutiles », on se croirait chez n'importe quel vieux médecin de quartier.

Il a fait allonger Frédo sur sa petite table d'examen...

— Un coup de couteau ?

Il interroge Carmen. En entrant, elle l'a embrassé, elle lui a dit : « Bonsoir, Michel », ça m'a paru chargé d'une espèce de tendresse. Il a comme un perpétuel sourire sous sa moustache... l'œil noir perçant. Sans s'occuper de nous, il s'active sur Frédo... il le rafistole d'une main experte qui trahit nullement son âge. Deux points de suture, un fort pansement qui va nécessiter de se faire rectifier les fringues. Comme c'est l'épaule droite qui est touchée, ça va l'immobiliser quelques jours.

Sérum antitétanique... on sait jamais, les surins de vieux voyous ont parfois quelques minuscules taches de rouille sur la lame. Ç'a été réglé en deux coups les gros et Carmen a voulu le casquer.

— Ça s'est passé chez moi, je suis responsable.

Tête-d'Argent n'a jamais voulu. Une broutille... pas question de se faire payer pour si peu.

— J'y ferai une fleur. J'y enverrai un beau bouquin... Tu me trouveras ça, Alphonse, toi tu sais ce qui lui fera plaisir.

On est déjà dans la voiture, on a démarré dans Montmartre désert lorsqu'elle me dit ça Carmen. Elle veut jamais être en reste. Son point d'honneur, elle appartient elle aussi à une civilisation qui fout le camp, si j'ose dire. Gonzesse de voyou, pute et maquerelle depuis l'après-guerre, elle avait tout vu, tout connu dans le Mitan. Les plus gros cadors, les pires arsouilles, les ennemis publics numéro un... les dingues de la gâchette, les réinsérés de la Carlingue de Bonny-Lafont qui lui avaient permis d'échapper aux Fritz qui la recherchaient à cause de ses origines juives. Elle était fort capable d'avoir elle-même dessoudé quelques gêneurs... quelques personnages indélicats. Ses amants, elle les avait choisis plutôt dans les zones d'infamie... le banc, je veux dire. Des grosses pointures, des Borsalinos qui restent encore au mémorial de la truanderie. « Mes mecs, disait-elle, n'ont jamais eu le temps de me salir mes draps. » Ils étaient passés dans son existence en météores... entre deux mandats d'arrêt, deux cavales, deux règlements de comptes. Ça vous fabrique pas des vieilles dames à chien-chien de chez la marquise de Sévigné.

Tout s'est estompé à présent. Ce retour nocturne dans ma tire. Il s'était mis à pleuvoir. Une coutume du ciel parisien, mais s'il pleure sur la ville, on arrive encore à rire entre les gouttes. J'ai raccompagné Frédo jusqu'à son appartement rue Daguerre. Mireille est venue nous ouvrir en chemise... sortie du sommeil en fanfare.

— Qu'est-ce qui se passe, Frédo ? Qu'est-ce qui t'arrive ?

Frédo, il était pas dans ses humeurs de sainteté après cette corrida imbécile.

— Va te recoucher... C'est rien, je te dis !

— Rien !... Mais t'es blessé. Qui c'est qui t'a fait ça... Comment ?

— Si on te le demande, tu diras que tu m'as mordu pendant ton orgasme.

Il restait dans la tradition du jules qui sait parler aux dames, tout en ayant assimilé le vocabulaire de la sexualité moderne.

Elle a pas demandé son reste, la chère Mireille, elle a juste haussé les épaules. A travers sa chemise de nuit en tissu transparent, j'ai pu me rendre compte furtivement que son fameux tablier de sapeur, c'était pas du jour.

Si je me suis un peu attardé sur cette anecdote, c'est qu'elle me paraît typique de toutes les complications que les malfrats se fabriquent à partir de pas grand-chose. Des susceptibilités dangereuses. D'un propos tenu dans un bar, parfois un vanne sans fondement, répété d'écho en écho, on en arrive à se buter les uns les autres. Peut-être est-ce le raccourci brutal, primitif de toutes nos querelles humaines.

Pendant quelque temps Frédo a ruminé une vengeance. Il m'a dit avoir recherché cet enfifré de Cœur-Pourri un peu partout dans le circuit de la malfaisance.

Il n'avait plus autre chose à foutre depuis sa mise à la retraite. Pas pu l'harponner dans un recoin sombre, les flics l'ont coiffé au poteau. En flag pour une tentative minable de racket. Baluchonné à la Santuche. Frédo alors a regretté de plus être inspecteur visiteur de l'administration.

— J'aurais été lui porter un colis de merde à déguster.

Euphémisme, il ne se serait pas contenté de ces représailles enfantines. Il était capable aussi de jouer de la rapière. C'eût été encore une drôle d'histoire à éponger. Comment Jeanne-Marie et ses autres admirateurs auraient-ils métamorphosé cette action barbare en un acte de béatitude ? Difficile de me prononcer, mais je leur faisais confiance, les convaincus trouvent toujours de quoi renforcer leur conviction même avec les arguments les plus inattendus, les plus contradictoires.

Sa blessure au champ du déshonneur il n'en avait pas fait état, mon petit pote. Son épaule handicapée, il a mis ça sur le compte d'un rhumatisme... d'une crise d'arthrose. Ça n'étonnait personne, il avait l'âge de ces misères.

On lui a proposé de reprendre un peu du service comme éducateur dans un centre de prévention de la délinquance en banlieue. Une institution gérée celle-là par des protestants. Il a été faire un essai pendant trois semaines, puis il a largué les amarres prétextant ses problèmes de santé... il leur a joué de la thrombose... En réalité il en avait sa ration des exercices d'apostolat. Il projetait maintenant d'aller aux Antilles, de finir ses jours sur le sable fin d'une plage. Il se trouverait là-bas une belle petite métisse pour lui agrémenter les insomnies.

De ses dernières inspections dans les taules il avait gagné la confiance de quelques gros bras de la pègre. Des noms qu'on voyait dans la presse... rois du non-lieu... parrains... chefs de gang... Ça lui a permis de se reconvertir encore, mais cette fois en revenant presque à la case départ. Un job tout à fait clandestin... il est devenu placier en machines à sous... jackpots... Il a prospecté en voiture le nord de la France... Comme il proposait sa camelote au nom d'un redoutable radjah du Milieu, ça lui évitait les fatigues salivaires que peuvent avoir les représentants en linge de maison. On a prononcé, à ce propos, le mot de racket, on exagère toujours un peu, n'empêche que ça a fait du chemin une pareille appellation contrôlée ou non.

C'est une période où je ne rencontrais plus aussi souvent Frédo. Ça s'espaçait nos relations mais toujours aussi cordiales, aussi confiantes... Je restais parfois deux ou trois mois sans le revoir, ça me permettait de mieux me rendre compte qu'il reprenait sérieux du poids. Il jetait l'éponge quant à son régime ! Il recommençait à s'en foutre... déjà que sur les activités de quéquette il y allait mollo (l'expression on ne peut plus adéquate) alors s'il pouvait plus tortorer, plus picoler, ça sert à quoi l'existence, même si elle précède l'essence. A se dévouer pour son prochain, certes. Il était bien obligé encore d'en parler lorsqu'il retrouvait ses protecteurs magistrats ou autres... ne serait-ce que pour entretenir sa légende à l'eau bénite.

— Il souffre de plus pouvoir poursuivre sa mission, disait Jeanne-Marie.

Je lui répondais que je n'en doutais pas une minute... que le vilain sort s'acharnait vraiment sur lui... son angine de poitrine, les flics de la Territoriale et puis les ingrats socialistes qui l'avaient débarqué. J'abondais toujours dans son sens, c'est préférable... les gens comme ça vous aiment mieux.

Elle aurait bien voulu qu'il reprenne une fonction même honorifique. « Il l'a tellement mérité ! » Pour améliorer encore l'image pieuse qu'elle avait de lui, je lui ai laissé entendre qu'il circulait encore un peu partout pour secourir quelques amis dans le besoin, des anciens taulards dans la noire débine.

— Ça ne m'étonne pas de lui !

Elle était irradiée de bonheur en m'entendant. C'eût été dommage de la priver d'un plaisir aussi précieux. On s'était croisés dans le quartier des intellectuels... vers Saint-Germain où nous avions nos éditeurs respectifs. On se parlait sur un trottoir, en coup de vent comme on dit.

— Venez dîner un soir à la maison avec Alfred. Nous ne l'avons pas vu depuis près de deux mois.

Le dîner n'a pas eu lieu. Ou peut-être sans moi, je ne sais plus. On est toujours occupé à autre chose. On ne se rappelle plus exact à quoi quand on zyeute sa vie dans le rétro.

Malgré les machines à sous, je trouvais pas qu'il reluisait lerche question carbure le Frédo. Je vous ai révélé sa passion secrète. Il aidait à piéger les caves avec ses jackpots, mais lui-même, ce que ça lui rapportait, ses commissions, il allait se les faire essorer dans toutes sortes de flambes... tapis francs, courtines ou roulette. Ça, il n'aimait mieux pas m'en parler. D'ailleurs qu'aurait-il pu tirer des conseils gratuits que je pouvais lui donner ? Pour sa santé encore on pouvait le mettre en garde, mais s'il s'agit de vice tous les blablas n'y peuvent rien... on pète en vain dans le violoncelle. Essayez donc de faire retrouver le chemin des demoiselles à un pédéraste endurci en lui chantant des romances napolitaines !

12

On a de la place dans son cœur pour les morts et les vivants, ils ne s'y font pas de tort.

Marie Besnard, *Mémoires*.

Encore un chiendent ! Nouveau mauvais coup du sort. M. Gaston Defferre, ministre de l'Intérieur, a interdit les machines à sous. On lui prêtait trop de complaisance à l'égard des nervis marseillais, alors il a frappé fort pour protéger sa réputation sinon sa vertu. J'ai lu la nouvelle dans la presse et j'ai appelé tout de suite Frédo. Je vous rapporte pas ce qu'il m'a répondu pour qualifier notre ministre, mais il l'apparentait à un maquereau en état de putréfaction avancée. Aimable soulagement verbal qui n'avance pas à grand-chose. Frédo était trop vioque, à présent, trop perclus, essoufflé pour repartir dans de nouvelles batailles. On balançait, dans les rades où l'on cause, des allusions à son âge, à son numéro de mystique qui faisait d'autant moins recette qu'il était un peu dépassé depuis que les curetons dessoutanés eux-mêmes n'y croyaient plus.

Il s'est mis alors à ronchonner, grignoter du regret... que tout foutait le temps... plus d'hommes ! plus de mentalité ! l'éternel refrain du vieillissement. Son âme était déjà en peine. Il se racontait interminablement à qui se présentait pour l'entendre.

Encore du temps a dégouliné dans les oubliettes de la chronologie et, un jour, pour se donner un peu de reluisance, me montrer qu'il était encore d'attaque sur les petites culottes, il m'a invité à déjeuner en compagnie d'une minette, la sœur d'un certain Bachir, un jeune malfrat algérien qu'il pistonnait pour sa libération conditionnelle. Il avait tout de même gardé quelques sérieuses relations au ministère, ça lui permettait de rendre encore quelques services aux amis. Il avait repris tout son poids d'avant l'infarctus... le bide, la couperose... et de moins en moins de cheveux sur le caberlot. Restait une certaine puissance qui émanait de sa personne. Avec son costard anthracite, son chapeau mou, on pouvait le prendre pour un négociant aisé... un mandataire aux Halles qui se sortait une employée de derrière les cageots.

— Tu devrais faire faire du cinéma à Djamila, regarde, elle a une belle petite frime et puis elle a déjà joué au théâtre. Où ça que t'as joué, Djamila ?

— Ça vaut pas la peine d'en parler... Avec une troupe d'amateurs à Livry-Gargan.

Et alors ! Il argumente que c'est souvent dans les troupes comme ça qu'on découvre les futures vedettes... les Viviane Romance de l'avenir. La petite biquette elle a pas l'air de savoir qui c'est Viviane Romance. On se sent vieillir à ça aussi... quand on évoque les idoles, les petites joies de nos pognes écolières et que les jeunesses ne connaissent même pas leur nom. Enfin, ça badine... je nous trouve presque libidineux pépères avec cette petite Djamila. A-t-elle dix-huit berges ? J'en jurerai de rien... ça fait qu'on est presque ses grands-dabs. Elle, elle a l'air de s'en foutre... très cool, ses petites noix bien serrées dans le jean... la poitrine déjà bien avantageuse. Des choses qui vous rapprochent du Maghreb sans besoin d'ambassadeur.

Le cinéma... je préfère rester vague... rien promettre. Auteur, vous n'avez aucune influence pour placer les comédiens et surtout les comédiennes. Domaine réservé du metteur en scène. C'est pour ça en général qu'il l'est devenu, pour pouvoir se tringler les mignonnes... se faire éponger dans les décors par les bien nommées aspirantes stars. Ça fait partie de ses droits... le cuissage ! C'est pas inclus dans les contrats mais c'est virtuel. Celles qu'il a déjà essayées ou qu'il n'a pas trouvées à son goût, ses assistants se rabattent sur leurs miches... et puis le directeur de prod... quant aux machinos, eux, ils donnent plutôt dans les figurantes.

Dès le tournage, le scénariste, on veut plus le voir. S'il se pointe il a l'air d'un vicelard qui vient rôder derrière les glaces sans tain.

Djamila m'enverra sa photographie et j'irai plaider sa cause, c'est promis, à Robert Bresson quand il préparera le casting de son prochain film. On était à la République chez Jenny dans les marqueteries de Splinder devant une choucroute. C'était pas très recommandé pour Frédo... Il avait tombé la veste, dégrafé sa cravate et le haut de son froc... chemise dans les tons orangés et de grosses bretelles à motifs tricolores.

— La choucroute, ma cocotte, c'est le couscous des Alsaciens.

Il s'inquiétait seulement de savoir si Djamila pouvait becter des saucisses et des côtes de porc. Oui, oui, elles fuyait ses coutumes, cette môme... un papa manœuvre dans le bâtiment... dix frères et sœurs. Elle voulait devenir comme Catherine Deneuve, peut-être pas si blonde, ça lui irait pas, mais qu'on lui rappelle pas sans arrêt qu'elle est issue d'une famille de Ratons.

Allez prêcher ensuite pour l'identité culturelle... garder ses racines ! Elle, elle risquait pas de se voiler...

au contraire, elle rêvait de montrer carrément son minou devant les caméras.

— Si tu veux faire carrière, faudra que tu te trouves un blase plus passe-partout, Gaby ou Josseline par exemple…

Il datait aussi question prénoms de vedette. Je trouvais même qu'une Djamila, ça pouvait se lancer. On n'est plus au temps des Germaine, des Ginette ou des Marguerite au pré !

En tout cas il allait, après la choucroute, se l'accommoder dans une chambre d'hôtel dont il connaissait le patron, un ancien compagnon de carluche. Il m'a affranchi tandis qu'elle s'absentait pour un petit pipi : « C'est dans la poche »… et puis… il a cligné de l'œil et a baissé le ton… « J'ai bu un remontant, une petite fiole pour le gourdin. Une drogue de sorcier africain. J'ai essayé avec Mireille la semaine dernière, elle en a encore le cul tout endolori. »

La serveuse en costume folklorique nous servait des quetsches en guise de pousse-café lorsque Djamila est revenue s'asseoir sur la banquette, se coller bien contre Frédo, la tête presque sur son bide. Elle crachait pas non plus sur la bière, les alcools, cette petite Algérienne. Tout de suite elle a vidé son verre. Normalement, elle aurait dû me faire un peu pitié d'être comme ça blottie près de ce gros truand corrompu. J'en ai pas trop de reste pour ça. Après tout ça risquait pas de la pervertir, je vagabondais approximatif dans son récent passé. Sans doute s'était-elle déjà appliqué sur son gentil ventre des poids aussi lourds que Frédo. Peut-être encore moins ragoûtants. Dans toutes ces histoires de cul, de sexe, on a trop en tête des idées reçues, repues… la beauté, la pureté… la jeunesse… balivernes ! On fait ce qu'on peut, avec ce qui se présente, ce qui vous arrange. Elle avait sa tignasse crêpée au creux de son épaule… comme une fillette blottie contre son vieux papa. Désagréable impression puisque je connaissais le final... le vrai café du pauvre ! Il a changé brusque de conversation après avoir vidé son verre et recommandé à l'Alsacote de nous remettre ça.

— Jeanne-Marie, tu sais ce qu'elle s'est mis dans la tête, cette conne ?

Je n'osais faire de supposition... Je pensais tout de même pas que ça pouvait maintenant dévier dans le sordide, la pine en bouche... qu'elle voulait se le faire. Depuis que je vous l'ai présentée, cette radieuse bourgeoise a pris comme nous autres du flacon, très visible elle se fait tirer la peau pour donner le change aux hommes sinon à Dieu. Elle a cette suprême coquetterie ! Non... heureusement, il s'agit de bien autre chose, d'une démarche tout de même plus noble. Je donne ma langue une fois de plus au matou.

— Elle veut me faire obtenir la Légion d'honneur !

J'entends bien, j'ai pas trop abusé de la bibine, de la quetsche ! Il me confirme. Elle lui a fait remplir une demande. Ça sera vraiment une première... un ancien bagnard promu. On va en parler sérieux dans les gazettes, les médias... ça risque pas de passer inaperçu.

Ça me laisse un peu abasourdi. Je me sens dans l'obligation d'admirer l'exploit. Pratique, je lui réponds :

— Ça serait le moment que t'écrives un livre.

Ce que je lui conseille depuis longtemps. A la téloche chez Pivot, il cartonnerait, pour cent mille exemplaires au bas mot.

— Ça rapporte du fric la Légion d'honneur ? demande Djamila en toute naïveté.

On n'en sait fichtrement rien. Ça n'a aucune importance. La Légion d'honneur c'est Napoléon qui a trouvé ça pour récompenser les services éminents rendus à la France. Ça m'a toujours paru (et me paraît toujours) étrange cette convoitise des gens pour ce hochet... immuable à travers les empires, les républiques, les royautés. Tous les hochets d'ailleurs... mais celui-là, il fait l'unanimité. Les plus contestataires de Mai, les anarchos barbudos de nos barricades estudiantines, tous les boutefeux du plus comme avant, on les retrouve chaque saison dans les promotions... acteurs les plus débraillés, chanteurs de rock... hippies de plume, minettes suceuses de film hard, sculpteurs au caca figé... ils se ruent tous chez le monarque pour avoir leur bout de ruban rouge comme naguère les écrivains académiques et les peintres du pompiérisme.

Ça fait partie de ses faiblesses, au Frédo, ce goût des honneurs officiels, ces breloques... ces titres... Il était au comble de la félicité quand on l'appelait m'sieur le Directeur. Président, je suis sûr, il aurait dégusté l'appellation comme un grand cru. En France on est plein de présidents. C'est le titre de noblesse républicaine. On ne change rien, on coupe quelques têtes de pipe, d'autres reviennent. Les motivations restent les mêmes... la Légion d'honneur... la grande croix... l'éblouissement... le soleil pour soi tout seul.

Enfin, chez Frédo, y avait au revers de cette médaille la concrétisation d'une revanche. On l'avait traîné, bafoué, menotté tout enfant entre deux gendarmes... vioque il se les voyait formant la haie, au garde-à-vous pour le saluer, les pandores. « Ouvrez le ban... Frédo, comme le rêve, passe !... »

Je lui objecte qu'il y avait peut-être un os dans ce délicieux gâteau. Jeanne-Marie, ses appuis, relations se situaient plutôt chez les gens de l'ex-roi Valéry, étaient-ils en mesure de faire distribuer des Légions d'honneur ? Il en était sûr Frédo... il se marrait de mon innocence et il avait bien raison. Les puissants se ménagent, se comptabilisent les services, renvois d'ascenseur... de médailles en or ou en chocolat. Derrière y a aussi le pognon... et on sait alors se faire les politesses d'usage.

Djamila écoutait tout ça sans en perdre une. Elle se précisait dans mon esprit comme une petite décidée à se sortir de la chtourbe. Frédo devait lui paraître le tout premier échelon en bite à gravir pour atteindre les sommets de la gloire. Elles sont une multitude sur la ligne de départ de la course au vedettariat tous les ans. Ça leur représente à chacune une chance de devenir Isabelle Adjani comme de gagner au loto. Tout de même dans le nombre, passées les illuses cinématographiques, les plus futes-futes bifurqueront dans des carrières moins aléatoires... plumeuses de gros pigeons... harponneuses de requins de la finance... suceuses de diamantaires. Ce qui leur interdit nullement de se retrouver par la suite sur les écrans du septième art.

Je repasse plus à la République devant chez Jenny en voiture, sur le boulevard du Temple, sans que me revienne en mémoire ce déjeuner. La dernière séquence que j'ai vue, moi, de la vie de Frédo. Je garde pourtant plutôt son image au temps des psy... de son stage d'éducateur à Rouen où il était encore mince, avec presque toute sa chevelure... la gueule prête à mordre... les poings serrés... l'œil aux aguets.

Par discrétion, j'étais sorti le premier du restaurant... j'avais un rencart urgent quelque part, j'ai dit. Je voulais le laisser seul avec Djamila pour les prémices de la pastiquette. Pas l'air d'être celui qui reste pour tenir la bougie.

J'aurais peut-être dû... qu'est-ce qui s'est passé au juste dans cette chambre d'hôtel rue Béranger ? J'ai pu reconstituer en gros les événements. Mais les détails restent obscurs. S'est-il payé sa crise cardiaque avant, pendant ou après la tringlette ? Ou tout bonnement pendant la turlutte de mise en route ? Djamila n'a pas été témoigner au commissariat. Disparue, l'aimable Beurette, ce qui valait mieux pour tout le monde. Elle a juste prévenue d'urgence le patron, m'sieur Maurice, je vous ai dit un pote de placard à Frédo. J'ai été le questionner quelques jours plus tard. Il est plus très frais non plus quant au physique, m'sieur Maurice, il traînasse sur des espadrilles une carcasse un peu trop volumineuse. Il mâchonne ses cigarettes, vous zyeute torve derrière des lunettes qui se fabriquaient déjà plus — les montures — sous Vincent Auriol. Il vous reçoit dans les amabilités les plus restrictives.

Ce soir-là, très tard en rentrant, j'avais un message sur le répondeur téléphonique… la voix de Mireille tout enlarmée. « Frédo est mort… je peux pas t'en dire plus ! » Déjà deux fois j'ai appris de la sorte, par leurs dames, la mort de Musique et puis celle du Mage Vulcanos. C'est vraiment l'instrument favori de la camarde le téléphone. Je suis resté sans voix comme il est écrit dans les bons romans. On réalise mal ce mot « mort ». On y a pensé pourtant bien souvent et de plus en plus à mesure que les années vous grignotent votre part d'existence. On sait qu'il est inscrit inexorable pour tous, mais lorsqu'il vous touche, vous frôle à travers un ami, un frère, un parent… on est toujours abasourdi. J'ai composé le numéro de Mireille en me demandant ce que j'allais lui raconter puisqu'elle était sans doute au courant qu'on avait becté ensemble le midi.

— Allô, Mireille… C'est affreux ! Qu'est-ce qui s'est passé ?

Elle rentrait de la morgue où le corps de Frédo avait été transporté. Elle avait été prévenue en rentrant de son boulot… Les flics du commissariat des Enfants-Rouges…

— J'ai bouffé avec lui chez Jenny.

La version de Mireille, c'est qu'après m'avoir quitté il avait été dire bonjour à Maurice Budin, un vieil ami de cabane et c'est en sortant de l'hôtel que tient Maurice rue Béranger que ça l'a pris… dans le couloir précisément. Des douleurs atroces dans la poitrine, les symptômes qui ne trompent pas. Il a tenté de se retenir aux murs… tangué… il s'est affalé. Maurice a appelé le commissariat et quand les flics sont arrivés, plus rien à faire. Frédo avait dévissé son billard, sans avoir le temps de prononcer quelques dernières paroles mémorables.

— Où est-il ?

Toujours à la Médico, la morgue... quai de la Rapée... ce radieux bâtiment de briques rouges sur le bord de la Seine. Dans un tiroir, il attend le permis d'inhumer du médecin légiste. On pourra dire que jusqu'au bout il aura été sous la coupe des argousins.

Je me suis efforcé de trouver de pauvres mots pour consoler Mireille qui sanglotait dans le téléphone. Ça faisait combien de temps qu'elle partageait son existence avec Frédo... Vingt-cinq piges aux fraises. Le parcours de la fraîcheur aux rides... aux nibards qui commencent à pendouiller. Ça n'avait pas été ces années rien qu'une longue flânerie d'amoureux dans un éden. Chaud de la pince, obsédé de son rattrapage des années perdues à se pogner, Frédo, vous avez pu vous rendre compte, ne s'était pas privé de la cornarder avec toutes celles qui disaient oui. Gros appétit au plumard autant qu'à la gamelle. Les petites, les grandes, les gravosses, mineures, presque viocardes, tarderies ou jolis minois... bourgeoises ou zonardes. Dès qu'il pouvait montrer à une nana sa belle bite tatouée, il la lui exhibait au mieux de sa forme. Son surblaze de jeunesse... la Tringle, il a continué à le mériter. Au foyer, il emballait les sœurs de ses pensionnaires... parfois les mamans qui venaient le voir en larmes. Il les consolait à même le bureau. J'aurais pu vous débiter tout ça en tranches, ça vous aurait fait rire un peu, comme dit Brassens, mais cet ouvrage devenu alors trop énorme nous amènerait dans des prix excessifs à l'étal des librairies. On cherche parfois les mystères de la créativité dans la littérature et c'est souvent le prix de revient, l'explication. Nous n'échappons pas, nous les artistes, poètes ou penseurs, aux mêmes lois que la productivité betteravière.

Mireille oubliait déjà tout ce qui aurait pu ternir la mémoire de Frédo. Il était vraiment son homme rien que pour elle à présent. Il allait pas à la Médico sortir de son tiroir pour forniquer une dernière fois avec la belle noyée voisine.

Dès le décès d'un bonhomme, la veuve commence sa carrière d'abusive. Elle prend toutes les revanches possibles. Sans parler de triviales histoires d'héritage, elle va arroser sa tombe de larmes pour lui faire pousser toutes les vertus qu'il n'avait bien souvent qu'à l'état très embryonnaire. Les petits et gros travers du monsieur... pof, évaporés ! Il n'était que généreux, aimable, sobre, attentif aux petits soins de madame, intelligent et sensible, d'humeur égale, sentimental... et n'en jetez plus, la tombe est pleine !

Pas trois jours qu'il était refroidi, Mireille se chargeait d'entretenir au mieux sa légende. Enfin, elle avait bien droit à cette petite compensation. Je fus témoin de la façon dont elle l'a aidé dans ses débuts de réhabilitation. A Rouen dans leur HLM à la cité des Sapins... elle lui avait tout donné, comme il est d'usage de dire. Le boulot, la cuistance et le pageot où il la trouvait fort à sa convenance, ce brigand bien-aimé. Il m'avait gratifié de moult détails sur leurs frénétiques parties de jambes en l'air. Faut donc reconnaître que si elle s'était autant attachée à cézigue, elle y avait trouvé des compensations de reluisances peu ordinaires. Un rien brutal dans l'étreinte, le Frédo, ce qui ne nuit pas à l'orgasme, ni aux bons sentiments.

Sans elle, à certains moments, le foyer serait parti en brioche. Même après l'histoire de Solange, elle avait continué à faire suivre l'intendance. Ses écarts de guibolles avec Agadir et bien d'autres l'empêchaient pas de surveiller sérieux la caisse. Y a des femmes comme ça, qui vous tiennent les comptes même en levrette.

Je badine, plaisante salé, n'empêche que le chagrin était là. Merde ! Un copain vous manque et tout ne se dépeuple pas vraiment, mais ça vous laisse une drôle de gamberge. Évidemment c'est sur soi qu'on finit par se morfondre... Ça vous fait une étape de plus qui se décompte au rongeur du temps. Qu'est-ce que c'était que cette drogue africaine qu'il avait prise pour aller se farcir Djamila, ce con ? Il s'était achevé comme ça sur ce petit sujet. Déjà la choucroute, le lard fumé, les francforts... le boudin, les formidables de mutzig blonde... remettez-nous ça !... Une tarte à la mirabelle qu'il s'était goinfrée en se marrant, se foutant de mes conseils diététiques. Je me demandais à la réflexion plus profonde, si ce n'était pas de sa part une façon de défier la mort ! Une roulette russe à la tortore, au trou du cul, c'est moins rébarbatif qu'au barillet... moins pur, certes, mais puisqu'il faut arriver à un même résultat, autant que ça soit en se faisant encore du plaisir.

Jeanne-Marie, je vous ai dit d'avance, beaucoup plus haut, sa conclusion : « C'était un saint ! » Un silence a suivi cette affirmation. J'étais dans l'ambiguïté, moi, au bout du fil. Bien forcé de dire oui... oui. Saint ou pas, qu'est-ce que ça peut foutre ! Je l'ai entendue aussi pleurer Jeanne-Marie. Pas le style femelle qui perd son mâle... non, quelque chose de plus léger, venant de l'âme sans doute... à travers sa voix je sentais le déchirement... une tristesse pleine de piété.

Le saint, tout de même je voulais, ma sale curiosité aidant, savoir comment il avait rendu son âme à Dieu dans cet hôtel de la rue Béranger. Je me suis offert une petite trêve de boulot pour aller interviewer m'sieur Maurice, le débusquer dans son trou pourri. J'exagère d'ailleurs, cet hôtel sans étoile est cependant de bonne tenue. Il y reçoit des putes en discrétion... pas des passes répétitives, mais sans doute avec un condé en béton armé.

M'sieur Maurice, c'est pas le genre à s'expliquer dans les show reality. Il aime même pas trop regarder l'interlocuteur pour avoir à se souvenir de personne au cas où quelques curieux viendraient lui asticoter la couenne. Frédo lui avait fait mon papelard, il se targuait un peu partout d'être en quelque sorte mon confident, mon directeur de conscience... en l'occurrence, ça m'a permis d'être de plain-pied avec ce cloporte.

Comme je le subodorais, ça s'était passé dans la chambre pendant leurs ébats. Au-dessus en dessous... à la paresseuse ou au bord du lit... n'importe ! Djamila l'a appelé au téléphone intérieur. « Y a un accident ! Venez vite ! » Affolée, certes, mais très vite elle a repris ses esprits... réenfilé son tee-shirt et son jean avant l'arrivée de m'sieur Maurice. A poil sur le lit, Frédo était en train d'avaler son bulletin de naissance.

— Il était pas encore mort ?

Il ne savait pas me dire au juste. Lui, ce qu'il voyait surtout, les emmerdes qui pouvaient découler de tout ça, alors il avait bigophoné à un inspecteur de ses relations... un type très bien comme de juste. Le Samu eût été préférable. Je me dis ça... mais à quoi bon lui en faire le reproche.

— On l'a resapé. Avec la petite, on a eu du mal à le pousser dans l'ascenseur, il était lourd, la vache !

— Il était mort ou pas ?

— Il bougeait plus. S'il était pas canné, il valait guère mieux.

Au rez-de-chaussée, ils l'ont donc poussé dans le couloir. Djamila s'est esbignée. Et la suite... c'est la version officielle. Frédo était venu le saluer en passant... qu'ils ont bu un petit godet et ça l'a pris en sortant. Il a donc téléphoné tout de suite au commissariat.

— C'était mieux comme ça pour tout le monde.

J'en conviens, ça aurait servi à quoi de dire l'exacte vérité. Il ajoute en allant fouiller dans le tiroir de son bureau :

— La môme, si tu la vois... elle a oublié ça.

Il tend une petite culotte rose avec des dentelles. Il se marre sans que son clop se décolle de sa lèvre supérieure. J'ai pas tellement le goût à l'accompagner dans la rigolade.

— Tu la donneras à l'abbé Pierre... pour ses pèlerins d'Emmaüs... je me suis entendu lui répondre.

Et on va en rester là nous deux, il me raccompagne jusqu'à la rue en bougonnant son dernier commentaire, en guise d'oraison funèbre :

— Frédo, il aurait jamais dû monter avec une Ratonne. Ces gonzesses-là il leur faut tout un régiment de tirailleurs pour les rassasier. C'était plus de son âge, pas vrai ?

Y a des romans qui finissent bien. Le baiser nuptial... on lance aux mariés des pétales de roses, des dragées... les cloches sonnent... eurent beaucoup d'enfants. Quoique cette dernière formule devienne obsolète. On devrait écrire, en se référant aux statistiques de la natalité en France... « et ils eurent 1,68 enfant ».

J'ai l'air de quoi, moi, en vous finissant mon histoire à la morgue. Ça va me nuire dans les magazines féminins surtout. Ils sont devenus cool, c'est certain... les pages glacées remplies de renseignements sur les choses du sexe, la libération des organes génitaux... la princesse des rochers d'azur dans ses exercices culturels.

Je rabats la joie, ma femme, ça y est ! mais puisqu'il est de bon ton de se proclamer lucide, n'est-ce pas... lucide, alors, c'est les funérailles... le final exact de nos béchamels, de toutes nos salades... série noire ou nouveau roman... Arlequin ou behaviouriste... on ne peut pas se gourer... terminus la fosse du boulevard des allongemanes. Seule véritable égalité même si les héritiers, les pleureuses et les anciens combattants vous offrent une sépulture de rêve. On viendra s'y recueillir encore dans un mois, dans un an... quelques décennies pour les personnages de marque. Et puis les siècles des siècles boufferont César et Cléopâtre et notre Charles si téméraire du 18 juin.

Avant le cimetière, pour les chrétiens, il y a encore l'église qui vous accueille enredingoté de chêne massif ou de sapin selon que vous êtes puissant ou misérable. Même si le macchabée n'avait plus mis les pieds à la messe depuis cinquante ans, qu'il se livrait aux pires malversations, à la débauche la plus éhontée, l'avarice, la gourmandise et la suite symphonique de tous les péchés capitaux... on vous glisse sa boîte sur les tréteaux face à l'autel. Un prêtre s'efforce de le rendre acceptable à tous et à Dieu en un petit laïus en français. C'était préférable en latin, les mensonges pieux, on les avalait sans comprendre.

Ça s'est déroulé pour Alfred Friteau dans une petite chapelle du XIVe arrondissement... vers Alésia. Jeanne-Marie avait pris en main les opérations. Tout le monde, le meilleur et le pire, était là : ses protecteurs de la magistrature et de la tentiaire, beaucoup d'anciens du foyer... ceux qui s'étaient vraiment recyclés et quelques autres aussi, toujours marginaux ou déjà voyous patentés... les derniers vieux de la vingt et une, potes de Fontevrault, Saint-Martin-de-Ré, Poissy... la ballade des prisons centrales. Le professeur Pilarède aussi accompagné de Constance, et de deux ou trois psy de l'époque héroïque... Bien sûr un échantillonnage de ses relations malfrates... beaux mecs et putes discrètes... Et puis quelques représentantes de son palmarès amoureux. Des dames devenues presque hors d'usage au bord du lit ou à la duc d'Aumale, mais qui n'avaient pas oublié la flûte enchantée.

A la porte, j'avais échangé quelques mots avec

Solange. Elle était tout de même bouleversée, ce drôle de lascar avait joué un terrible rôle dans son existence.

— L'abbé Lourcelles n'a pas pu venir, m'a-t-elle dit, presque chuchoté.

Son absence aurait pu être lourde de signification, mais le bruit circulait qu'il était malade. On prononçait le mot cancer... et qu'il venait d'être opéré. Ça nous arrangeait un peu les bidons, cette féroce nouvelle. Serait-il venu s'il avait été sur ses pattes ? La grave et ultime question qui restera sans réponse vitam aeternam.

Je me suis glissé en courant d'air parmi les fidèles... ceux de Dieu et ceux de Frédo. Je voulais surtout me faire oublier, observer encore les choses avec une sorte de passion. Sans que je sache à ce moment-là que ça me servirait plus tard pour noircir mon papier blanc quadrillé. Pas facile de tout avaler, tout voir, tout entendre... surtout qu'en surimpression vous remontent les souvenirs... les vérités pas bonnes à dire.

Nib de fleurs... Mireille nous avait prévenus que c'était une de ses seules dernières volontés. « Quand je calencherai je veux pas de fleurs. » Et sans doute avait-elle ajouté de son cru que le pognon qui ferait défaut aux fleuristes serait le bienvenu pour une association de secours aux prisonniers libérés dans le besoin. De quoi entretenir par la même occase la légende du bagnard mourant dans la charité du Christ.

Elle était déjà bien nourrie par un tas d'actions positives. Pas à nier. Il avait vraiment dépanné de nombreux traîne-lattes, de pauvres mômes perdus sans même en tirer un profit évident pour son image de marque. Plus tard, j'ai appris des choses dont il ne parlait jamais, qu'il s'occupait de la fillette handicapée d'un assassin... un tueur de gendarme au cours d'un hold-up. Il allait la voir de temps en temps dans une institution religieuse pour lui porter quelques jouets, quelques douceurs. Ça, par exemple, ce n'était ni pour son image de marque ni pour l'apaisement de son sexe en rut.

La véritable charité c'est celle qui ne se raconte pas, l'anonyme, le coup de pogne qu'on tend au hasard d'une misère, le truc de rien... Une façon de se vaincre un peu l'égoïsme... Enfin il pratiquait ça aussi Frédo. Y avait des gens dans l'assistance qui lui devaient beaucoup.

Précisément ce que racontait le prêtre. Un jeunot que je ne connaissais pas. Boy-scout de tronche... les cheveux en brosse. Il mettait une espèce de conviction chaleureuse dans son homélie. J'aurais dû venir avec un magnétophone pour l'enregistrer... ça me ferait moins à me triturer les replis de la mémoire pour vous rapporter ses paroles... que nous étions unis à notre frère Alfred qui avait tant souffert, tant espéré et qui avait trouvé le chemin de Dieu en se dévouant pour ses compagnons de détresse.

Il égrenait la vie de Frédo comme une litanie... l'enfant battu, flétri... l'enfant sans Noël et sans mère... le chenapan honteux entre deux gendarmes... et les murs toujours les murs... le froid, la faim, la guerre ! Le châtiment... l'homme écorché, trébuchant dans les ornières de la mauvaise pente...

— Et soudain la petite lumière de Dieu !

Tout son être, sa voix, ses gestes...frémissaient. On était tous pris... je finissais, moi, par y croire. Et pourquoi ne pas après tout... aux pains multipliés... A saint Frédo qui rencontre Jésus et qui va le suivre désormais... Faut plus réfléchir dans ces cas-là... se laisser prendre par la musique de la jactance céleste. Comment a-t-il fini son sermon, cet abbé surnaturel ? Incapable de vous le dire, j'étais ému, malgré moi. Sur la rangée de gauche j'ai remarqué Solange qui sanglotait. M'a transpercé l'esprit, j'ai pas pu m'empêcher cette réflexion triviale que si Djamila avait été présente, sans doute y aurait-elle été aussi de sa larme.

Je ne vous dépeins pas la chapelle, elle appartient à ces lieux de culte si dépouillés qu'ils se différencient pas tellement d'un hangar, un petit entrepôt de marchandises... le fin du fin du style ouvrier chrétien. Mais y a tout de même eu de la musique... un tourne-disque qui nous a diffusé un peu de *Requiem*... celui de Wolfgang Amadeus.

L'ellipse... je vous amène avec moi à Bagneux, le cimetière. En vous évitant le trajet automobile... les embouteillages... les chauffeurs qui se traitent d'enculés... J'aurais pas dû aller jusque-là, j'avais fait mon devoir en allant à la cérémonie funèbre. Quelle drôle d'idée, j'ai eue de suivre le convoi jusqu'au bout ? Rien de folichon de voir une caisse avec un copain raide à l'intérieur descendre dans le trou. Le président Walbreck était là, et Jeanne-Marie, le professeur Lucrin que j'avais pas remarqué tout à l'heure... Baudelaire le brave qui soutenait la veuve, qui la retenait dans son élan d'aller s'allonger près de son homme. On était sur la fin de l'hiver, presque un jour de printemps. Le ciel tirait vers le radieux. On allait bientôt pouvoir se promener en veste et les gonzesses s'éplucher un peu de leurs grosses fringues. Il aimait ça, Frédo, regarder les filles passer devant nous quand on se posait... se reposait à la terrasse d'un café. Des riens comme ça vous laissent encore l'envie de vivre.

J'étais resté en retrait comme souvent... ça me donnait une vue panoramique sur la scène. Le corbillard, les Roblot... les fossoyeurs... les autres tombes autour... les futurs camarades d'éternité de Frédo. C'est comme ça, dans mon regard circulaire, que j'ai aperçu le gros Max... la Sage-Femme barbue de la Territoriale. Étonnant qu'il se pointe aux obsèques de Frédo après tout ce qui s'était passé entre eux. Il s'était bien efforcé de le faire tomber... D'un rien... finalement c'était l'infarctus qui l'avait, à ce moment-là, sauvé in extremis. Qu'est-ce qu'il venait foutre ici à présent ? Le dossier était fermé. Y avait même pas de complices à suivre, comme ça arrive aux enterrements de caïds de la pègre.

Je voulais l'éviter, me faire la levure en douceur, mais il m'avait repéré, l'ordure. Il s'est avancé de croix en croix... tombe en tombe pour me rejoindre, me tendre une pogne que je n'avais pas de raison évidente de refuser.

— Ça peut te paraître curieux, mais je l'aimais bien dans le fond, il m'a chuchoté.

Tellement curieux que j'ai pas pu m'empêcher de lui répondre :

— Si t'avais pu l'envoyer aux durs, ça t'aurait pas fait trop de peine tout de même.

Eh bien, non, fallait que je me détrompe. J'étais pas à même de comprendre toute la complexité du problème... tout ce que le métier de flic comportait d'obligations.

C'était fini autour de la fosse, les gens rentraient, retournaient à leur voiture, à leur vie. Max était parvenu ici je ne sais comment, puisqu'il m'a demandé si je pouvais le raccompagner dans Paris. Il avait changé de poste, à présent il était carrément au 36... au saint des saints... le Quai des Orfèvres, à la source de tous les mystères de Paris.

— La police, c'est plus ce que c'était. Maintenant on n'arrête plus que des nègres.

Il était pas raciste bien sûr, mais il regrettait les clients comme Frédo, les supermarioles. Maintenant on marchait dans les allées du cimetière. Tout le monde allait vers la sortie... Y avait encore quelques personnes qui restaient autour de Mireille près de la fosse. J'aurais dû aller les rejoindre, mais je ne voulais pas leur amener ce gros lardu dans mon sillage. Il s'était arrêté pour bourrer sa pipe en hommage à Maigret sans doute comme disent les cinéastes pour marquer leur plagiat.

— Je voudrais pas que tu restes sur une mauvaise impression à mon égard.

Quelle importance ! Il avait fait son devoir de bon écolier flic... C'est Frédo qui avait été trop nature de croire qu'il pouvait en être autrement. Je me demandais tout de même pourquoi il se cramponnait à mes basques... pas pour le simple plaisir de ma conversation.

— Tu t'imagines tout de même pas qu'on le laissait faire le maque sans contrepartie.

J'aurais dû tout de suite feindre l'étonnement... était-ce Dieu possible qu'un rénové tel que Frédo puisse... etc.

— Tout ça me regarde pas.

J'ai fini par dire. On était arrivés à ma voiture. Tandis que j'ouvrais la portière, il me zyeutait d'un air goguenard.

— Un romancier comme toi, ça devrait t'intéresser...

A la fois j'avais envie d'en savoir davantage et j'aurais préféré en rester là. Pas le choix, il avait posé sa viande sur le siège avant à côté de moi. Comme j'allais dans le IXe, vers Pigalle, ça me détournait pas de le laisser devant le palais de justice.

— Attention, je dis pas que Frédo était une balance. Faut pas confondre... par ses fonctions, il faisait presque partie des meubles de la Grande Maison. Lui, il nous arrangeait des affaires, alors donnant donnant.

En pointillé je pouvais comprendre que le gros Max, dans la catégorie des ripoux, il avait déjà des galons... d'un grade élevé.

— Pourquoi tu me racontes tout ça ?

J'ai cru le cisailler par ma question, mais il s'est pas départi de son calme.

— Je vais être franc. J'ai pensé qu'on pourrait faire un livre ensemble. T'en sais long sur Frédo, mais si je te communiquais son dossier, t'en resterais sur le cul. Toi, tu sais écrire, je te donnerais toute la matière pour le canoniser. On partagerait les droits d'auteur.

Il se voyait beau comme un Borniche à la vitrine des librairies. Ça les démange tous d'être écrivains flics ou voyous, putes ou cheftaines. Ma réponse était limpide. Je n'avais pas le moindre temps à consacrer pour cette valeureuse entreprise... j'avais alors à faire parler Belmondo dans un film, une adaptation, des dialogues. C'est pas tellement plus commode que pour un poulet de faire se mettre à table un vieux renard de la truanderie.

— Ce dossier, je peux tout de même te le confier. Après tu changeras peut-être d'idée.

Qu'est-ce qu'il voulait que je sache de plus, merde ? Il tenait vraiment à me saloper l'image de Frédo. Il se gourait pas, ce triste argousin, que je suis collectionneur d'images d'Épinal. A quoi bon savoir si Jeanne d'Arc a eu quelques privautés avec Gilles de Rais ? Grand bien — et grand bruit avec leurs armures — ça leur aurait fait. Elle avait tout de même libéré Orléans et Beaugency, la Jeanne ! Pucelle ou non et elle est devenue sainte ! Tant pis pour la gueule des historiens empailleurs de mouches ! A Rouen, c'est pas leurs miches qui furent rôties sur la place du Vieux-Marché.

Il se rendait compte, ce gros sagouin, que je me fermais à son gringue littéraire... qu'y avait plus à insister. On approchait de la Seine... la place Saint-Michel où je fus si heureux de tirer quelques coups de pétoire au temps de ma folle jeunesse... pour libérer la fontaine où les Allemands venaient boire.

— Je te laisse là.

A l'angle... un flic se dépose Quai des Orfèvres comme une pute rue Saint-Denis et un intellectuel au café de Flore.

— Réfléchis quand même.

Il m'a glissé en sortant... puis avant de claquer la portière :

— Si t'as des PV tu peux toujours me les envoyer. Traîne pas trop... dans les quarante-huit heures... Tchao !

En guise d'adieu, il préférait une note aimable... une porte entrouverte.

J'allais mettre ici le mot fin et puis me revient une très courte anecdote... quelque chose qui tire un trait ironique sur cette histoire... Ça se situe quatre cinq ans plus tard... sur un plateau de télévise d'un studio des environs de Paris. C'est une émission grand spectacle de variétés... le barnum habituel... paillettes, vedettes, des célébrités qui se pressent au portillon... écrivains, ecclésiastiques, explorateurs, médicastres, apiculteurs, sportifs... actrices de films porno... et des chanteurs alors... toutes sortes... les chuchoteurs de message, les hurleurs à la mort... les drogués, les homos... les unisex ! Ça tournoie, vibrillonne, pétarade... sur les gradins tout un public de frimants bariolés, déguisés, qui font la claque... hurlent de joie... qui soufflent dans des petites trompettes.

Ce que je fous là, moi, en coulisses ? Mon éditeur m'a expédié vendre ma salade. J'attends dans les décors, derrière une caméra... je suis pris tout à coup dans un tourbillon... un essaim de danseuses... des Noires, des Blanches, en collant, petit calebard... des crêtes afro... Craignant ni diable ni Dieu, elles me bousculent, je leur fais obstacle... me poussent sans ménagement. Mais l'une d'elles se retourne et s'arrête pour me dévisager.

— Vous me reconnaissez pas ?

— Oh ! oui...

Un éclair ! Elle a changé de coiffure, de maquillage, elle a embelli, mais c'est Djamila, la dernière conquête de Frédo. Ça me fait comme une gêne de la revoir. Je bafouille si ça va ? Ce qu'elle devient. Pourtant ça devrait me sauter aux yeux. Elle est dans la troupe qui accompagne un chanteur vedette. Elle danse, sautille autour de lui pendant son numéro dans la brume artificielle, les éclairages de fin du monde. Enfin, elle est contente... elle a l'air.

— Tu veux toujours faire du cinéma ?

Je dis ça pour dire... sans intention... meubler... ce qui me vient. Elle est pressée, ça va commencer pour sa troupe sur le plateau. Elle virevolte en me faisant une bise rapidos sur le front comme à son grand-père. Pas le loisir de la ragrafer. Avant d'atteindre les autres libellules sur la piste, elle me lance :

— Vous pourriez m'aider, je sais... Mais, pour votre cœur, ça serait pas raisonnable !

Le vanne ambigu à souhait. Je sais pas si elle va réussir, mais elle a de l'esprit, c'est pas si courant.

27 mars 1993
Paris

Cet ouvrage a été composé
par l'Imprimerie BUSSIÈRE
et imprimé sur presse CAMERON
dans les ateliers de la S.E.P.C.
à Saint-Amand-Montrond (Cher)
en septembre 1993

N° d'édition : 14684. N° d'impression : 1606-1532.
Dépôt légal : octobre 1993.
Imprimé en France